Boris Revout

Unvorhersagbare Umstände

BoD

Boris Revout

Unvorhersagbare Umstände

BoD

Auf dem Umschlag das Gemälde von Natalie Revout

Bibliografische Information der Deutschen Nationalbibliothek
Die Deutsche Nationalbibliothek verzeichnet diese Publikation in der
Deutschen Nationalbibliografie; detaillierte bibliografische Daten
sind im Internet über http://dnb.d-nb.de abrufbar.

ISBN 978-3-75264-692-4

BoD   2020-28-10
Herstellung und Verlag
BoD - Books on Demand, Norderstedt

Inhalt

Unerwartetes Ereignis

Offen gesagt sollte dieser Tag sehr intensiv und verantwortungs-
voll ablaufen, und so begann er auch, indem Karsten schon morgen
früh von seiner Sekretärin Doris Krull den Terminkalender forderte.
Es stellte sich heraus, dass es schon in einer Halbestunde eine zahlreiche Veranstaltung stattfinden sollte, wo er, der führende Unternehmer, Dr. Karsten Wittke eine Einleitungsrede machen musste.
Und es war in der Tat so. Der Chef blieb dort bis zur Mittagszeit,
nahm ans Büffet teil, wo auch alkoholische Getränke serviert worden
waren. Danach fuhr ihn sein Fahrer nach seiner Tochtergesellschaft,
wo eine wichtige Besprechung über die Entwicklungsaussichten passierte. Er beeilte sich später zum Treffen mit französischen Kollegen
im Hotel Mercure als ein Weh im Brustbereich sowie eine schwere
Atemnot diese Aktion verhindern sollten.
Der Fahrer verband sich sofort mit dem nächsten Krankenhaus, das
sich im Abstand von zehn Fahrtminuten befand, und vergewissert
sich über die Bereitschaft des Fachpersonals, den Chef anzunehmen.

Es war auf keinen Fall eine überflüssige Maßnahme, denn die Mediziner waren schon zum Moment ihrer Ankunft in der Lage, die dringende Untersuchung zu beginnen. Die ursprüngliche Vermutung eines Herzinfarktes, die die Ärzte mit allen modernen Mitteln zu er-
leichtern versuchten, wurde nach einigen Stunden vollkommen bestätigt worden. Danach wurden alle jüngsten Methoden der Heil-
behandlung zum Einsatz gebracht, damit er am Leben bleiben konnte.

Krankenhausnachdenken

Nun lag Dr. Wittke auf der Intensivstation und dachte darüber
nach, was mit ihm passieren sollte. Im Großen und Ganzen war es
die erste günstige Möglichkeit seit vielen Jahren, seine eigene Person
als einem Beobachtungsobjekt zu betrachten. Sonst fühlte er sich wie
ein belangloses Anhängsel seiner Firma, seines Amtes oder seines
Kollektivs, das heißt, wie eine Zugabe, die ohne die Gesamtheit
nichts bedeuten konnte.
Die schwere Erkrankung sorgte plötzlich dafür, dass er seine Existenz für das erste Mal gleichsam von außen zu sehen probierte. Diese
Verhaltensweise war ihm sicher neu und fremd gewesen. Sie ließ

ihm aber etwas Begierde Erregendes entdecken. War es eine Beschaffenheit der Krankheit oder eine göttliche Vorsehung, die Aufmerksamkeit auf sich selbst zu richten? Jetzt schien er sich wie einem eingeflößten Sonderling, der die richtige Wahrnehmung der Wirklichkeit verloren habe.

Wann sollte diese Selbstzurückgezogenheit anfangen? Seit seiner Jugend war Karsten ein selbstbewusster Kerl, der jeder Sache seines körperlichen oder geistigen Zustandes keinen Selbstlauf zu geben schien. Nach seiner industriellen Ausbildung wurde dieses Interesse für eigene Person noch verstärkt, indem er immer tiefer in die Vorgänge durchzudringen versuchte, die in seinem Inneren passieren konnten. Mit Jahren begann er, die Achtung auch der gesunden Ernährung zu schenken, was ihm nicht nur gewisse gastronomische Freude mitbringen konnte, sondern ein angenehmes Gefühl der Erkenntnis, wie die leckeren Lebensmittel seine inneren und äußeren Körperteile aufbauen ließen. Damals machte ihm Spaß zu wissen, dass seine Lieblingsbanane eine Vielfalt an Mineralien wie Magnesium, Kalium, Kupfer und Eisen, an Vitaminen wie B6, Betakarotin, C und K sowie an anderen unersetzbaren Naturstoffen. Solch Verständnis erregte in ihm einen Stolz, mehr als andere darüber zu wissen. Dieser nachdenkliche Anblick dauerte bei ihm aber nicht lange, denn seine Aufmerksamkeit wurde allmählich der sachlichen Beschäftigung gewidmet, die immer größere Anteil seiner Lebenskraft forderte. Dieser Umstand sorgte dafür, dass er mehrere Dinge des Organismus eher oberflächlich aufzunehmen vermochte, ohne sie im Verstand sorgfältig zu verdauen. Deswegen blieb seine Beschlagenheit über vielen Sachen weit größer als sein Gedächtnis zu speichern bereit wäre. So konnte er es jetzt wegen der Ruhe, die ihm seine Krankheit erteilte, aus den abgerissenen Angaben, die sein Gedächtnis noch zu bewahren pflegte, daran erinnern, dass die drei unersetzlichen Bestandteile menschlicher (oder allgemein tierischer) Ernährung Kohlenhydrate, Fette und Proteine sein sollten. Gerade sie werden durch unterschiedliche Reaktionen des Stoffwechsels zu Essigsäure abgebaut, die dann zu Kohlendioxid und Wasser oxidiert wurde. Unterschiedliche Enzyme spielten dabei die Rolle der Katalysatoren, die den Prozess beschleunigten, selbst aber unverändert blieben.

In den 80-er Jahren des 20 Jh. verbrauchten die Einwohner der BRD mittelstatistisch 47 % Kohlenhydrate, 40% Fette und 13% Proteine, um ihren Energiebedarf zu decken. Da die Umweltbedingungen (Klima, Nahrungszufuhr usw.) sehr variabel waren, wurden die Überlebenschancen eines Organismus davon abhängig, dass er seinen Stoffwechsel ständig an neue Bedingungen anpassen sollte. Im Verlauf der Evolution wurden sehr komplizierten Mechanismen entstanden, die es erlaubten, die katalytischen Aktivitäten der Stoffwechselenzyme an die jeweiligen Bedürfnisse an zu passen. Die Verdauung war unmittelbar mit dem Übergang der Membranbarriere verbunden. Diese Magen und Darmlumen trennten den Raum zwischen Hohlorganen und Blutbahn, indem die Nährstoffe erfolgreich vom Blut absorbiert werden konnten. Die Verdauung selbst bestand darin, dass die Nahrungskomponenten in solchen Lumen in ihre niedermolekularen Bauteile zerlegt worden. Die komplizierten Prozesse der Verdauung forderten die Beteiligung zahlreichen Enzymen, Hormonen, Vitaminen und Mikroelementen, die für einen gesunden Zustand des Leibes sorgen sollten. Ihr ständiger Mangel oder gestörte Funktionen sollten unvermeidlich zu schweren Erkrankungen wie Verfettung, Diabetes, Herzinfarkt oder Schlaganfall führen. Alle diese physiologischen Mechanismen wusste der junge Karsten Wittke wohl, vergas aber vollständig danach als er dafür zu beschäftigt werden sollte.

Nun in diesem Krankenzimmer wurde er sofort traurig geworden, weil er damals nicht einsichtig genug war, die Weisheit der Kenntnis angemessen zu begreifen. In der Tat sollte er kapieren, dass die sehr komplizierten Verdauungsvorgänge einen Schlüssel zur guten Gesundheit geben konnten. Allein das Verständnis der zwei unterschiedlichen Mechanismen der Ernährung würde wahrscheinlich ausreichend, um eine heilende Wirkung des Fastens regelmäßig auf sich zu probieren. Stattdessen vorzog er, sich systemlos zu ernähren, während der einzelne Prüfstein des „normalen" Essens eine überflüssige Sattheit sein konnte. Die Mutternatur kümmerte sich viel klüger darum, dass sogar unter hungrigen Umständen ein Lebewesen längst am Leben bleiben sollte. Seit Millionen Jahren entwickelte sie solches scharfsinnige System, das die Mobilisierung der zustandigen Substrate genau dem Bedarf der verschiedenen Organe und Gewebe des Organismus entsprechen konnte.

Schon vor seiner technischen Ausbildung wurde es Karsten klargeworden, dass die Herzleistung eine entscheidende Rolle für die menschliche Gesundheit spielen sollte. Er las medizinische Bücher, aus denen er erkennen konnte, dass das Herz vor allem eine Verbindung zwischen dem Lungen- und dem Körperkreislauf schafft. Die Hauptfunktion dieses Hohlorgans bestand im Pumpen des Blutes durch den Körper sowie die Versorgung aller Organe mit dem Sauerstoff. Das Komprimieren und Ausdehnen des Herzmuskels passierte mittels eines komplizierten elektrischen Erregungssystems, indem die benötigten Elektroimpulse im sogenannten Sinusknoten erzeugt werden sollten. Doch die Kenntnisse, die jahrelang unbenutzt blieben, verloren allmählich an Bedeutung. Etwas Ähnliches ereignete sich bezüglich des gesunden Lebensstils, der ein regelmäßiges Sporttreiben oder körperliche Arbeit im Freien voraussetzen sollte. Diese unbestreitbare Binsenwahrheit verlangte keine Diskussion, wurde aber nie zum Einsatz gebracht. Selbstverständlich war es früher nicht der Fall. Die ersten Jahre nach dem Abschluss der Hochschule war die Schwimmhalle und das Fitnessstudio die Lieblingsorten des jungen Mannes. Nicht allein deswegen, weil man dort seinen Körper mit einer auffälligen Muskulatur zu kräftigen vermochte, sondern auch weil sie die Treffpunkte erwiesen, wo man sich die Bekanntschaft mit weiblichen Personen leisten konnte. Und die neuen Beziehungen waren sowieso mit dem Energieverbrauch verbunden. Das Aufsteigen über die Diensttreppe wurde mit dem Wachstum der Verantwortung und mit der Verminderung der Körperkultur verknüpft. Diese Stufe sollte die besten Früchte des Lebens mitbringen, an die man später mit dem Stolz erinnern konnte. Den schönsten Jahren konnten auch dadurch ausgezeichnet werden, dass sie am schnellsten abgelaufen worden. Das Gefühl der Zeit war bestimmt sehr persönlich und änderte sich in unterschiedlichen Lebensabschnitten. Man konnte eine und dieselbe Zeitspanne als sehr kurz und sehr lang empfinden. Trotzdem beschleunigte sich das Tempo des Zeitablaufs mit den Jahren enorm von dem Schneckenkriechen in Kindheit bis zum Rennen im Greis Alter.

Die Bedingungen des Krankenhauses waren einerseits ziemlich gramvoll, andererseits erteilen sie den Bewohner die Chance, auf sich selbst vom Außen zu kucken. In diesem Sinne gab es im Verbleib dort etwas Sakrales, was man sonst eher in der Kirche erleben konnte. Doch im Unterschied zum Gotteshaus, wo man sich nach der Laune auch freudig oder glücklich empfinden konnte, war eine Heilanstalt eng mit der Schwelle zwischen Leben und Tod verknüpft. Im

Großen und Ganzen räumte die Heilstätte immer gewisse Unruhe oder nicht selten Angst ein, weil ein schmerzhafter Zustand ein wirkliches Bild zu übertreiben hinstrebte. Außerdem entstanden im Kopf sofort viele Beispiele aus eigener Umgebung, wie anscheinend absolut gesunde Menschen nach einem Aufenthalt im Krankenhaus verschieden waren. Ob es dabei um einen ernsten oder einfachen Fall handelte, ließ das Gedächtnis urteilen. Wichtig für ihn war nur ein bloßer Sachverhalt. Auf diesem Grund drängten sich dunkle Gedanken im Verstand und riefen die philosophischen Fragen heraus. Sein Leben, das nach dem Willen einer unbewussten Macht in wenigen Tagen beendet werden konnte, schien dem Betroffenen augenblicklich sehr bedeutsam zu sein. Es durfte nicht so dumm und primitiv unterbrochen werden. Es gab darin irgendwas Irrsinniges, was man aber nicht zu verhindern vermochte. Diese Empfindung erwies bestimmt etwas Größeres als bei einer geistigen Beichte. Denn nun handelte es sich nicht um die fragwürdigen Sünden oder Übeltäte, sondern um die klaren und realen Handlungen und Tugend, über die ein Sterblicher kurz vor seinem Ableben nachdenken könnte. Karsten ertappte sich dabei, dass das Leiden, das von einer Herzschwäche verursacht worden war, sollte sich ganz anders hervortreten wie bei mehreren anderen Erkrankungen, die er Zeit des Lebens bekommen hatte. Er war sicher nicht empfindsam. Allerdings war er bereit, jetzt im Krankenzimmer der Intensivstation zu vermuten, dass das Herz ein Wohnsitz der Seele gewesen sein sollte. Weil er nur dadurch die Beschaffenheit zu bekommen erfolgte, mit seiner Seele unmittelbar und wörtlich zu sprechen.

Geistige Gespräche mit dem Vater

Es war fantastisch allerseits, vor allem aber im Sinne des vertrauten Gesprächspartners. Zugleich war dieser unsichtbare Bestandteil des Herzens ein echter Vermittler zwischen ihm und dessen vor neun Jahren verstorbenen Vater Gustav, der bis zu seinem Tod als wäre er ein Prediger seinen erwachsenen Sohn zu belehren suchte. Später, wenn der Vater nicht mehr lebte, konnte Karsten begreifen, dass mehr davon, was der Alte ihm aussagte, ganz vernünftig und rechtzeitig gemacht worden war. Die letzten Tage im Krankenzimmer, die der Sohn auf der Grenzzone zwischen Dies- und Jenseits verbrachte, waren aufschlussreich, unter anderen deswegen, weil die Gestalt Gustav sich ständig in der Nähe war. Sie sprachen stundenlang miteinander und diese ungewöhnliche Unterhaltung war vermutlich das Beste, was der Kranke sich zu wünschen vermag. Der nächste Verwandte äußerte anscheinend irgendwas Aktuelles, was er zeit seines Lebens nicht wissen oder nicht sagen konnte. Außerdem bezogen sich seine Erwägungen auf den schwächlichen Zustand des Sohnes, was nur eine belebte Person, die sich in diesem Raum befinden sollte, kapieren konnte. Bemerkenswert betrafen alle Sachen, die gesprochen worden waren, ausschließlich die irdischen Angelegenheiten, gleichsam die Zukunft für den Kranken gesichert werden sollte. Seltsamerweise wirkte diese Begleiterscheinung fast heilend, was in Abwesenheit anderer ermutigenden Beweggründe ganz wertvoll sein musste. Da die kurzen Gespräche mit den immer sehr beschäftigten Kardiologen etwas Konkretes und Freudiges bringen konnten, blieb dem Patienten allein die Vatergestalt übrig, die ihm eine positive Denkweise einzuflößen fähig war. Und der Alte schien keine Mühe zu scheuen, damit sein Sohn in einer absehbaren Zeit das Krankenhaus gesund verlassen konnte. So erzählte er ihm die Geschichten ihren gemeinsam bekannten, die sich vor Jahren in noch schwierigeren Bedingungen gebracht worden waren, was schwerlich die Hoffnung auf ihre Genesung geben konnte. Allerdings fanden sie alle die Kraft, um die Hindernisse, die ihnen das Schicksal erteilte, zu überwinden. In der Tat fanden alle genannten Fälle statt und die Leute, die „Vater" erwähnte, das Glück haben sollten, den nahsterblichen Zustand zu überleben.

„Ich zweifle mich nicht daran", sprach damals der Alte, „dass du auch willensstark genug wirst, deine Erkrankung zu besiegen". „Willensstark" war ein sehr präziser Ausdruck, vor allem deswegen, weil der Herzinfarkt die körperlichen Kräfte zu entnehmen pflegte. Ein menschliches Wesen verfügte aber über eine Beschaffenheit, die bei anderen Lebewesen fehlte. Sie war mit der besonderen Konzentration der geistigen Energie verbunden, die manchmal die körperlichen Kräfte ersetzen konnte.

Die Gestalt, die in diesen Stunden und Tagen ständig um seine Heilung kümmerte, half ihm auch, die Kunst der genannten Konzentration anzueignen. Obwohl es gar nicht leicht sein sollte, ging diese geistige Leistung in gewünschte Richtung, so dass die Ergebnisse in zehn Tagen sogar auf EKG sichtbar sein konnten. Unter mehreren sonstigen Leitgedanken wollte der „Vater" auch einige Empfehlungen über den Lebensstil des Sohnes nach der Entlassung aus der Heilanstalt machen. So war er der Auffassung, dass die Tätigkeit des Unternehmers von selbst kaum Gesundheit fördernd sein konnte. Im Gegenteil schaffte sie immer neue Risikofaktoren, die man mit allen Mitteln auszuschließen versuchen musste. Die genannten Methoden waren nicht nur mit der körperlichen Arbeit und Fitness verbunden, sondern mit der Zeit, die der Betroffene der Familie widmen sollte.

Karsten war nicht sicher, doch er konnte die Tatsache nicht außer Acht lassen, dass die lange Anwesenheit des Vatersspuks für die neue Bewertung seiner sittlichen und geschäftlichen Positionen sorgen sollte. Vor seinen Augen liefen wie einzelne Aufnahmen im Filmstreifen die bunten Bilder aus seinem Werdegang, indem er deutlich eine Vielfalt der Fehler und falschen Berechnungen erfassen konnte.

In allen diesen Fällen würde er sich jetzt ganz anders benehmen. Seine schroffe Eigenart, die vielleicht bei dem Umgang mit den Untergeordneten angebracht werden konnte, passte für die Verhaltensweise mit seiner Familie überhaupt nicht. Als ein unvermeidliches Ergebnis dieses irrtümlichen Benehmens verschlechterte er die Beziehungen mit seiner Frau Bettina, die wahrscheinlich ihre Söhne Max und Klaus gegen ihn gestimmt haben konnte. Die beiden Teenager waren starrsinnig genug, damit ihre häusliche Erziehung eine schwere Aufgabe erweisen sollte. Jedenfalls gelang es Karsten kaum, mit den harten Wirkungen deren Widerstand zu überwältigen. Nicht zu besseren Resultaten führte auch sein Versuch, die jugendlichen geistig zu überzeugen, den Erwachsenen nach zu geben. Diese „zarte" Methode wirkte auf sie wie rotes Tuch auf einen Stier, indem sie darauf noch wütender reagierten.

Was wichtig bei der Kindererziehung sein sollte

Die Behandlung in der Klinik war in der Lage, nicht nur einen klaren therapeutischen Effekt auf sein Herz auszuüben, sondern etwas Neues in der Kindererziehung darzustellen. Die Denkweise der Jungen war bestimmt nicht dieselbe, die für die älteren Menschen eigentümlich sein sollte. Sie nahmen alles sachlicher und materiell auf, was von dem Erzieher verlangte, konkrete Beispiele und Handlunge auszuwählen, die irgendwas Anlockendes für die Jüngeren bedeuten konnte. Schon nach dem Auftauchen der Vatergestalt wurde es ihm verständlich geworden, dass das Erwachsenwerden der Jungen eine geschlechtsbediente Erscheinung sein sollte. In diesen Sinnen konnte er auch sich selbst nicht zu typischen Maskulinen zählen. Jetzt sollte er sich Rechenschaft darüber ablegen, dass er mehrere weiblichen Merkmale besaß, die ihn nicht selten zwangen, auf resolute Handlungen zu verzichten. Mit seinen Söhnchen war es unbedingt nicht der Fall. Die beiden zeichneten sich seit der Kindheit mit gewissen „husarenartigen" Eigenschaften aus. Ihr übertriebener Tätigkeitsdrang ließ ihnen kaum, wenige Minuten müßig zu bleiben oder etwas Besinnliches zu leisten. Sie vorzogen eher zu schreien als ruhig zu erwägen. Sie hassten jene Ordnung und schienen, lieber alle ihre Sachen in alle möglichen Richtungen zu schleudern als sie sorgfältig zusammenzustellen. Ihnen gefiel es zweifellos, schmutzig und mit dem schwarzen Nageln gleichsam einen schönen Anblick zu geben.

Karsten war es immer unbegreiflich gewesen, welches Vergnügen sie zu erfahren vermochten, etwas zu zerschlagen oder zu vernichten. Karsten musste sich jedes Mal für sie schämen, wenn die Familie sich bei Gesellschaften befand. Er fühlte die allgemeinen Anblicke auf sich als wäre er selbst der Schuldiger ihres schlechten Benehmens. Nur nach diesem unglückseligen Herzinfarkt war er in der Lage, seine Kinder in einem anderen Licht zu betrachten. In der Tat erwiesen sie ein Beispiel der hundertprozentigen männlichen Individuen, die er als Vater respektieren sollte. Natürlich ließen sie sich nicht leicht erziehen und diese Tatsache konnte nur Verdruss bereiten. Aber man konnte einen entsprechenden Ausgleich darin sehen, dass sie wie echte Männer aufwachsen sollten. Der Kranke musste sich eingestehen, dass ihm selbst diese erhabenen Fähigkeiten fehlten, was biologisch gesehen mit dem Mangel an Testosteron verknüpft werden konnte. Vielleicht spielte dieser Umstand eine entscheidende Rolle darin, dass er auch bei Bettina keine richtige Autorität verdienen konnte. Sie schaute ihn manchmal an, als wäre es unmöglich, in seinen Handlungen etwas Wertvolles zu finden. Vielleicht reichte ihm nicht unter allen familiären Bedingungen die geistigen Kräfte aus, damit seine offenen Schwächen nicht besonders auffällig sein sollten. Er wurde zornig auf sich selbst geworden und versuchte, seinen Ärger an seiner Frau auszulassen. Solch Benehmen brachte aber nichts Nützliches mit.

Jetzt stellte es sich heraus, dass auch seine zahlreichen Verhältnisse mit anderen weiblichen Personen von dieser fehlenden Gelassenheit in Familienumständen bedingt worden waren. Die Mehrheit davon fand mit den jungen Frauen statt, die geschäftlich von ihm abhängig waren. Seit Jahre maß er dieser Begleiterscheinung keine Bedeutung bei. Es passierte gewöhnlich fast von selbst, das heißt, er gab sich keine Mühe, um die Kollegin dazu zu bewegen. Eher kam die Initiative von ihr selbst und ereignete sich bei den feierlichen Betriebsversammlungen. Solche verworrenen Beziehungen dauerten üblicherweise unterschiedliche Zeit- abschnitte und wurden aus verschiedenen Anlässen beendet worden. Manchmal kündigte sich die Frau wegen einer neuen Arbeit oder eines Umzugs in die andere Stadt, manchmal war es ein beidseitiger Wunsch, nicht weiter fort zu setzen. Zu heftigen Streiten kam es selten, obwohl diese Fälle unangenehme Gepräge hinter sich lassen sollten. Einige Male ging es um die gezielte Schwangerschaft, die die Betroffene wie eine Erpressungswaffe gegen den Vorgesetzten auszunutzen probierte. Die gewisse Gefahr für Herr Dr. Wittke bestand vor allem darin, dass die heimlichen Sachen in die Öffentlichkeit gebracht werden konnten.

Der Versuch, dem Chef Schrecken einzuflößen, indem die junge Mitarbeiterin anscheinend mit seiner Frau zu sprechen vermochte, konnte für den Älteren kaum wünschenswert werden. Der Aufruf zur Anständigkeit der schwangen gegenüber sah unter solchen schlechten Umständen nicht vernünftig aus. Deswegen kostete die Möglichkeit, alles in Ordnung zu bringen dem „armen" Unternehmer viel Kraft und Nerven.

In den Tagen auf der Intensivstation erinnerte Karsten mehrfach an diese Fälle, als wäre er von himmlischer Macht gezwungen, sie erneut zu überleben. Die Psychotherapeutin, die ihn dort beobachtete, erklärte ihm vereinfacht die Mechanismen, die das Zentralnervensystem unter Stressbedingungen benutzte, damit es sich von katastrophalen Schäden schützen könnte. Daraus konnte Dr. Wittke eine entsprechende Schlussfolgerung ziehen und zwar, dass fürs ZNS es vorteilhaft wäre, andere Organe in Gefahr zu setzen. In der Reihe von solchen Organen stand das Herz auf der ersten Stelle. Das Geheimnis dieses wichtigen Körperteils steckte sich unter sonstigen darin, dass die normale Herz Funktionierung durch schwache elektrischen Impulse gesteuert werden sollte. Die Letzten wurden ständig vom ZNS kontrolliert worden. Der Stresszustand brachte das ZNS in die aufgeregte Lage, so dass die genannten Impulse nicht mehr richtig und regelmäßig gesendet werden konnten. Die Tätigkeit des Unternehmers war selbst die Kräfte erschöpfend und nervös, um die Herzprobleme auszulösen. Wenn ein Businessman zusätzlich noch privat entmutigt wird, kann es das Herz unumkehrbar schädigen lassen. Wahrscheinlich passierte etwas Ähnliches mit Karsten, als das ungünstige Zusammentreffen der Umstände (ein verirrter Lebensstil, falsche Ernährung, Stress usw.) diesem Organ preisgeben sollte. Diese Erwägung erregte in dem Bewusstsein des Herzpatienten den Gedanken, dass das Herz nicht nur ein möglicher Behälter der Seele, sondern ein ständiger Problemort, der alle körperlichen und geistigen Anstrengungen auf sich zu sammeln pflegte. Nun bekam Dr. Wittke erstmal seit mehreren Jahren die Chance, die modernen Fortschritte der Kardiologie zu erkennen und zu kapieren, wie seine eigenen Fehlschläge zur entsetzlichen Lage führen konnte.

Ein mittelmäßiger Bürger unterschied sich im Allgemeinen kaum von den hoch hervorragenden Persönlichkeiten, die nur selten ernst um ihr leibliches und seelisches Wohlbefinden kümmerten. Es sah so aus als sollten sie das Wagnis der bekannten Risikofaktoren bewusst zu unterschätzen suchen. Besonders aufschlussreich fanden solche typischen Verstoße gegen eigenen Organismus bei den Unternehmern statt. Bestimmt wussten sie alle das Bescheid darüber, dass die hohe Nervosität, die ihren Beruf begleiteten, sehr schädlich und ungesund sein sollte. Vermutlich verstanden sie wohl, dass zu den effizienten Methoden körperlicher und geistiger Hygiene verschiedene Sportarten, mäßige und ausgewogene Ernährung sowie ständiges selbstkritisches Verhalten gehörten. Realistisch gesehen bevorzugte die Mehrheit der Geschäftsleute anderes Mittel, um die unheilvollen Folgen ihres Faches zu beseitigen. Tabak- und Alkoholgenuss waren anscheinend die gutgeeignete „Medizin" dafür. Als ein einmaliger oder nur sehr selten angewendeter Stoff passte vielleicht die genannte „Arznei" wirklich. Es stimmte aber auf keinen Fall bei häufigem Gebrauch. Umgekehrt ähnelte ihre Wirkung solche vom Stress sowie von traumatischen Erlebnissen. Außerdem sollten sich die Einflüsse mehreren ungünstigen Faktoren anhäufen, was das gesamte Ergebnis viel schlimmer aussehen konnte als die Summe der einzelnen Größen. Die krankhafte Grübelei, die Karsten sich auf der Intensivstation leistete, ließ ihm schließlich bestimmte Auswegs Verfahren ausdenken, die er als einsichtig und nützlich fand. Nach einigen Tagen erörterte er sie mit der hiesigen Psychotherapeutin, die sie prinzipiell billigte. Kurz gesagt setzten sie aus wenigen Komponenten zusammen, die verschiedenen Seiten seines Lebens in Ordnung bringen sollten. Vor allem musste er die familiären Sachen wiederherzustellen versuchen, was gar nicht einfach wäre.

Neben den komplizierten Verhältnissen mit Bettina, störten ihn jetzt die künftigen Gespräche mit seinen Söhnen, die alles in eine ganz neue Richtung bringen sollten. Vielleicht konnte dabei sein Verständnis für ihre eigentümliche männliche Beschaffenheit behilflich sein. In jedem Fall stand ihm eine angespannte Arbeit mit ihnen bevor.

Das menschliche Gehirn konnte Dr. Wittke schon längst nicht in Ruhe lassen. Wie passierte es in der Tat mit dem Geist. Die moderne Neuropsychiatrie versprach bald die Antwort auf die Frage zu geben, welche physiologischen Prozesse für den Wille verantwortlich sind. Es wurde schon bekannt geworden, wie unterschiedliche Blutströmungen in Gehirnarealen gewisse kognitiven Aktivitäten beeinflussen sollten. Es schien realistisch zu sein, dass man in einer absehbaren Zukunft bestimmte biochemischen Reaktionen entdecken könnte, die die Person mit der Verehrung zur anderen versehen sollte. Noch komplizierter wäre es mit der Besinnung aussehen, die eine Reihenfolge von einzelnen neurophysiologischen Aktionen erweisen konnte. Äußere Reize, sahen sie visuellen, akustischen oder olfaktorischen Ursprungs, sind mit den präzisen örtlich beschränkten Hirngebieten verbunden. Die Großzügigkeit der intellektuellen Leistungen wird viel verworrener werden, als man vermuten konnte, indem nicht nur begleitende Umstände, sondern auch die zufälligen fremdartigen Ereignisse eine positive Rolle spielen könnten. Z.B. findet solche Tatsache bei einem Forscher statt, der längst an eine Wirkung grübelt, die seine gesamte Aufmerksamkeit anzulocken pflegt. Plötzlich sieht er in einer Vorstellung etwas Schönes, das aber mit seinem aktuellen Thema nichts zu tun habe. Doch nun sorgt gerade diese anscheinend völlig bedeutungslose Kleinigkeit dafür, dass er das Wesen seiner Suche begriff. Solche Gedanken brodelten im Gehirn Karsten besonders in der Herzklinik. Damals waren seine Söhne der Stein des Anstoßes, denn es gab in deren Benehmen etwas Unzulässiges, was er zu ändern verpflichtet war. Folglich bekam er im Schlaf eine Einbildung, die er vielleicht sonst nie erfahren konnte. Vor allem konzentrierte er seine Ansicht darauf, dass die beiden einfach sehr erregbar waren. Von Seiten konnte man diese Beschaffenheit durch ihre übermäßig lauten Stimmen erkennen. Ein geistiger musste wohl kapieren, dass es unanständig und sozialwidrig sein sollte, sich in solcher Art und Weise zu verhalten. Außerdem wurde es von den Neurologen festgestellt, dass die scheinbaren antisozialen Handlungen der Kinder mit deren sonstigen gesteigerten Aktivität sowie mit der mangelnden Aufmerksamkeit verknüpft werden sollte. Die beiden wurden immer unruhiger gewesen, was ihren Umgang mit den Lehrer und Mitschüler sehr kompliziert zu machen drohen.

Der Herzinfarkt sorgte wahrscheinlich auch dafür, dass er momentan an alle seinen Affären zu erinnern wusste. Er würde bereit zu sein, sie alle aus seinem Gedächtnis auszulöschen. Es war aber nicht mehr möglich, weil sie zu einem unvergesslichen Bestandteil seines Schicksals geworden waren. Sie gehörten nun beständig zu seiner Erfahrung, die unzertrennlich mit seiner Existenz bis zum Tode vorhanden sein musste. Diese Denkweise ließ ihm, im Augenblick alle Kränkungen, die er ihnen gegenüber zu erleiden vermochte, zu vergessen. Stattdessen blieben in seiner Seele angenehme Bilder und Gestalten, die hoffentlich fernerhin wie eine verlässige Tröstung sein krankes Herz beruhigen sollten. Er durfte diese weiblichen Wesen nicht wegen ihrer Verhaltensweise bezichtigen, weil sie eine natürliche Folge ihrer Biologie sein sollte. Alle seine Frauen sahen äußerlich absolut anders aus. Doch geistlich und sinnlich waren viele von ihnen sehr ähnlich, so dass er bei ihnen irgendwelche verwandtschaftlichen Verhältnisse vermuten konnte. Er wollte nicht daran glauben, dass ihre verfeinerten Gefühle zu ihm ausschließlich von seiner übergeordneten Position vorkommen konnten. Einerseits sollte es etwas beleidigend für ihn klingen. Andererseits konnten die Zärtlichkeiten, die sie in Beziehungen mit ihm zu erweisen versuchten, keinen Zweifel übriglassen, dass er als Mann für sie gleichgültig war. Nein, bestimmt nicht, weil sonst mussten sie alle hervorragenden Schauspielerinnen gewesen sein.
Der Unterschied zwischen männlicher und weiblicher Natur war rasant. Die häufig eintreffende Unverständlichkeit dieser wichtigen Tatsache führte gewöhnlich zu unvermeidlichen Auseinandersetzungen und Zanken, die allmählich die meist passenden zueinander Paaren zur Scheidung bringen sollten. Seltsam schien jetzt Karsten

der Umstand, dass auch er vor dieser schweren Erkrankung nichts davon zu verstehen probierte. Mit anderen Worten waren die herzlichen Schwächen nicht ausschließlich schädlich (oder tödlich) gewesen, sondern sie trugen eine große Leistungsfähigkeit für das Begreifen einiger komplizierten Dingen des menschlichen Daseins. Es sah so aus, als wäre irgendwelche himmlische Kraft dafür verantwortlich, sowohl um die Bestraffung als auch um die Belohnung der betroffenen Person zu kümmern. Zu Besonderheiten des Krankenhauses gehörte nicht zuletzt die unterschiedliche Zeitwahrnehmung seitens des Personals und der Patienten: Während die Letzten deren Überfluss genießen konnten, litten die Ersten an einen verhängnisvollen Mangel dieser Substanz. Solche Ungereimtheit schien Dr. Wittke sehr ungünstig zu sein. Denn er war unfähig, alle Fragen, die in seinem Kopf während des Aufenthalts in der Klinik entstanden, mit den klugen Kardiologen zu diskutieren. Die sollten eine große Erfahrung an die Erläuterung vielen Erscheinungen, die er dort bekommen habe, zu sammeln. Selbstverständlich gehörten sie nicht in die Lernbücher oder wissenschaftliche Zeitschriften, wo nur stoffliche und körperliche Sachen diskutiert worden waren. Die Mehrheit der Themen, die er gerne mit den Fachleuten erörtern wollte, betraf die geistigen und seelischen Einzelheiten. Sie verlangten von ihm eine deutliche Erklärung. Diese paradoxale Situation ähnelte ihm an ein Märchen, das ihm als Kind seine Mutter erzählte.

Dort handelte es sich um ein altes Weisen, der bei der Umgebung so gefragt worden war, dass er keine Zeit mehr für die übrigen Sachen haben konnte. Ein Dummes Kerl, der unwissend in der Nähe wohnte, grübelte lange darüber nach, was er von Herrgott bekommen habe, und sollte den Schluss ziehen, dass er gar nichts zur Verfügung gestellt habe. Die einzige Sache, die er vollständig besaß, war die freie Zeit.

„Wenn der Alte keine Zeit habe", dachte sich der Kerl, „sollte für ihn auch die Zeit, die ich besitze, wertvoll sein. Es bedeutet, dass er wahrscheinlich bereit wird, seine Weisheit auf meine Zeit zu wechseln. Also muss ich zu ihm gehen und den gewünschten Umtausch vorschlagen". Und so machte der Bursche. Als der Weise erkannte, mit welcher Frage der Kerl ihn besuchte, begann er darüber nach zu denken: „Wenn dieser junge Besucher auf solchen Gedanken kam, ist er nicht so dumm, wie die Leute ihn aufzunehmen pflegten. Anders ausgedrückt ist er tauglich, damit er bei mir gelehrt werden konnte. Das heißt, er wird allmählich kluger geworden, um meine

Beschäftigung teilweise zu übernehmen. Ich bin alt und die Zeit, die er mir überbringt, könnte ich für unterschiedliche Dinge ausnutzen". Und schließlich ereignete sich alles wie der Alte vermuten sollte. Merkwürdigerweise empfand sich Dr. Wittke in dem Augenblick an der Stelle des dummen Kerls, dem der gleiche Umtausch dringend benötigt gewesen sein sollte. Allerdings war es nicht der Fall im Sinne, dass er seine überflüssige Zeit vernünftig anwenden sollte. Nach dieser Erwägung widmete Karsten seine Zeit dem Versuch, den rätselhaften Begebenheiten, die mit ihm vor kurzem stattfanden, eine einsichtige Erklärung zu finden. Was war es in der Tat? Eigentlich zählte er sich zu diesen Ungläubigen, die allen solchen erfundenen Geschichten nicht vertrauen. Doch jetzt war die Rede nicht von irgendwelchen Gerüchten, sondern von seinen eigenen Erlebnissen.

Die familiären Umstände

In Abwesenheit von erfahrenen Herzfachleuten (die nach den genannten Gründen mit ihm nicht sprechen konnten) wurde er nun gezwungen, selbst auf allen Fragen die passende Antwort zu suchen. Folglich musste er eingestehen, dass die Seele, deren faktische Existenz noch nicht bewiesen worden war, wahrscheinlich einer Realität entsprach. Ihm wäre es schwer, die wirkliche Vorbestimmung dieser vergänglichen Sache zu mutmaßen. Trotzdem konnte er hoffen, dass sie eine gewisse Rolle bei dem Umgang mit den verschiedenen Personen zu helfen vermochte. So war die Gestalt seines Vaters, die ihm bei der Genesung eine richtige Unterstützung leistete, ein aufschlussreiches Beispiel dafür. Sonst wäre er nicht imstande, diese Gestalt so deutlich aufzunehmen sowie mit ihr völlig lebendig zu unterhalten. Nun konnte er seine ärztliche Behandlung kaum, ohne sie vorzustellen, denn deren aufrichtiges Bild verließ ihn bis dahin nicht mehr. Gerade wegen seiner Erscheinung würde es möglich, mehreren Begebenheiten seines Lebens einen anderen Sinn zu deuten. Es stellte sich dabei heraus, dass er nun sogar den gewissen Problemen, die er zuvor für unlösbar hielte, ihre Lösung zu finden vermochte. Auch die weibliche Natur, die ihm früher wie ein Buch mit sieben Siegen scheinen sollte, verlor einigermaßen ihren geheimnisvollen Charakter. Mehr davon fühlte er eine neue Kraft, die er während des Kurierens kriegen konnte, die ihm in vielen ganz unerwarteten Situationen behilflich sein sollten. Außerdem bekam er die Hoffnung, noch viel in diesem Leben zu erreichen, was schon längst nicht der Fall war.

Logischerweise konnte er als die erste Person, die er in seine Pläne einweihen konnte, Bettina, die auch heute nachmittags ihn besuchen sollte. Seit diesem Herzanfall war sie häufig bei ihm und jedes Mal beschränkten sich ihre Gespräche auf Plattheiten, die beiden in seiner Lage für angebracht fanden. Seine Frau sah diese Tage betrübt und besorgt aus, was man einfach kapieren konnte. Sie be-fürchtete, ihm irgendwelche zusätzliche geistige Belastung zu ver-setzen. Er kümmerte sich seinerseits darum, ihr etwas Unvorsichtiges nicht fallen zu lassen, was sie erregen konnte. Deswegen ähnelte ihre Unterhaltung an den Umgang zweier unbekannten Menschen, die keine Ahnung über ihren Visavis haben konnten. Diesmal wollte Karsten damit Schluss machen. Es sollte ein ernstes Gespräch sein, das ihr gemeinsames Leben in einem anderen Gesichtswinkel an-schauen ließe. Dr. Wittke legte sich noch nicht Rechenschaft darüber ab, ob es eine Art der Reue oder Aussöhnung werden sollte. Er wuss-te aber wohl, dass seine heutige Rede einen Wendepunkt in ihre Be-ziehung mitbringen konnte. Gewiss war er nicht in der Lage, die Fol-ge seiner Äußerung im Voraus zu sehen. Solche Beschaffenheit ge-hörte eher den göttlichen Propheten. Trotzdem verband er mit seiner Rede große Hoffnungen. Vielleicht konnte auch Bettina von seinem verschmitzten Lächeln etwas Unerwartetes verspüren. Jedenfalls be-absichtigte er irgendwas Ungewöhnliches.

Und dann sprach er:

„Schatz, was ich dir heute mitteilen wollte, gehört nicht allein zu meinen tiefen und dauerhaften Überlegungen, sondern zu meiner neuen Eigenschaft, die Umgebung und alles, was mit uns früher ereignete, ganz anders wahrzunehmen. Ich würde dir sehr dankbar, wenn du mir aufmerksam zuzuhören und zu verstehen vermochte. Es ist wichtig nicht allein für uns beiden, sondern wahrscheinlich auch für unsere Söhne. Ich wollte kein Hehl daraus machen, dass die schwere Attacke, die mein Herz vor kurzem erlitt, eine neue Etappe meines Lebens eröffnen sollte. So scheint es mir momentan, dass ich ein bedeutendes Erlebnis bekam, das uns beiden helfen könnte, unser Alltag besser anzuordnen. Ein Familienleben fordert von uns beiden viel mehr Hingabe als es zuerst aussehen konnte. Die Eheleute soll-ten sich von Anfang an mit der beidseitigen Verantwortung rechnen, die sie auf sich übernehmen müssen. Noch komplizierter sieht es mit der Kindererziehung aus, weil wir dabei die eigenartigen Besonder-heiten der kindlichen Natur nicht zerstören dürfen. Das heißt, die Er-ziehung unseren Jungen muss aus zwei entgegengesetzten Bestand-

20

teilen zusammensetzen, die eine zwingendbelehrende und die andere freischöpferische. Dieser Erziehungsprozess verlangt von uns eine Menge Ausdauer und Ruhe. Außerdem ist es unzulässig, den Ärger an dem Ehepartner auszulassen. Daran sollten wir immer erinnern, damit das geistige Klima in unserem Haus ausnahmslos wohlwollend bleiben könnte. Es stellte sich heraus, dass unsere Söhne ziemlich unverschämt und schroff werden konnten. Nun verstehe ich, dass solche Beschaffenheit biologische Ursachen haben konnte, die mit ihrer vergrößerten Männlichkeit verknüpft werden sollte. Deswegen brauchen wir nicht mehr, die Mühe darauf zu konzentrieren, um diese ursprünglich natürlichen Eigenschaften auszurotten. Im Gegenteil müssen wir ihnen geduldig erklären, dass man alle Menschen triftig und ehrerbietig behandeln sollte. Denn sonst bekommt man alle gemeinen Frechheiten zurück, indem wir allmählich davon sehr traurig und unglücklich gewesen werden. Ich bin der Ansicht, dass die beiden einsichtig genug sind, damit sie solche Erläuterung angemessen zu kapieren fähig wären. Ich kann nicht behaupten, dass unsere veränderte Einstellung den Kinder gegenüber sofort ein gutes Ergebnis bringen könnte, doch ich zweifle mich nicht, dass sie der Mühe wert ist. Darin sehe ich etwas Ähnliches den Verhältnissen zwischen Eheleuten. Wenn wir diese nicht einfache Angelegenheit bezogen betrachten, könnten wir sie mit jenem anderen verwickelten System vergleichen, das allmählich abgetragen werden sollte. Mit anderen Worten braucht man mit Jahren das System behutsam instand zu setzten. Eine gewöhnliche Ehe bracht eine belebende Nahrung, die die Partner sorgfältig vorbereiten sollten. Ohne dieses unentbehrliche Verfahren riskieren die Eheleute, alle Verbindungskräfte zu verlieren und in ihren vorherigen Geliebten nur einen Blutfeind zu sehen. Es wird sicher eine schwere Aufgabe sein, die eine unerschöpfliche seelische Leistung fordern sollte. Wir haben aber keine andere Wahl, wenn wir uns unser Familienglück weiter zu genießen wünschen. Ich persönlich habe diese Schlussfolgerung ausschließlich dank meiner aktuellen Erkrankung gezogen, die neben ihren entsetzlichen Folgen auch gewisse nützlichen Sachen zu erteilen wusste. Im Laufe der letzten Tage wurde es mir klargeworden, dass ein Sterblicher nicht zufällig jene himmlische Heimsuchung bekommt. Umgekehrt sollte die zu seinem Schicksal wie Wasser zu einem Fisch gehören. Sonst würde man von einem Lebensstrom so heftig wegverweht, dass er oder sie kaum zu begreifen fähig wären, was mit ihnen tatsächlich passierte. Ich war auch darin eingetaucht und wusste nicht mehr,

wohin mich diese alltägliche Hastigkeit bringt. Von diesem sinnlosen Durcheinander verliert man sein göttliches Wesen und irrt wie
einem blinden Maulwurf umher. Solche unheilvolle Lebensweise ist
so gefährlich, dass man manchmal die einfachsten Situationen nicht
wohl erkennt, um einen angemessenen Ausweg herauszusuchen.
Bemerkenswert war mein Aufenthalt in der Klinik rechtzeitig, damit
ich alle Seiten meiner Existenz nebeneinander zu stellen probierte.
Wenn ich heute gewisse Sachen beurteilen sollte, werden meine
Aussagen unbedingt viel kluger gewesen als vor der Klinik. Nein ich
habe hoffentlich vollständig mit meinem früheren Alter Ego Schluss
gemacht. Ich bin ein Neuling, der die Welt mit anderen Augen wahrnimmt. Außerdem habe ich eine Empfindung gekriegt, dass auch wir
beide in der Lage sind, unsere Beziehungen neu zu organisieren. Es
wäre wunderschön gewesen".

Bettina hörte seine Rede mit angehaltenem Atem an. Seine Worte klangen ganz anders als noch einige Tage zuvor gleichsam saß ihr
gegenüber einem fremden Manne mit ihr unbekannten Gewohnheiten und Manieren. Ihr war es etwas ungeschickt, ergründet zu begreifen, was er heute sprach. Gleichzeitig sorgte seine Krankheit dafür,
dass ihre Reaktion darauf einigermaßen beschränkt werden sollte.
Denn jeder ihre Einwand konnte bei dem Kranken eine unzulässige
Nervenerschütterung auslösen. Dieser Umstand schien ihr sehr bedeutsam zu sein, damit seine Gesprächspartnerin ihre Worte besonders sorgfältig auswählen sollten. Auf diesen Grund erwiderte sie als
würde seine Rede unerwartet und Neugier erregend:
„Was ich gerade von dir, Karsten, gehört habe, war sehr interessant
und neu gewesen. Ich konnte bestimm nicht vermuten, dass eine ernste Erkrankung, außer mehreren unangenehmen Angelegenheiten etwas Günstiges und Belehrendes mitzubringen fähig wäre. Damit bin
ich froh über dich. Du hast unbedingt recht, dass unser graues und
ungestümes Leben uns keine Möglichkeit übrigließ, ruhig und beschaulich alle Sachen unseres Alltags zu betrachten und überlegen.
Deswegen ist dein Erlebnis sehr wertvoll und nützlich. Auch deine
Erörterung über unsere Familie finde ich sinnvoll und richtig. Wir
beide waren nicht selten überflüssig hart und unnachsichtig. Gewiss
benehmen sich die Jungen nicht immer anständig und höfflich. Doch
ich finde deine Ansicht, die du diese Tage bekommen konnte, völlig
richtig. Eigentlich sind sie noch Kinder, um von ihnen zu viel zu verlangen. Mir gefiel auch deine Vorstellung, mit ihnen öfter über die

allgemeinen menschlichen Eigenschaften zu sprechen sowie die guten und nachahmenswerten Beispiele der Verhaltensweise zu nennen. Sie sind vernünftig genug, um diese Sachen anzueignen. Ich bin auch damit einverstanden, dass unsere Familie noch nicht unvermeidlich dem Untergang geweiht ist. Wir können uns sicher mit Behagen hingeben, unsere Eintracht aufrechtzuerhalten. Dafür muss ich dir dankbar sein.

Diese Tage habe ich auch viel überlegt, was unsere Ehe betraf. Vielleicht habe ich mehrere Fehler gemacht, die eine einsichtige Frau sich nicht lassen sollte. Ich beschuldigte mich dabei die scharfen Äußerungen dir gegenüber, die dein Herz enorm beschädigen konnten. Ich verstehe jetzt wohl, dass deine Arbeit selbst eine große Belastung erweist, die häufig zu Stresssituationen führen konnte. Deswegen musste ich mit dir umgänglich werden, damit du zuhause dein Nervensystem entspannen konnte.

Ich bin heute der Meinung, dass eine richtige Familie sich dadurch auszeichnen sollte, dass ihre Mitglieder imstande sind, jederzeit einander geistig und körperlich zu bekräftigen. Ich glaube, wir haben alle benötigten Voraussetzungen dafür".

Diese emotionale Äußerung kostete ihr möglicherweise so viel Energie, dass die Tränen unwillkürlich aus ihren Augen flossen. Um ehrlich zu sein erwartete Dr. Wittke von seiner Frau kaum etwas Ähnliches. Er war davon so angenehm erschüttert, dass es in dem Krankenzimmer einige Minuten darauf eine volle Geräuschlosigkeit herrschte. Danach ergriff er das Wort:

„Liebe Betti, ich weiß nicht, wem ich für deine Aussage danken sollte, der Gottesgnade oder meiner Krankheit. Trotzdem schien sie mir sehr angenehm zu sein. Im Grunde sagtest du gerade diese Gedanken aus, die ich mir aus deinem Mund zu hören wünschte. Nach diesen entsetzlichen Tagen, wenn meine Körper und Geist zwischen Leben und Tod schwebten, wurde es mir von der höhen Macht mitgeteilt, dass falls „ihr Gericht" mir einen Freispruch verurteilt oder mit anderen Worten weiter leben lässt, musste ich meinen Lebensstil sowie meine Stützen erheblich ändern. Damals wurde es mir absolut verständlich geworden, dass uns Menschen viel mehr vom Himmel gegeben wurde, als wir vermuten konnten. Einigermaßen sind wir für unser Leben selbst verantwortlich. Aus diesem Anlass stellte es sich heraus, dass mehrere unsere unangenehmen Ereignisse von uns selbst verursacht wurden. Meistens sind wir zu trübsinnig und niedergedrückt, was schlecht aus allen Seiten aussehen sollte, vor allem aber, weil wir uns selbst unwillkürlich den Weg zum Glück und Erfolg sperren. Wahrscheinlich ist es den Höhen Kräften, die die Welt beherrschen unerwünscht, wenn die Sterblichen ständig mürrisch und schlechtgelaunt sind. Deswegen wird ihnen fernerhin auch die Unterstützung abgesprochen werden. Eigentlich ist jede menschliche Handlung, sei sie beruflich oder privat, ein freies Schaffen, das man ohne Beschränkung machen konnte. Es betrifft gleichermaßen sowohl eine unternehmerische Tätigkeit als auch die Verhältnisse in einer Familie. Anders ausgedrückt kann man erfolgreich diese Verhältnisse ausdenken und schöpfen, ohne die Bedürfnisse der anderen zu unterdrücken. Der Hauptunterschied zwischen geschäftlichen und Familienangelegenheiten besteht darin, dass für die ersten der Vorzug der allgemeinen Sache gegeben werden sollte, während für die letzte - dem Gedeihen jedes Mitglieds der Familie. Unser einsichtiges Zeitalter macht es möglich, diese Aufgabe günstig zu erfüllen.

Als ich diese „höhe Botschaft" bekommen habe, begann ich intensiv zu grübeln, wie man sie konkret für unsere Ehe und Familie ausnützen konnte. Mir kam dabei in den Kopf eine geistreiche Variante der Problemlösung, die ich dir später zuhause vorstellen wollte. Zu meiner Verwunderung stimmte deine heutige Äußerung mit meinem tiefen Nachdenken überein. Du kannst dich einbilden, wie glücklich ich davon sein werden konnte. Wenn es uns tatsächlich gelingt, solche Gnade Gottes zu bekommen, wird es einfach fantastisch und unglaublich. Aber mein ganzer Aufenthalt in der Klinik ist mit den unwahrscheinlichen Dingen verbunden, damit ich imstande sein konnte, auch an dieses Wunder zu glauben".

Der letzte Besuch Bettis konnte Karsten als ein Zeichen der Versöhnung bemerken, dass er den Rest seines Lebens im Kopf halten sollte. Es war als würde ihm ein Stein vom Herzen gefallen. Seit Jahren wartete er nun erneut auf die Rückkehr nach Hause und solche Empfindung reichte ihm wohl, um auch die Ergebnisse der Leistung des Herzmuskels deutlich zu verbessern.

Der Chefarzt fand seinerseits darin eine Wirkung der neuen Arznei, die seine Klinik vor kurzem von einer schweizerischen Pharmafirma bekommen hatte. Und Dr. Wittke war höfflich genug, indem die erhebliche Besserung seiner Gemütsverfassung nicht zu erwähnen: Für einen erfahrenen Arzt sollte eine neue Medizin viel wägbarer als eine

Laune sein. Dem Kranken selbst war es nicht besonders wichtig, welcher Umstand die wichtigste Rolle in seiner Genesung spielen sollte. Die Genesung allein war viel bedeutsamer als das Mittel, das zu ihr führen sollte. Jetzt konzentrierte er lieber seine Aufmerksamkeit auf die Fragen, die er nach der Entlassung dringend zu lösen versuchen musste.

Noch eine andere Betrachtung

Der lange Verbleib Dr. Wittke in der Klinik sollte unter mehreren sonstigen Erwägungen darum kümmern, dass er aufmerksam das Personal der Krankenschwester und -pfleger unwillkürlich betrachten könnte. Selbstständiger weise waren sie alle sehr unterschiedlich. Doch diese Seite deren Echtheit störte den Kranken auf keinen Fall. Nein, er ließ sich eher ihre dienstlichen Qualitäten vergleichen, was auch nicht so leicht werden konnte. Es gab eine Reihe von guten Fachleuten beides Geschlechtes, die pünktlich und auf genügendem Niveau zu erfüllen pflegten. Gleichzeitig war es Karsten ziemlich bald klargewesen, dass zwei von ihnen auffällig besser als ihre Kollegen waren. Konnte es ihm angeblich in den Kopf kommen, oder gab es dafür irgendwelche Beweisstücke? Übrigens hießen diese junge Leute Frau Uta Herfurth und Herr Jannis Lau. Plötzlich fiel Wittke die Lösung ein: Es wurde mit deren Art und Weise verbunden, ihre tattäglichen Verpflichtungen zu erfüllen. Sogar ihre Manieren sich zu bewegen, unterschieden sich von dem Rest der Mannschaft, der alles gründlich und würdevoll schaffen sollte. Diese beiden bewegten sich nicht in eigentlichem Sinne des Wortes. Umgekehrt liefen sie pausenlos den ganzen Schichttag durch. Gerade dieses Tempo ermöglicht ihnen, alle Sachen rechtzeitig zu machen, verschiedene Aufgaben fertigzustellen, Die unzähligen Bitten, Klagen und Beschwerden der immer unzufriedenen Patienten geduldig nach zu kommen und ausnahmslos ihre Barmherzigkeit und ihr Mitgefühl aufrecht zu erhalten. Ihr Streben für die armen Kranken behilflich zu sein konnte man mit bloßen Augen sehen.
„Wieso", dachte sich Karsten, „konnte es passieren, dass die Menschen, den die meistgefragten in der Heilkunde Eigenschaften fehlen, sich geradlinig darin bestreben ungeachtet dessen, dass sie dort die größten Schaden zu verursachen vermögen".
Er erklärte sich aber dieses Phänomen dadurch, das jeder Sterbliche sich selbst viel besser und günstiger aufnimmt als er in der Tat sein

sollte. Der Mensch als die Kreatur Gottes ist leider zu schwach und unfähig, um die eigenen Fehler angemessen abzuschätzen und die richtigen Schlussfolgerungen zu ziehen. Viel häufiger benehmen wir uns eigensinnig und hochnäsig. Die letzte Bemerkung betraf auch Dr. Wittke selbst.

Die Ehefrau

Die Familienbeziehungen Bettina Wittke waren für sie erstrangig gewesen, Sie bestimmten aber nicht alle ihren Sorgen. Denn sie arbeitete bei einer Zulieferungsunternehmen, das letzte Zeit wegen des Mangels an die Investition in Verlegenheit geraten worden war. Mit anderen Worten: Es musste weiter alle seinen Pflichten in voller Menge erfüllen, war aber ständig nicht sicher, ob es genug Kapital haben konnte, um die Gehälter und andere Zahlungen zu leisten.

Als eine Büroangestellte führte sie die Buchhaltung und sonstige wirtschaftliche Rechnungen durch, was unter gegebenen Bedingungen mit großen Risiken verknüpft werden sollte. Das Betriebsklima verschärfte sich drastisch jeden Monat, weil die Angst, die Arbeitsstelle zu verlieren bei allen Beschäftigten wach war. Es war sicher nicht einfach, sogar den äußeren Anschein der Ruhe darzustellen. Die Mehrheit der Abteilung war die langjährigen Mitarbeiter, die an viel bessere Zeiten erinnern konnten, wenn die monatlichen Erträge mit großen Prämiengelder dotiert worden waren. Nun gehörte solcher Luxus zur Vergangenheit, die kaum jemandem Freude bringen konnte. Was aber wie ein seltsames Überbleibsel verbleiben sollte, waren die engen persönlichen Verbindungen zwischen einigen Kolleginnen und den Männern aus der Obrigkeit. Wenn sie damals eher den Gegenstand einer fast ästhetischen Neugierde waren, bedeuteten sie nun eine rettende Chance, den Arbeitsplatz beizubehalten. Da diese Angaben zu streng geheimen zählten, war offiziell die Gefahr, aus der Firma ausgehen zu müssen, für alle gleichwahrscheinlich gewesen. Natürlich gab es keine Hinweise darauf, ob auch Frau Wittke irgendwelche Hoffnungen hegen konnte. Trotzdem erfüllte sie jetzt alle ihre Aufgaben noch mehr beharrlich wie zuvor. Die Möglichkeit der Wiederherstellung ihrer vorigen Beziehungen mit ihrem Ehemann ließ ihr die nahe Zukunft in rosigem Licht sehen. Zweifellos war sie aber nicht der Absicht, die äußerst persönliche Ausführlichkeit ihres Lebens irgendjemandem zu erzählen. Doch die betrieblichen Bedingungen forderten von der Leitung ein einsichtiges Benehmen, damit die allgemeine Anstrengung nicht über die zulässigen Grenzen ausgehen konnte. Auf diesen Anlass wurde es beim Vorstand entschlossen, regelmäßig individuelle Unterredungen mit dem Personal durch zu führen, was in der Tat ganz nützlich zu sein schien. Als Frau Wittke an der Reihe war und das Vorstandsmitglied ihr von Herzen sprach, konnte sie sich nicht enthalten und schilderte ihm die jüngste Begebenheit, die mit ihr vonstattenging.

„Herr Grünfeld", sagte sie vertraulich, „Sie konnten sich nicht vorstellen, welche ungewöhnliche Umwandlung mit mir vor kurzem passierte. Die Sache begann leider nach der schweren Erkrankung meines Mannes, was meine Gemütslage in den Keller sinken sollte. Wie es häufig der Fall ist, sammelten sich fast gleichzeitig alle möglichen unangenehmen Umstände um mich. Sie wissen viel besser als ich, mit welcher Nervosität unsere Arbeit letzte Zeit verbunden ist. Dazu kamen Schulproblemen mit meinen beiden Söhnen, Wasserrohreinbruch im Badezimmer und noch einige Unklarheiten mit der Bank. Kurz gesagt geriete ich in Verzweiflung. Sicher versuchte ich, mich so hart wie möglich in die Arbeit zu vertiefen, was mir wirklich einigermaßen die Ruhe mitgebracht hatte. Dieser Zustand wurde aber kaum zuverlässig gewesen. Im Gegenteil wartete ich ständig etwas Ungünstiges, entweder aus dem Krankenhaus, wo mein Mann mit dem Herzinfarkt lag, oder aus der Schule sowie aus der Bank. Wenn ich in meiner Kindheit die kirchlichen Bücher las, war ich davon überzeugt, dass alle diesen Engelgeschichten die echte Wahrheit war. In der Jugend war ich wie viele meine Altersgenossen von dem Nihilismus begeistert, so dass den Engeln und andere mythischen handelnden Personen kein Vertrauen mehr verdienen konnten. Was mir aber vor einigen Tagen erschien, änderten vollständig meine vorigen Vorstellungen. Es war eine alte Dame, die mir an eine hundertjährige erinnerte. Es sah so aus, als ob sie mich schon längst kannte. Das heißt, aus ihrer Sicht gab es keinen Sinn, uns bekannt zu machen. So erwähnte sie kurz alle Sachen, die ich letzte Zeit erlebte, und sagte mir vorher, was ich künftig bekommen sollte. Völlig merkwürdigerweise ging sie ohne Abschied fort, so dass ich bis heute keine Ahnung haben konnte, wer sie war. Trotzdem änderte sich etwas in meiner Natur, indem ich die Umgebung auf ganz neue Art und Weise wahrzunehmen vermochte. Also habe ich mehrere Ereignisse und gewohnte Dinge anders gesehen als zuvor. Und auch sie selbst bekamen die Fähigkeit, sich zu verbessern. Es war eine unglaubliche Überraschung für mich gewesen, die alle Seiten meiner Existenz betreffen sollte. Bemerkenswert besserte sich allmählich der Zustand meines Mannes, die Lehrer waren nicht mehr böse auf meine Söhne, die Röhre im Badezimmer wurde wohl gewechselt und alle Unklarheiten mit der Bank wurden aufgeklärt. Die einzelne Sache, die mich noch stören konnte, bezieht sich auf die Verlässlichkeit meiner Arbeitsstelle. Obwohl ich keinen Einfluss auf diese Angelegenheit zu nehmen vermochte, lässt mir meine neue Weltanschauung hoffen, dass auch sie günstig für mich werden konnte".

Bettina beendet ihre Erzählung und es herrschte einige Minuten ein tiefes Schweigen. Denn Herr Grünfeld befand sich augenblicklich in Unwissenheit. Einerseits konnte er nicht vermuten, ob diese seltsame Geschichte tatsächlich stattfand oder von ihr frei erfunden worden war. Wenn Frau Wittke nicht betrügt, konnte ihre Erzählung auf den Gedanken lenken, dass etwas Märchenhaftes noch in unserem kosmischen Zeitalter möglich wäre.
Wenn alles der Gegenstand ihrer Einbildung sein sollte, wurde es nicht zufällig gemacht, sondern als eine Anspielung auf die Notwendigkeit, ihr eine Unterstützung zu leisten. Andererseits unterhielt Herr Grünfeld mit ihr nicht müßig, sondern geschäftlich. Es bedeutete, dass er unbedingt irgendwelche Schlussfolgerung daraus ziehen sollte. Im Grunde bedachte eher der Vorgesetzte mit den Kategorien der Erträge und Vorteile. Doch der Fall Frau Wittke ging über diese Grenzen hinaus, denn ihre Augen drückten Gelassenheit und Stille aus, was nichts Gemeinsames mit dem Eigennutz haben konnte.

Manchmal konnte er solchen Anblick bei den Mitarbeitern bemerken, die einen einflussreichen Beschützer in der Verwaltung hatten. Doch diese Individuen verrieten sich durch irgendwelche unbedachten Gesten oder Redeweise, so dass es einem erfahrenen Beobachter (zu denen sich auch Grünfeld zählte) nicht schwer wäre, das Wesen festzustellen. Was aus der Rede dieser Frau zweifellos folgte, ersparte ihm weitere Mühe. Darüber hinaus war es ein nächster Anhaltspunkt damit auch er selbst mit den ähnlichen geistigen Umwandlungen vertraulich sein sollte. Jedenfalls wusste er nun wohl, dass er bei der Entlassungsdiskussion auf ihrer Seite stehen sollte. Nichtsdestoweniger vorzog er, ihr seine Auffassung nicht aufzudecken. Vielleicht gab es etwas Übermäßiges in seiner Behutsamkeit, was ihn als Unternehmensleitung einigermaßen rechtfertigen sollte.

Ehrlich gesagt, passierte letzte Tage mit Bettina Wittke tatsächlich irgendwas Unerklärliches. So war sie noch im Arbeitszimmer des Leiters nicht der Absicht, die jüngste Geschichte über ihre geistige Umwandlung dem Vorgesetzten zu erzählen. Es ereignete sich eher spontan, was sie später zu der Reihe anderen rätselhaften Erscheinungen mit ihrer Beteiligung zuschreiben sollte.

Vielleicht sorgte eine verborgene Kraft dafür, die ihre Handlungen bestimmen konnte. Sonst würde sie lieber diese Story erst seinem Ehemann mitteilen. Nun fühlte sie sich in schlechter Stimmung, weil sie angeblich von ihm etwas Wichtiges für die beiden verheimlichen wollte. Jetzt als sie schon in ihrem Büro saß war sie in der Lage, auf sich einen kritischen Blick zu werfen. Es war hundertprozentig unangebracht, die Sache, an die keine vernünftige Person glaubt, nicht dem zufälligen Passanten, sondern ihrem großen Chef, von dem sie stark abhängig war, in allem Detail zu schildern. Das schlimmste in diesem Vorgehen bestand darin, dass sie damit trotz ihrem Willen einen fragwürdigen Versuch unterfing, einen Einfluss auf den ehrenwürdigen Herrn zu verüben. Nun kapierte sie, dass ihre irreführende Erzählung einen falschen Eindruck schinden konnte, sich vorteilhaft zu präsentieren.

Was konnte Herr Grünfeld über sie denken? Wozu gab sie ihm unwillkürlich die Auskunft über ihren schwerkranken Mann, als wäre sie der Absicht, dessen Mitleid zu erwecken. Natürlich musste sie nun traurig über ihren Fehlschlag sein. Sie grübelte weiter darüber nach, wie es zustande kommen konnte. Gab es überhaupt einen Ausweg aus der Verlegenheit, in die sie sich selbst gebracht hatte? Sie versuchte gedanklich, alle Varianten der Reihe nach durchzusuchen, um etwas Einsichtiges zu finden. Alles umsonst! Jetzt wird sie gewiss gerecht für ihre Leichtsinnigkeit bestraft, und niemand konnte ihr jetzt helfen.

Sie war bereit, wieder Herrn Grünfeld um einen Termin zu bitten. Es sollte eine Bereuung sein, die ihn hoffentlich bewegen konnte, sie zu entschuldigen. Sie hielt sich aber an, gerade als sie schon die Nummer seiner Sekretärin wählte. Nein so einfach ging es auch nicht: Der Chef konnte ihre Handlung nicht richtig kapieren, z.B. im Sinne, dass sie noch dessen Aufmerksamkeit zu ihrer Person an zu ziehen suchte. Es wäre höchst entsetzlich gewesen. Nein, obwohl ihr gezwungenes Schweigen keine gute Auswahl sein konnte, war es eine bessere Alternative.

In diesem Moment kam ihr ein anderer Gedanken in den Kopf, der mit der Plötzlichkeit dieser geistigen Umwandlung verbunden worden war. Wie konnte es mit ihr um Gottes Willen passieren, dass ihre sehnlichsten Träume, die seit ihrer Jugend ihre innerste Natur geprägt hatten, so leicht entwertet werden?

Sie verbrachte ihre Kindheit und Teenagerjahre bei ihren Eltern, bescheidenen Arbeiter, unter sehr sparsamen Umständen. Jeder neue Einkauf, sei es ein Kleidungsstück oder die Schuhe, wurde als ein feierliches Ereignis aufgenommen werden. Ungeachtet dessen, dass sie schnell wachste, verspäteten sich diese Begebenheiten manchmal so auffällig, dass ihre Schulfreundinnen bissige Scherze ihr gegenüber auszusagen pflegten. Deswegen wünschte sie sich überwiegend die glückliche Zukunft, wo die Freude von den materiellen Gegenständen erfüllt werden konnte. So war ihr Muster über ein gutes Leben eng mit den Klamotten verbunden, die man jeden Tag wechseln konnte. Außerdem sollte sie ein Auto und eine eigene Wohnung haben, mit denen sie von Niemandem noch abhängig sein konnte. Eine volle Verwirklichung dieser Begierde schien ihr ausreichend, um sich wohl und problemlos zu fühlen. Die Ehe mit Karsten, den sie tatsächlich zu lieben hoffte, führte auf jeden Fall zu Befriedigung solches Bedürfnis. Mit Jahren begann sie aber begreifen, dass alles, über was sie als Mädchen träumte, nicht genug wären sollte, um sich der Himmel auf Erde zu bereiten. Denn es gab eine Menge anderer Dinge, die ein Individuum brauchte, um sich wohl zu empfinden.

Die Krankheit ihres Mannes erstattete sie in die Realität zurück. Diese schreckliche Begleiterscheinung ließ ihr fürs erste Mal in ihrem Leben nachzudenken, was sie falsch und fehlerhaft kapieren konnte. Obwohl diese Denkleistung unangenehm werden sollte, war sie in der Tat sehr nützlich und rechtzeitig. Darüber hinaus eröffnete sie ihr solche verborgenen Geheimnisse des Lebens, die man sonst kaum erkennen konnte.
Eigentlich bekam sie dank dieser Grübelei etwas, was man als einem Gedankenblitz zu nennen wusste. Damit wurde sie in eine andere Welt gebracht, wo sie sich als ein geistiges Wesen erkannte. Jawohl es existierte solcher, ihr unbekannte Raum, wo sich ausschließlich eigenartige Personen gemütlich fühlen konnten. Solche geistige Umsiedlung bezeichnete eine neue Etappe ihres Schicksals. Es sah so aus, als würde ihr einen märchenhaften majestätischen Palast ge-

zeigt, der von der üblichen Bevölkerung völlig geschlossen worden war. Wie groß war ihre spätere Verwunderung, als ihr Ehemann ihr etwas Gleiches erzählte, was mit ihm nach dem Herzinfarkt passieren sollte. Es war einfach unglaublich gewesen, dass zwei Menschen etwas Ungewöhnliches im Abstand von Tagen oder Stunden zu sehen und zu verstehen vermochten. Es war ein offenkundiges Zeugnis davon, dass die beiden Ehepartner geistig und seelisch nahe Verwandte sein sollten.

Diese fast religiöse Offenbarung sorgte dafür, dass sie nun Karsten in neuem Licht anschauen konnte. Von diesem Moment an wusste sie Bescheid darüber, dass ihre jüngste Näherung mit ihm nicht zufällig sein konnte. Gewiss machte sie einen Fehler, wenn sie Herrn Grünfeld von ihrer Umwandlung erzählt habe. Doch nun, nach der deutlichen Besserung ihrer Verhältnisse mit Karsten, war es nicht mehr so wichtig. Wenigstens war sie jetzt sogar bereit, den guten Arbeitsplatz zu verlieren, weil ein wohlgesinntes Familienleben ihr viel mehr bedeuten konnte. Natürlich wollte sie nicht freiwillig auf ihre Stelle verzichten. Sie hielt diese Variante nur für den Notfall. Und noch eine Seite ihrer geistigen Umgestaltung sollte sie freuen: Anscheinend war sie jetzt in der Lage, einige verborgenen Sachen durch eine ahnende Erfassung zu erkennen. Es wäre ein nächstes Geschenk des Schicksals gewesen.

Die Genugtuung von dieser Erkenntnis löste aber die neue Frage aus: Sollte die kümmervolle Ereignis mit Karsten Krankheit dafür verantwortlich sein? Betti zweifle sich daran. Gleichzeitig stellte es sich heraus, dass sie beiden der Vorsehung schuldig sind, die ihnen die geistige Welt begreifen ließ, ohne die die Eheleute nun ihre Existenz nicht vorstellen konnten. Der Unterschied zu ihrer vorigen Verhaltensweise bestand darin, dass ihr Leben früher von mehreren Kleinigkeiten verdüstern werden sollte. Jetzt kapierten die beiden, dass man von winzigen tagtäglichen Lappalien große Freude bekommen konnte. Alles hing nur davon ab, wie man sich selbst in erwünschte Stimmung hinzuweisen wusste.

Während eine tiefe Weisheit in der Zufriedenheit von kaum bemerkbaren Dingen verbergen konnte, fand die Mehrheit der Bevölkerung keinen Sinn, ihnen jene Aufmerksamkeit zu schenken. Ein wichtiger Bestandteil solcher unsichtbaren Dinge sollte sich in der Natur befinden. Eine unendliche Vielfalt der Schönheiten, die die Mutternatur uns erteilte, konnte unbedingt für alle Bewohner der

Erde ausreichend sein. Ein auffälliges Paradox unserer Zeit bestand darin, dass wir Menschen absolut blind sowohl zu unserer schönen Umgebung als auch zu eigenem Wohlbefinden sein sollten. Allerdings blieb die Natur weiter vorhanden und sogar die Tatsache, dass sie für uns auf ihrer Oberfläche unzählige Menge von Heilpflanzen schöpfte, viel Wichtiges erklären könnte. Zugleich nutzten mehrere klugen Menschen diese Himmelsgabe schon längst für die Behandlung schweren und heimtückischen Erkrankungen. Im Vergleich mit den riesigen Größen des Planeten oder des Weltozeans waren diese Gewächse erniedrigend klein. Doch für einen kranken Menschen, der um eine Rettung träumte, war diese Winzigkeit von enormer Bedeutung. Ähnlicher Weise konnten die schönen Landschaften, die dem Anblick einer Person erschien, für ihre geistige und seelische Gesundheit ganz heilend und rettend werden. Man konnte dieses kleine Zeug durch keine teuren Kostbarkeiten ersetzen.

Im Gegenteil führte die Neigung zu Üppigkeit zur Begierde, noch teurere und seltenste Kunstgegenstände und Juwelen zu erwerben. Dabei wollte die Betroffene nicht beachten, dass die Verfolgung solcher Ziele zu Neid und Zorn bringen, die häufig für psychische Störungen und leibliche Leiden zuständig sein sollten.
Ein gemein materielles Leben, wie es von Millionen Menschen weltweit betrachtet werden konnte, wird tatsächlich wie eine Täuschung von einem ständig entfernten Wunder aussehen, das von mehreren optischen Erscheinungen verursacht werden sollte. Der Reichtum, den man letzten Endes zu erreichen sucht, bringt ihm nicht das ersehnte Glück, sondern üblicherweise die Enttäuschung und Verzweiflung. Außerdem wird man allmählich von der nächsten Umgebung eher als etwas Materielles und Anziehendes betrachtet. Die verwandtschaftlichen Gefühle gehen in den Hintergrund und ihre Stelle wird von der Begierde ersetzt, mehr davon zu erobern.
Der Wettkampf besiegte Erben machen fernerhin ihre Beste, um den Reichtum zu vergrößern. Damit verstärken sie aber ihre künftige Gesundheits- und Gemütslage. Denn die Geschichte wiederholt sich mit noch grammvolleren Folgen: Die potentiellen Nachfolger und Erben werden noch unersättlicher und grausamer und diese Untugend ruft neue Übeltaten hervor.
Diese Erörterung Frau Wittke bekräftigte noch ihre jüngste Überzeugung, dass die geistige Welt, die vor kurzem ihr und ihrem Ehemann eröffnet worden war, viel wertvoller als ihr materieller Artge-

nosse sein sollte. Wenn es aber für die Erwachsene gar nicht einfach
wäre, den Lebensstil gründlich umgestalten zu lassen, wäre es für die
Schulkinder kaum realisierbar gewesen. Die kleinen sollten sich den
strengen Verordnungen gehorchen, was wenig Raum für die freien
Tätigkeit übrigließ. Praktisch wäre es nur während der Ferien möglich, die Söhne effizient zu beeinflussen.

Eine heikle Vorstellung

Der Gedanke, etwas wirklich Heilsames und familiengemein-
sames für den armen Karsten zu unternehmen, steckte sich so beharrlich in den Verstand der Ehefrau, dass sie ihn nicht mehr von
ihrem Ehemann zu verbergen vermochte. Warum den nicht, wenn sie
darin zugleich einen Anlass sehen konnte, dessen Gemütslage auf ein
höheres Niveau zu versetzen? Jetzt zweifelte sie nicht weiter daran,
dass er dringend ein seelisches Reizmittel benötigte, das ihn zurück
ins Leben verhelfen könnte. Betti sprach nun zu ihm besonders heiter-zuversichtlich, als würde es eine größte Rettungsaktion überhaupt
gewesen. Nachdem ihre Botschaft beendet worden war, sah sie klare
Verwunderung in seinen Augen gleichsam ihre Worte ihm etwas Gefährliches mitteilen konnten. Einige Minuten beherrschte die Stille
im Krankenzimmer, die darauf mit der Erwiderung des Patienten beendet werden sollte:
„Liebe Betti, versteh mich doch richtig, ich fühle mich momentan
nicht wohl sogar unter den behutsamen Bedingungen der speziellen
Klinik. Mir scheint es unrealistisch zu sein, mich in die Wildnis geh-
en zu lassen. Oder beirre ich mich?"
Plötzlich empfand die Frau irgendwas Missliches, was im nächsten
Augenblick mit der Enttäuschung ergänzt werden konnte. Nein, solches Bild stand sicher außerhalb ihrer Absichten, sie sollte das Gespräch gleich in andere Richtung bringen. Deswegen antwortete sie
mit einer zuversichtlichen Stimme:
„Mein Liebster, glaube mir, ich weiß alles über deinen Zustand und
bin keineswegs der Meinung, dich irgendwie zu schädigen. Unge-
kehrt bete ich jeden Tag zu Gott, damit Er dir eine schnellere Genesung senden konnte. Selbstverständlich war meine Rede eine Zukunftsmusik, die man sich jetzt wünschen konnte. Andererseits hab-
en wir noch ein Halbjahr vor den Sommerferien und ich hoffe, dass
es genügend wäre, um dich wieder auf die Beine zu stellen".

Solche Redewendung klang in Karsten Ohren viel gutmütiger als zuvor. Sie konnte ihm eher vernünftig und realistisch aussehen. Wörtlich drückte er das Verständnis folgendermaßen aus:

„Ich bitte dich, Betti, um Verzeihung, ich kapierte deinen ersten Vorschlag nicht richtig. Nun bin ich imstande, ihn angemessen ab zu schätzen. Du hast bestimmt Recht: Meines Erachtens konnten sich die Kranken nach dem Herzinfarkt im Laufe des halben Jahres gut erholen, um sich solche Reise in den Wald zu leisten. Mehr davon bekomme ich einen zusätzlichen Antrieb, damit meine Genesung stark beschleunigt werden könnte. Kurz gesagt mache ich alles Mögliches dafür".

Als Dr. Wittke wieder allein im Zimmer war, empfand er einen Kraftaufschwung, der mit seiner familiären Bedeutsamkeit verbunden worden war. Seine Frau und Kinder brauchten ihn erneut, mindestens in Sinnen der genannten Sommerreise. Mit diesen Gedanken strebte er sich von heute an danach, alle ärztlichen Verordnungen präzis durchzuführen. Er setzte diese Absicht auch nach der Entlassung aus der Klinik fort mit dem Umstand, zusätzlich bei der regelmäßigen Krankengymnastikstudien teilzunehmen. Solche heilenden Maßnahmen mussten sicher eine benötigte Wirkung haben, die er in der Tat verspüren konnte. Ehrlich eingestehen war es ein schweres Stück geistiger und körperlicher Arbeit, die viel Energie kosten sollte. Bestimmt konnte er nicht vermuten, dass ein zielstrebiges Leben manchmal über alle Begierden gehen sollte, obwohl er abends völlig erschöpft war. So befahl er sich sogar, nicht in den Spiegel an zu schauen, um keine überflüssigen Herzanregungen zu bekommen. Im Großen und Ganzen wurde seine aktuelle Existenz allein von den Gedanken über die künftige Reise geprägt. Man sollte auch den übrigen Familienmitglieder Gerechtigkeit widerfahren lassen, die diese Zeit ernst den Vaterszustand zu verstehen wussten und alles zu machen versuchten, damit die Sommermaßnahme tatsächlich stattfinden konnte. Wenn es für Betti von selbst begreifen werden sollte, sahen die Aktivitäten der jungen sehr rührend aus. Sie benahmen sich, als würden sie von jemandem Einflussreichen gefordert, sofort ordentlich zu werden. Außerdem zollten sie heimlich Achtung der gewissen Kleinigkeiten, die ihnen bei der Reise von Bedeutung sein konnte. So vorbereiteten sie sorgfältig die Fischfangausrüstung, für die sie vielleicht kein Taschengeld zu sparen bereit waren. Und die

Zeit ließ auf sich nicht lande warten: Das Halbjahr ging sehr schnell vorüber.

Die Abreise

So fuhren sie gerne in die Wildnis, wo sich die Lebensumstände stark von den städtischen unterscheiden mussten. Erstes Mal wählten die Eltern ein malerisches Eckchen im bayereschen Wald, wo man sich wie einem unverrückbaren Bestandteil der Natur empfinden konnte. Sie schlugen gemeinsam ein Zelt am Waldrand auf, wo ihr Wagen kaum die fremde Aufmerksamkeit anziehen konnte, und machten die benötigten Vorbereitungen, damit der dauerhafte Aufenthalt nicht besonders belästigt werden sollte. Das Kochen wurde vom Anfang an eine alle betreffende Sache, indem der Hauptanteil der Verpflegung aus der Waldfunde bestehen sollte. Die Fähigkeit, den Kräften entsprechendes Scherflein beizutragen, freute die beiden Kinder so stark, dass sie einen fesselnden Wettbewerb ausdachten, wer von ihnen der Beste sein konnte. Die Eltern brauchten nur zu erklären, welche Pilze giftig oder ungenießbar waren. Das Übrige ging von selbst, so dass nach zwei Tagen, die Pilzsuppe zum beliebten Leckerbissen geworden war. Auch das Braten mit Steinpilzen konnte keine ohne Vergnügen genießen.

Die Fischereisachen waren für die älteren eine angenehme Überraschung, die allerding eine schnelle Lagerveränderung verlangte. Schließlich fanden sie eine gemütliche Stelle in der Nähe eines Teichs, der für diese fesselnde Tätigkeit gut geeignet zu sein schien. Offen gesagt war die Suche nach solchem Ort auch nicht selbstverständlich, denn die Entdeckung des Wasserbehältersehers eher zu gelegentlichen Begebenheiten gehörte: der Teich wurde dick mit den großen Linden von der Außenwelt verborgen. Deswegen brauchte man einen scharfsichtigen Blick der jungen Augen, um hinter dem Laub und den Zweigen etwas zu verspüren. Die beiden Jungen zeigten sich aber auch als Fischer Glück zu haben, indem schon ihre ersten Versuche Erfolg brachten. Wenn Karsten in dem ganzen Unterfangen ein Kinderspiel zu sehen bereit war, wurde er von deren echten Leistung angenehm erstaunt, und   der erste geröstete Fisch sollte einen Spaß pur für alle bereiten. Dem Ehepaar war es besonders nett zu beobachten, welche verblüffenden Veränderungen mit den Söhnen passieren konnten. Aus den finsteren und missmutigen Männchen, die jenen gütigen Vorschlag mit Zorn und Wut angreifen konnten, bekam man in wenigen Tagen verständnisvolle und gönnerhafte Jungs, die selbst ihr Gefallen zu erweisen wussten. Sie schienen nun, die Aussagen der Eltern sehr sorgsam zuzuhören, als würde darin etwas Neues und Lebenswichtiges versteckt worden. Betti und Karsten dürften sicher, diese günstigen Umstände nicht zu verpassen. So nützten sie jede Möglichkeit aus, ihnen die tausendjährigen Weisheiten der Menschheit einzuflößen. Es gab darin etwas Ähnliches der tagtäglichen Ernährung, die man nach der schweren körperlichen und geistigen Leistung viel effizienter an zu eignen vermochte. Es stellte sich heraus, dass eine erschöpfende Arbeit, sei sie mit dem Ernten von Beeren oder Fischerei verbunden, einen nährhaften Boden für die geistige Entwicklung verschaffen sollte. War diese unerwartete Umwandlung nur bei den Kindern bemerkbar. Nein, die Eheleute mussten sich darüber Rechenschaft ablegen, dass sie selbst nicht mehr die alten, nicht umsichtigen Personen, sondern die Menschen aus dem anderen, geistigen Weltraum waren, die die ganze Palette der seelischen und Liebenswürdigkeiten neu zu bewerten fähig waren. Anders ausgedrückt, bekam man vom Himmel nach seiner geistigen Umgestaltung (was auch nicht ohne Beteiligung der oberen Kräfte stattfand) die Beschaffenheit, richtig und planmäßig den Erziehungsprozess durchzuführen. Diese pädagogische Weisheit war wahrscheinlich auch nicht zufällig. Denn ein unerfahrener Mensch konnte eher schwerlich mit gutem Beispiel für die kleinen vorangehen, was allerdings eine bedeutende Voraussetzung für die echte Erziehung sein sollte. Im Prinzip konnte es sein, dass Max und Klaus unmittelbar von den geistig verbesserten Eltern zu bekommen vermochten, was der wachsende Verstand richtig verarbeiten ließ.

Hier im Wald wurde es alles so perfekt angeordnet, dass die Analogie mit der menschlichen Gesellschaft auffällig sein sollte. Seltsamerweise empfand jedes Blättchen den kommenden Regen. Deswegen entstand vor dem ein stilles Schweigen als wäre die angespannte Erwartung in dem Geist jedes Bewohners dieser Gemeinschaft. Sie alle träumten gleichsam, das erste Tröpfchen abzufangen. In wenigen Minuten erfüllten sich diese Begierde, indem jeder von ihnen das erwünschte Feucht wie ein unschätzbares Eigentum bekam, das er für die Zwecke seiner Lebensfunktion benutzen konnte.

Das Haselhuhn mit seiner Haube, der vom Regen gejagt worden war, stürmte in die Mitte der dichten Fichte hinein. Bequem versteckte sich ein Buchfink unter dem Zweig. Der Igel ging besonnen in die Deckung. Der Hase hinkende dringend vorbei. Der Regen erschöpfte sich schon nach einer Halbestunde, und alles rundherum blitzte erneut mit allen Regenbogenfarben. Die hundertjährige Eiche zeigte mit dem Stolz ihre riesigen blitzenden Zweige und schien von den kleineren Nachbarn freudig zu sein. Mehrere Vögel flogen in ihre Richtung als würden sie um deren Sicherheit kümmern. Die anderen Bäume sprachen anscheinend mit ihr durchs Rauschen ihres Laubs.

Die kleinen Ameisen lockerten den Boden auf, um sich mehr Lebensraum zu schaffen. Doch der Boden wuchs davon mit den Preiselbeeren Sträuchern zu, und unter deren saftigen Beeren entstanden schöne Steinpilze, als wäre diese Vorbereitungen speziell für sie unternommen. Allmählich wurde er größer geworden und drängte mit dessen biegsamen Hut vor, nach oben des ganzen Gewölbes von Beeren, indem er sich selbst fast Weiß dem Beobachter zeigte. Aus einem großen Baumstumpf, der äußerlich eher morsch aussah, wuchs eine schön angelegte Birke, die sich vollständig entfaltete, damit sie einer Vielfalt der blutenden Kräuter die Obhut gewährleisten lassen konnte. Auf dem Baumstumpf selbst fanden sich das Obdach dutzende Grashüpfer, einige Eidechsen, mehrere Fliegen und andere Insekten. Und um ihn herum ließen sich die hohen Farne nieder, die ihn wie einem geflochtenen Zaun schützen sollten.

Die Heckenrose kam vielleicht schon seit dem Frühling mühsam und langsam nach drinnen hindurch entlang des Baumstammes zu einer jungen Espe. Die letzte feierte nun dieses Ereignis wie ein schönes Geburtstagkind mit dem Aufflammen von roten und wohlduftenden wilden Rosen. Da oben summten Binnen und Wespen, Hummer sangen bass als würden alle der Absicht, der Espe herzlich Glück zu wünschen. Der alte Star machte sich gemütlich auf dem Zweig des wilden Apfelbaums und sang mit dem überreizten Ausdruck und Triller seine Lieder, die ein weitentferntes Weibchen erreichen sollte, damit die kleine einen richtigen Weg zu ihm herausfinden konnte.

Im Unterschied zum menschlichen Verstand, der den klügsten ermöglicht, sich richtig zu verhalten, schaffen etwas Ähnliches die Tiere nach deren angeborenen Benehmen und ständiger Reaktionsbereitschaft. Auch bei den Pflanzen beobachtet man eine hochentwickelte Anpassungsfähigkeit, die nicht selten wesentliche Klimaänderungen zu überleben half. Im Großen und Ganzen zeugten diese Umstände davon, dass alle irdische Wesen eine innere Beschaffenheit besitzen, die ihnen die allgemeine Ordnung der Welt aufrechterhalten ließe.

Diese sogar lyrische Redensart war kaum der Familie Wittke eigentümlich. Sie entstand plötzlich wie eine Reaktion auf den zauberhaften Liebreiz der wilden Natur, den keine von ihnen zuvor unwillkürlich zu genießen wusste. Die Eheleute konnten nun solche eigenartigen Erscheinungen auf den zahlreichen Beispielen in dem Wald anschauen. Die vielseitige Verschiedenartigkeit der tierischen und pflanzlichen Welt in diesem relativ klein gesonderten Stück der Landschaft war auffällig. Sie war typisch für diese Gegend und zugleich eigenartig mit deren seltenen Farben- und Formenschrullen. Solcher Anblick schien den beiden nicht nur Neugier erregend zu sein, sondern er sollte die weitere kognitive Entwicklung ihrer Söhne fördern. Karsten selbst ertappte sich dabei, dass die wunderschönen Bilder der Natur ihn auf eine philosophische Weise gestimmt haben. So dachte er über die tiefe Prädestination des Lebens. Im Allgemeinen bedeutete der Begriff des Lebens entweder etwas klein Materielles oder irgendwas Verschwommenes, was man kaum mit Worten ausdrücken konnte. Solche Unbestimmtheit sorgte dafür, dass viele seine Mitmenschen ihr Leben kaum genau zu definieren vermochten. Diese Verlegenheit führte zur Situation, wo Menschen sich dem Schicksal völlig unterworfen und schwammen im übertragenen Sinne mit dem Strom. Solche Gefügigkeit dem Verhängnis fand Dr. Wittke aber nicht gerecht der hohen Stellung des Menschen. Die menschliche Würde verlangte von der Person ein nach seiner Auffassung selbstbewusstes Verständnis sowie ein Verantwortungsgefühl. Anders gesagt sollte man eine aktive Teilnahme an dessen Geschick übernehmen. Nur in diesem Falle konnte man eine bedeutende Spur von ihm hinterlassen, die im Gedächtnis der Menschheit längst bleiben konnte, Ungeachtet dessen, dass das Leben etwas Immaterielles erweisen sollte, war ein Individuum imstande, es mit den klaren und konkreten Sachen zu erfüllen, so dass es wie einem reellen Raum vorstellbar werden könnte. Auch die Nachfahren sollten keine Ausnahme sein, was in der Familie gelegt werden musste. Ein bewusster Umgang mit der Natur konnte dabei einen wesentlichen Beitrag leisten. Das Verleihen dem Leben eines vernünftigen Sinnes konnte eine entscheidende Bedeutung sowohl für eine Person als auch für den ganzen Staat haben. Wie die Natur selbst nach den Grundlagen der Zweckmäßigkeit und Standhaftigkeit entwickelt worden war, sollte das Leben nach der Einsicht und dem wertvollen Ziel gerichtet werden. Das Strukturieren der menschlichen Existenz in einer Eintracht mit der Natur konnte eine enorme Rolle bei der Rettung der Menschheit vor den kommenden Katastrophen spielen. Zweifellos entwickelte sich die irdische Bevölkerung letzte Zeit in einer irrtümlichen Art und Weise, was zur Übervölkerung, Ressourcenvernichtung, Verarmung, Hunger, Umweltverschmutzung, Regenwaldabholzung und anderen entsetzlichen Folgen führen sollte.

Als ein erfolgreicher Unternehmer kapierte Karsten wohl, dass man die genannten Erscheinungen wie einem Warnsignal begreifen sollte, das die Menschheit dringend zu Havarie-Maßnahmen bewegen musste. Stattdessen setzten die führenden Industriestaaten ihre eigene Bereicherung fort, als wäre es eine äußerst wichtige Angelegenheit gewesen. Im Grunde erinnerte sich die Erde immer stärker an ein sinkendes Schiff, dessen Bewohner beharrlich den Dienst ausüben gleichsam nichts passierte. Das Auge zuzudrücken war vielleicht eine bequeme Verhaltensweise, führte aber nicht dazu, die Situation in eine richtige Richtung zu steuern. UNO wie eine global regierende Organisation rechtfertigte kaum ihre Vorbestimmung, weil sie in eine Art des Diskussionsklubs umgestaltet worden war, ohne die Macht zu erweisen. Sie sollte entweder gründlich umgebaut oder durch die neue ersetzt werden, z.B. durch eine Weltregierung, die effizient alle Vorgänge der Weltpolitik, -wirtschaft und -ökologie zu beeinflussen wusste. Die riesigen Probleme, die vor der Menschheit standen, konnten nur mit dem gemeinsamen Willen aller Länder gelöst werden. Herrgott ließ doch nicht viel Zeit, damit man sie weiter in die Länge ziehen durfte. Die Himmelsbestrafung fürs Nichtstun konnte aber auf jede lebende Seele widerspiegelt werden. Übrigens habe Dr. Wittke nichts dagegen, dabei aktiv zu beteiligen. Natürlich wenn sein Gesundheitszustand ihm solche übermäßige Leistung ausüben ließe. Sonst überlegte er (nun gemeinsam mit Betti) wie sie im Rahmen ihrer neuen Lebenseinstellung ihr Leben verändern konnten.

Darüber hinaus empfinden sie sich jetzt wie die Weltleute, die jene Aufgabe des Planeten zu übernehmen bereit waren. Nach ihrer Ansicht konnte ihre neue Arbeit auch für die Erziehung ihrer Söhne behilflich sein. Die Schwierigkeiten, die mit dieser Maßnahme verbunden worden, sollten den Jungen auch guttun. Allerdings momentan schloss dieses Urlaubsgerede überwiegend ihre Träume ein, die mit der echten Realität nichts Gemeinsames haben konnte.

Der kurze Urlaub im bayerischen Wald war unbedingt der primitivste seit mehreren Jahren. Man konnte ihn mit den wohl luxuriösen Bedingungen der letzten Zeit nicht vergleichen, seien sie bei der Kreuzfahrt nach den Norwegens Fjorden oder auf dem Strand von Nizza in der Provence-Alpes-Côte-d'Azur.
Trotzdem gab es im Wald etwas ungewöhnlich Schönes, was man auf einer komfortablen Reise nicht sehen konnte. Dieses Etwas konnte man wie einem Umgang mit der wilden Natur begreifen, der von dem beteiligten eine Menge der körperlichen und geistigen Kraft forderte. Das Gefühl, sich als ein kleines Teilchen des gigantischen Organismus wahrzunehmen, war einzigartig. Und der Gigant selbst gehörte zum Planeten, der auf die noch viel größere Sonne orientiert war. Der Aufenthalt im Freien, wo man von den unvorhersagbaren Tieren um gekreist worden war, sollte die Angsterregende und forschende Gedanken vereinen, die zufälligerweise in den Sinn kamen, und eine „Kettenreaktion" auslösen konnte. Und die Nähe der kleinen Jungen, die nur mit dem Schutz der Eltern rechnen konnten, sorgte für die ständige Verantwortung der Erwachsenen. Zugleich war es eine Heimsuchung für die ganze Familie, die sich wie die Urmenschen bedroht und einsam befinden konnte. Zweifelfrei war es einigermaßen gefährlich, besonders nachts, wenn ein gedämpftes langgezogenes Heulen irgendwohin in die Ohren ging. Doch das gemeinsame Risiko kümmerte vielleicht darum, dass alle vier eine noch nie dagewesene Einigung zu erfahren wussten, die ihre Familie enorm befestigen sollte. Es gab danach keine Entfremdung der kleinen, die man zuvor nicht selten sehen konnte. Nein, die Söhne brauchten nun ihren Vati und Muti wie etwas Unentbehrliches. Jetzt waren sie imstande abzuschätzen, wie dumm und beschränkt sie vor kurzem waren, wenn der Vater sich an der Schwelle des Todes befinden sollte und sie leichtsinnig ihm gegenüber, kein Mitleid zu zeigen bereit waren. Nur nach dieser spannenden Reise in die Wildnis wurde es ihnen klargeworden, dass der Verlust des Vaters ein un-

geheures Unglück für sie bedeuten sollte. Denn er erwies sich nicht allein als das Oberhaupt der Familie, sondern auch wie ein älterer Freund, der sie nie verraten konnte. In der Tat erkannten die Vertreter der jungen Generation irgendwas Besonderes, das ein Mensch dank der Verwandtschaft bekommen konnte: Sie brachte die Gelassenheit und Zuversicht mit, als wäre die großen Schutzengel auf deiner Seite. Für die Eltern waren solche Worte von den ungeselligen Kindern wie ein Blitz aus heiterem Himmel. Sie schauten die jüngeren an und wunderten sich darüber, ob es keinen Traum sein sollte. Die frappierenden Veränderungen, die mit Max und Klaus vor ihren Augen passierten, konnte man eher zu himmlischen Gnaden zählen. Es konnte nicht wahr sein, dass der Entschluss der Eltern deren Lebensweise schroff umzugestalten, eine solche Reaktion bei den Jungs hervorrufen konnte. Doch sie hatten keinen anderen Anhaltspunkt, dem man ähnliche Wirkungen zuzuschreiben vermochte. Allerdings war die Suche nach der Ursache der Gemütsänderung der wachsenden Söhne eine kaum sinnvolle Tätigkeit: Die Älteren sollten lieber damit zufrieden und dem Himmel dafür dankbar sein. Deswegen fühlten sie sich vollkommen ausgeglichen und wünschten sich nichts mehr.

Die Suche nach neuer Arbeit

Die Ansicht, dass ihre vorigen Neigungen der Arbeit gegenüber falsch und unwohltuend sein sollten, zwang sie letzte Zeit immer stärker, etwas Besseres zu finden. Vielleicht musste man zuerst, die allgemeine Lage wechseln. So recherchieren sie beharrlich in mehreren Medienquellen und Sozialforen, was ihnen beiden sowie den Kindern gutpassen konnte. Selbstverständlich sollten dabei auch die persönlichen Kontakte eine nützliche Rolle spielen. Ihr Bekanntenkreis umfasste Gott sei Dank mehrere einflussreichen Personen, deren sogar beratende Unterstützung von großem Sinn werden konnte. Am einfachsten wäre es, sie allein oder gemeinsam zu sich ein zu laden. Ein wohlgeneigter Kerl oder eine freundliche Frau befähigten bestimmt, nicht nur unterhaltsam und nett zu werden, sondern solche Empfehlungen zu geben, die dem Ehepaar momentan notwendig wären. Der kleine Vorzug Karstens bestand in dieser Zeitspanne darin, dass die Gäste sich gerne die ausgewählten alkoholischen Getränke unbeschränkt zu genießen vermochten, während der Gastgeber als einem Post Infarkten Patienten diese „Freude" streng untersagt worden war. Zugleich war der Letzte wohl in der Lage, ganz nüchtern alle Tischgespräche aufmerksam anzuhören und die einsichtigen Schlussfolgerungen daraus zu ziehen. In diesen Stunden wurde es ihm klargeworden, wie unterschiedlich diese zwei Gruppen der anwesenden alles Gesagtes wahrnehmen konnten.

Vor der Krankheit, wenn er einer der trinkenden Gesellschaft worden war, begriff er eher nur oberflächlich alle Worte, die dort gesprochen wurden. Denn sein Gehirn funktionierte im Einklang mit allen Beteiligten. Im Grunde bestanden darin der Sinn und Zweck der Versammlung. Was sollte sie sonst vereinen lassen? Jetzt arbeitete sein Verstand wie eine künstliche Intelligenz, indem er alle Aussagen sofort verarbeiten, sortieren und einordnen ließ. Dr. Wittke ertappte sich dabei, dass er diese Begleiterscheinung zu nächsten hilfreichen Seiten der Herzerkrankung zählen sollte. Wie konnte es passieren, dass die himmlische Heimsuchung, die er vor kurzem erlitt, zwei entgegengesetzten Seiten erteilen konnte. Die eine davon wirkte offensichtlich zerstörerisch und sollte unter ungünstigen Umständen zum Tode führen. Die zweite war dagegen eher gar schöpferisch und ließ dem Betroffenen nicht nur wohlwollend genesen, sondern sich geistig maßgebend stärken. Der Gedanke selbst, bei den klugen Menschen zu lernen, die betrunken sind, schien nicht schlecht zu sein. Denn sie blieben einerseits weiter ganz einsichtig, und andererseits wurden sie ungewöhnlich offen und aufrichtig geworden. Noch eine Kleinigkeit verbarg sich in der Tatsache, dass die echte menschliche Weisheit kaum davon abhängig war, ob man nüchtern oder nicht gewesen sein sollte. Also konnte man aus dem Angehörten erkennen, dass es eine Vielfalt der Abwandlungen in verschiedenen Richtungen gab, die man mehr oder minder erfolgreich ausnutzen konnte.

Eine anlockende von ihnen war mit den zahlreichen UNESCO-Projekten verbunden. Vielleicht zufällig wurde von einem Gast eine neue für Karsten Bezeichnung genannt, die sein Gedächtnis sofort gespeichert habe: Der Schutz der Biosphärenreservate. Es klang rätselhaft und zugleich vielversprechend, als könnte allein der Name eine magische Wirkung haben. Nun wartete der Gastgeber ungeduldig darauf, wenn er in seinem Arbeitszimmer mit seinem Computer gemütlich sitzen und beschäftigen konnte. Das nächste Mal, als die Gäste sich verabschiedet haben, beeilte er sich zum Rechner, um die Suche nach dem erwünschten Thema zu beginnen. Schon die ersten Angaben waren Auskunft reich gewesen. So stellte es sich heraus, dass das Gebiet, dass seine Neugier auf Anhieb anzog, schon längst das angespannte Interesse der internationalen Behörde erwecken habe. Man konnte das ganze Ausmaß der Biosphärenreservate weltweit über zehn Millionen Quadratkilometer abschätzen. Dort sollte fast drei Prozent der Weltbevölkerung leben, was die Bedeutung dieser Forschungs- und Entwicklungsrichtung stark vergrößern sollte. Dr. Wittke verbrachte schon einige Stunden für diese Arbeit, indem er die gute Förderung von speziellen Plattformen gefunden habe sowie viele Foren in sozialen Netzen rücksichtsvoll durchlesen sollte. Da er nun der festen Absicht war, der wichtige Schritt seines Lebens zusammen mit der Familie zu machen, musste er diese Dinge zuvor mit Betti in allen Details erörtern. Nach seiner Meinung war es auch eine nicht leichte Aufgabe, ungeachtet dessen, dass die jüngste Reise in die Wildnis das Tüpfelchen aufs i in ihren Beziehungen im Großen und Ganzen setzen ließ.

Die Ehefrau nahm seine Schilderung noch ernster, als er es sich vorstellen konnte. Merkwürdigerweise war er ihr dankbar dafür, weil die Rede einigermaßen nicht sie allein betraf, sondern das Schicksal ihrer Söhne, die in wenigen Jahren die Pubertät erreichen sollten, die mit der Gemütsveränderung verbunden werden konnte. Im Grunde wäre es sinnvoll, sich unmittelbar anzuwenden. Sonst konnten die Jungs künftig die Eltern beschuldigen, dass sie gleichgültig zu deren eigenen Auffassung geworden waren, was zu einer unerwünschten Streitigkeit führen konnte. Deswegen folgte der elterlichen Unterhaltung ein dauerhaftes Gespräch mit Max und Klaus, die erstaunlicherweise ihre aktuelle Position ganz logisch begründet haben. So sagte Max mit der Festigkeit in der Stimme:

„Wir sind mit Klaus bestimmt noch nicht die Erwachsene, was uns kein Recht gibt, unseren Eltern widerzusprechen. Das Abenteuer im bayerischen Wald zeigte uns beiden eindeutig, dass unser Vati und unsere Muti uns nur das Beste wünschen, was uns sicher beruhigen sollte. Gleichzeitig verspricht uns eine Übersiedlung in ein fremdes Land für mehrere Jahre ein weit größeres Abenteuer als die genannte Reise in den Wald. Aber nun sind wir schon nicht die dummen Schäfchen, die wir vor der Reise waren. Wir kapieren viel mehr und vor allem, dass man unter schweren Bedingungen auf seine Freunde verlassen konnte. Und der zweite Schluss, den wir von unserer Reise ziehen konnten, ist dass unsere besten Freunde bis dahin unsere Eltern sind. Das heißt, wir werden bestimmt in der Lage sein, alle neuen und unbekannten Schwierigkeiten, die uns zweifellos erwarten, gemeinsam zu überwinden. Ich bin der Meinung, dass Klaus meine Worte einstimmen konnte".

Der Gesichtsausdruck Klaus schien in der Tat, mit dem Bruder einig zu sein. Die Eltern wechselten miteinander einen flüchtigen Blick, der für beide bedeuten sollte, wie unverhofft schnell ihre Söhne bewusst und vernünftig geworden waren. Besser, als es Max zum Ausdruck gebracht habe, konnte man es kaum machen.

Wörtlich sagte der Vater nur zwei Sätze, die für die Jungs wahrscheinlich mehr bedeuten konnte als eine lange Lobrede:

„Kinder, wir danken euch herzlich für das Verständnis und die klare Bereitschaft, gemeinsam mit ihren Eltern die Verantwortung für das Unternehmen zu übernehmen. Hoffentlich gelingt es uns, alle großen Schwierigkeiten zu überwinden und freundlich und glücklich in einem fremden Land zu leben".

Der angenehme Umgang mit den Söhnen prägte den neuen Abschnitt des Lebenslaufs Dr. Wittke. Außerdem gab ihm diese günstige Begleiterscheinung die neuen Kräfte in dem Kampf gegen die gefährliche Krankheit. Eine Zusammenwirkung der effizienten Arzneien, sportlichen Übungen und stabil guter Gemütsverfassung war unbedingt heilsam gewesen. Selbst die Tatsache, buchstäblich aus dem Jenseits zurückzukehren, schien ihm nun fantastisch zu sein. Er traf sich regelmäßig mit dem Kardiologen, der die nachklinische Behandlung übernahm und mit den modernen Methoden den Prozess der Genesung kontrollieren ließ. Dr. Weißbrod bemerkte durch seine Analyseergebnisse den Wendepunkt der Infarktheilung, der mit der Zeit nach der Reise in den Wald zusammenfiel. Er teilte es doch vorsichtig mit, als wollte er den Kranken vor überflüssige Belastung warnen:

„Ihr Herzmuskel beginnt allmählich, bessere Leistung zu zeigen. Es bedeutet aber auf keinen Fall, dass Sie sich schon zu völlig gesunden Menschen zählen dürfen. Die sukzessive Vergrößerung der körperlichen Aktivitäten verspricht die besten Resultate".

Die nächste Untersuchung wurde zeitlich nach dem Gespräch mit Betti und Kinder über die Geschäftsreise geplant. Auf diesen Grund war Karsten der Absicht, mit Dr. Weißbrod die Aussichten für die künftige Änderung der Lebensumstände auszuhorchen.

Ehrlich gesagt erlitt Wittke Angst vor dieser Unterredung. Denn das ärztliche Verbot konnte nicht ihn allein, sondern auch die ganze Familie betreffen, die sich mit dem Gedanken der Auslandsreise beschäftigte. Es ging noch eine Woche vorbei bis den Kardiologen imstande war, den aktuellen Zustand seines Patienten zu diskutieren.

Dr. Weißbrod zeichnete sich dadurch aus, dass er nicht einfach die bloßen Fakten dem Kranken vorlegte. Im Gegenteil zeigte er bildhaft alle analytischen Angaben als wäre die Betroffenen sein Kollege gewesen. Diesmal machte er keine Ausnahme, so dass sein Visavis sich mit Geduld wappnen sollte, um alles richtig verstehen zu können. So musste Karsten aufmerksam alle graphischen Darstellungen anschauen, die die Dynamik der Krankheit beschreiben sollten. Solche gescheite Erklärung sorgte dafür, dass der Patient gleichsam zum Teilnehmer der Erforschung geworden wurde. Darauf würde es zweifelhaft gewesen, unsachliche Fragen zu stellen oder irgendwelche unrichtige Handlungen des Mediziners zu verdächtigen. Aber bezüglich Dr. Wittke waren solche Sachen ganz überflüssig, weil er selbst viel Mühe mitbrachte, damit die verworenen Seiten der Heilkunst aufgeklärt werden konnten. Diese Beschaffenheit begleitete ihn schon seit seiner Jugend. Darüber hinaus zwang er sich ständig, gewisse Kleinigkeiten auf den gezeigten Bildern verständlich zu machen. Selbstverständlich kümmerte dieser Um-stand um das beidseitige Vergnügen des Arztes und Patienten. In dem letzten Fall war das Vergnügen besonders wichtig für den Besucher, denn er wollte letztendlich seine Sorgen für dessen künftige Tätigkeit erwähnen, die seinen Verstand beunruhigte. Bestimmt sollte er es so taktisch wie möglich schaffen. Und so machte er es auch.

Weißbrod hörte schweigend den Patienten zu Ende und begann nicht sofort, seine Meinung auszusagen. Dann zeigte er seine Reaktion aber ganz entschlossen:

„Verstehen Sie mich, Dr. Wittke, doch richtig. Sie bekommen momentan eine angemessene Therapie, damit man ihre ernste Erkrankung ständig unter Kontrolle halten könnte. Wenn Sie mich überzeugen wollen, dass Sie in einem Entwicklungsland etwas Ähnliches zu kriegen vermochten, versuchen Sie es bitte mal. Ich habe nichts dagegen".

Der Besucher war leider jetzt nicht bereit, irgendwelche verlässigen Beweise zur Verfügung zu stellen, dass es künftig der Fall sein konnte. Deswegen versprach er, die Lage mit dem örtlichen Gesundheitswesen im konkreten Gebiet aufzuklären, um später mit Dr. Weißbrod dinglich zu sprechen. So verließ er die Praxis mit einem zwiespältigen Gefühl: Einerseits hatte der Arzt keine prinzipiellen Einwände, was ermutigend klingen sollte. Andererseits zweifelte sich der Herzkranke daran, ob er ihm in der nahen Zukunft etwas Überzeugendes mitzuteilen wissen konnte. Der letzte Umstand rief bei ihm kaum gute Laune hervor. Natürlich wäre es unwahrscheinlich, in einem Entwicklungsland oder auf einer kleinen Insel, die wie ein Biosphärenreservat geschützt werden sollte, ein kardiologisches Zentrum wie in Deutschland zu finden. Er durfte aber zuerst keineswegs diese unangenehme Nachricht Betti mitteilen. Zugleich wäre es vernünftig, mit jemandem zuständigen aus dem UNESCO-Deutschland zu unterhalten.

Die ersten Schimmer der Hoffnung

Am nächsten Morgen verband sich Karsten mit der Verwaltung in Bonn, um etwas Ausführliches zu erkennen. Was ihm gesagt worden war, konnte er sicher selbst vermuten: „Es ist kein Telefongespräch, bitter besuchen Sie, Dr. Wittke, uns persönlich, damit wir ruhig gemeinsam alle nicht klaren Angelegenheiten zu erläutern versuchen".
Das hieß, er musste im Kurzen nach Bonn fahren und diese Leute kennenlernen. Seine Frau begriff die Neuigkeit sehr vielversprechend, als wäre es schon der Anfang seiner neuen Karriere.
Karsten wollte bestimmt nicht, seine Liebe enttäuschen zu lassen und benahm sich in der Art gleichsam sie vollkommen Recht habe. Innerlich hoffte er auch darauf, weil seine aktuelle geistige Verfassung von ihm eine deutlich zuversichtliche Denkweise forderte. Er vorzog den Flug wegen der Geschwindigkeit und der Befürchtung, seinen Anzug bei der Bahn zu zerknüllen. Es gab aber noch einen Grund, solchen Entschluss zu fassen. Er war der Meinung, sich einer Prüfung der Luftdruckänderung zu unterziehen. Wenn es künftig glattgehen könnte, wäre ihm diese Prüfung für die dauerhaften Flüge sehr nützlich gewesen. Diesmal wurde er aber mit den starken Arzneien gewappnet, die er für die dringenden Fälle mitnahm.

Der nächste Tag, als er das Flugzeug bestieg, war wahrscheinlich ein glücklicher Tag für ihn: Er bestand der Prüfung und der Leiter der deutschen Filiale der UNESCO empfang ihn persönlich in dessen Arbeitszimmer. Allein diese Begleiterscheinung sollte den Gast enorm freuen.

Das Vorstandsmitglied der deutschen nationalen Kommission namens Dr. Markus Krieger war zu ihm so liebenswürdig, dass er sich sogar eine kurze Erörterung der Zweiggeschichte ließ. Dr. Wittke fühlte sich so geschmeichelt, dass er bereit war, etwas Zerreißendes zu erzählen, besann sich aber eines anderen und sprach einfach offenherzig über sich aus. Diese kurze Einleitung nutzte er darauf für die Erklärung des Ziels seines Besuchs.

„Wissen Sie, Dr. Krieger", sagte er tief eindringlich, „meine schwere Krankheit war imstande, mein ganzes Leben mit dem Unterteil nach oben zu stellen. Ich war körperlich und geistig so unterdrückt geworden, dass meine frühere Existenz kaum mehr möglich zu sein schien. Außerdem empfahlen mir die Ärzte, die berufliche Tätigkeit zu wechseln, die von mir solche Nervenenergie forderte, die ich kaum besitzen konnte. Dann grübelte ich längst darüber nach, was meine sachliche Erfahrung und seelische Neigung mir lieber machen lassen konnten. Ich traf auch die sachkündigen Berater, damit wir gemeinsam etwas Passendes für mich auszuwählen versuchten. Da ich die letzte Zeit von der Umweltschutzrichtung sehr begeistert worden war, kamen wir zum Schluss, dass die Arbeit bei den Biosphärenreservaten genau das Richtige für mich sein konnte. Wie Sie, verehrter Dr. Krieger, zu verstehen wissen, sollte ich mich in diesem Falle an das UNESCO-Programm wenden, wo meine beruflichen Kenntnisse gefragt werden könnten. Die Sache habe doch einen Haken: Meine Familie wurde auch gestimmt, nach Ausland zu reisen und bei einem auswärtigen Biosphärenreservat zu arbeiten. Nun muss ich Ihnen noch ein Geheimnis meiner Lage verraten: Nach meiner jüngsten Untersuchung bei der Kardiologie warnte mich mein Arzt davor, dass ich noch eine Zeitspanne unter der Obhut der Fachärzte sein sollte. Deswegen musste lieber mein Dienst nicht weit entfernt von Kardiozentren gewesen sein. Jetzt wissen Sie, Dr. Krieger, alles über meine Situation, und ich würde Ihnen sehr dankbar, wenn Sie mir etwas Mögliches zu empfehlen geruhen könnten".

Der Gastgeber war, ehrlich gesagt, ein Bisschen bestürzt von der Schilderung des Besuchers: Eine Sache wäre es, eine passende Stelle für ihn in Deutschland auszusuchen, ganz anders sollte die Aufgabe im Ausland aussehen, wo Markus nur verschwommene Vorstellungen habe, was er dort machen konnte. Noch schwieriger schien ihm, die gesundheitliche Seite von Dr. Wittke einzuschätzen, um eine beratende Funktion zu erfüllen. Nach einer kurzen schweigenden Überlegung ergriff er aber das Wort:

„Ich danke Ihnen, Dr. Wittke, für Ihre inhaltsreiche Erzählung. Ich hätte gerne, Ihnen behilflich zu sein, befinde mich aber augenblicklich in einer Verlegenheit. Der Grund dafür ist sicher Ihr Gesundheitszustand, der alle sachlichen Verhandlungen mit unseren Kollegen im Ausland erschweren sollte. Natürlich hängt die Aussicht Ihrer künftigen Tätigkeit dort davon ab, wie hoch das Niveau der Kardiologie dort sein konnte. Unbedingt darf ich doch vermuten, dass es in mehreren Gebieten, wo das von Ihnen genannte Projekt vonstattengeht, ganz günstige Bedingungen im Sinne des Gesundheitswesens erwiesen sein sollten. Um konkret die Begleiterscheinung aufzuklären, brauchen wir bestimmte Zeit und Mühe aufzuwenden. Zugleich wäre es nach meiner Auffassung sinnvoll, Ihnen etwas Ähnliches in unserem Land anzubieten, damit Sie das Problem sozusagen von innen empfinden könnten. Wie ich es vorzustellen probiere, spielt jetzt die Zeit auf Ihrer Seite. Ich hoffe dabei, dass der Vorgang Ihrer Genesung in richtiger Richtung geht und Ihr Herz sich immer wieder erholt. Anderseits können wir diese Zeit für die vernünftige Auswahl Ihrer weiteren Beschäftigung nützen. Was denken Sie darüber?"

Diese Frage auf Anhieb zu erwidern, war dem Gast sicher nicht einfach. Denn sie schloss eine Vielfalt der Umstände, die unvorhersagbar sein konnten. Doch der Vorschlag selbst schien Karsten ganz anlockend zu sein. Deshalb sagte er ziemlich gelassen:

„Dr. Krieger, haben Sie meinen herzlichen Dank für Ihren Vorschlag, den ich für sehr einsichtig finde. In der Tat wäre es mir sehr nützlich, eine praktische Erfahrung bei einem deutschen Reservat zu kriegen. Es wäre auch hilfreich für mich bezüglich meiner jüngsten Einstellung, die Situation immer durchs Positivdenkens an zu schauen. Vermutlich lässt sie sich auch so entwickeln".

Zum Anstaunen des Gastgebers äußerte Dr. Wittke einige Gedanken, die er selbst mehrfach der Öffentlichkeit präsentierte. So könnte er sogar vermuten, dass der Besucher absichtlich zu diesem Gespräch vorzubereiten suchte sowie über dessen Meinungen in Foren und anderen Erörterungen recherchierte. Diese absurden Vermutungen sollte er doch sofort verwerfen, denn der Gast konnte auf keinen Fall genau wissen, wen er als Gesprächspartner bekommen sollte. Diese Denkweise hatte aber mit der Übereinstimmung der Meinungen der beiden nichts zu tun. Dr. Krieger war ein überzeugender Anhänger der aktiven Einmischung in alle Vorgänge, die die Natur zu schaden drohten. Außerdem war er ein bewusster Veganer, das heißt der Lebensart, die das Positivdenken als das Hauptprinzip der Existenz an zu erkennen pflegte. Also sah er von diesem Moment an im verehrten Menschen seinen Gleichgesinnten, dem er zweifelfrei eine Unterstützung leisten sollte. Auf diesen Grund reagierte er auf dessen Offenheit ohne Umschweife:

„Lieber Dr. Wittke, ich bin nach Ihrer Erklärung der Ansicht, dass Sie wirklich bei uns eine Stelle bekommen konnten, damit es Ihnen die notwendigen Kenntnisse und Erfahrung zu bekommen helfen könnte. Anfänglich hätte ich Ihnen gerne das geprüfte Biosphärenreservat in Bayern namens Berchtesgadener Land vorschlagen.

Im einigen Zeitabstand könnten wir zusammen Ihren künftigen Werdegang durchdenken lassen".

Der Gesichtsausdruck des Gastgebers sollte nach diesen Worten davon zeugen, dass es für heute die höchste Zeit war, die Unterhaltung zu beenden. Karsten begriff ihn wie das Zeichen, den Abschied zu nehmen. So dankte er herzlich den Vorstand und verließ dessen Arbeitszimmer.

Im Großen und Ganzen hörte die Vorstellung Krieges sehr gut an. Wittke kapierte sofort, dass seine erste Aufgabe in neuem Amt mit einem großen Waldkomplex verknüpft werden sollte. Vor kurzem reiste er mit der Familie nach einem Wald, der nicht weit von dieser Gegend entfernt lag. Bis jetzt erinnerte er begeistert an diese Tage, so dass die Chance, seine folgende Tätigkeit dem guten Wald zu widmen, fast fantastisch aussehen sollte. Und Dr. Krieger war hoffentlich gerade die Person, die er heutzutage brauchte. Mit diesem angenehmen Gefühl kaufte er sich das Rückflugticket und saß in drei Stunden im Flugzeug nach Hause. Obgleich der Flug nicht lange dauerte, gelang es Karsten, die kommende Unterredung mit Betti vor zu denken. Sicher war es ihm jetzt viel einfacher, mit ihr offen zu reden. Trotzdem wollte er keineswegs, mit einem gelegentlichen Fehlschlag die freundlichen Beziehungen zu verderben.

Realistisch gesehen ähnelten sich die Familienverhältnisse einigermaßen an die in der Arbeitswelt, wo man ständig viele Umstände in Betracht ziehen sollte, um die Situation unter Kontrolle zu halten. Nach dem Infarkt war es ihm unentbehrlich, alle Gespräche mit gewisser innerer Konzentration vorzubereiten. Jetzt war es nicht nur seine eigene Feststellung, sondern die Empfehlung des Kardiologen, dem er völlig vertraute.

Bettis Gemütslage

Frau Wittke setzte mittlerweile ihre Arbeit bei der Zulieferungsfirma fort, wo ihre Existenz nach der aufrichtigen Unterhaltung mit dem Vorgesetzten scheinbar stabiler geworden war. Deswegen beruhigte sie sich mehr oder minder damit sie ihren vorigen Rhythmus wieder zu ergreifen vermochte. Andererseits klammerte sie nicht mehr so kräftig wie früher an ihre Stelle, und war bereit, den Dienst jede Zeit zu verlassen sobald ihr Ehemann eine Stelle im Ausland bekommen konnte. Auch ihre labilen Verhältnisse mit den Kolleginnen und Kollegen wurden beneidenswert ausgeglichen. Sie dachte nun darüber nach, wieso konnte es passieren: Man geriet in Erschöpfung, indem man danach strebt, mit allen Kräften seine Position aufrecht zu erhalten. Ihm gelingt es doch nicht selten gar nicht. Umgekehrt geht alles fast problemlos vonstatten, wenn man in einer ähnlichen Situation ruhig und lockern die Sache wie ein fremder Beobachter anschaut, ohne aktive Handlungen zu unternehmen. Spielen dabei irgendwelche verborgenen Mächte eine Rolle, oder gab es etwas Magisches in der Sorgenfreiheit selbst? Eine menschliche Seele verhehlte noch so viel Rätselhaftes, dass man ihr gerne eine Menge der geheimnisvollen Ereignisse zuschreiben konnte. Allerdings war Frau Wittke nicht zufällig mit solchem Nachdenken befasst. Denn es kam ihr in den Sinn in der Zeit, wenn sie ihre Lebensstützen neu zu bewerten suchte. Gab er überhaupt irgendwas Neugier Erregendes darin: Ein einförmiger Alltag, die zur Gewohnheit gewordene Arbeit und die schematischen Umstände, die den ganzen Raum erfüllten? Ihre innere Stimme forderte von ihr sicher etwas Anderes. Vielleicht war sie aus diesem Anlass von der Idee ihres Mannes so hingerissen, ihre gemeinsame Zukunft in der neuen Art und Weise umzugestalten. Außerdem war sie besonders froh von der Tatsache, dass diese Vorstellung unmittelbar von ihm vorkam, dem Menschen, der gerade eine schwere gesundheitliche Erschütterung zu erleiden wusste. Es sollte unbedingt von seiner Spannkraft zeugen, die sie bei ihm noch nie gesehen habe. So empfand sie ihre verheißungsvolle Pflicht, ihn dabei zu unterstützen. Jetzt erwartete sie ungeduldig seine Rückkehr aus der Reise nach Bonn.

Gerade zu dieser Zeit ertappte sich Karsten dabei, dass er eine solche Nervosität vor dem Gespräch mit seiner Frau bekam, die er früher nur vor der wichtigen Berichterstattung im Ministerium oder Kollegium bekommen konnte. War ihm nun Betti gleich so bedeutsam wie vorherige Prüfungen auf dem höchsten Niveau? Auf jeden Fall sah es so aus. Er war mit dem Taxi nach Hause gefahren, als sie noch tätig in der Firma war und wollte sofort etwas machen, was ihr nach dem Arbeitstag angenehm wäre, anzuschauen. Seine kurze Erfahrung mit der Kochen Kunst in dem Wald ließ ihm, zum Beispiel, ein Gericht zubereiten. Da die Söhne noch in der Schule waren, konnte ihn dabei niemand stören. So erkundigte er sich übers Vorhandensein der für ihn notwendigen Vorräte im Kühlschrank und Speisefächer und begann, eine Lasagne Bolognese zu machen. Er nahm Zwiebel, Knoblauch, Öl, gemischtes Hack, Salz, Pfeffer, Tomaten, Parmesan, italienische Kräuter, Lasagneplatten, Mozzarella, Mehl, Butter her-aus und versuchte, alles in solcher Folge zu machen, wie er es in der Fernsehen Sendung verfolgte bei seinem Aufenthalt im Krankenhaus.

Offen gestanden war es eine der wenigen Stimmungsauswege, die Karsten sich in der Klinik zu leisten wusste. Übrigens interessierte er sich Zeit seines Lebens nie fürs Kochen. Im Elternhaus übernahm seine Mutter alle Dinge, die mit Kinderverpflegung verknüpft worden waren. In der Uni machte er sich mit der Kantine vertrauen. Nach der Eheschließung wollte seine Frau ursprünglich, diese „weibliche Funktion" ohne Pause erfüllen. Wenn er eine hohe Stellung in der Firma bekam, kümmerten sich seine Sekretärin vorsorglich um seine Ernährungssachen. Vor dem Herzinfarkt sah er sehr selten fern, was zu seinem Lebensstil gehörte. Sein Verbleib in der Kardiologie öffnete ihm eine riesige Welt der Massenmedien, die er zuvor nicht kannte. Die Fernsehen Kochsendungen waren ein wichtiger Bestandteil dieser Medien, der seine Aufmerksamkeit plötzlich fesselte. In wenigen Tagen war er davon so hingerissen, dass er keine zu verpassen beabsichtigte. Jede von ihnen war einigermaßen unikal. Er nutzte sogar ab und zu sein Diktiergerät, damit er später die besten (nach seiner Auffassung) schriftlich notieren konnte. Außerdem gab es einen guten Anlass in dieser Beschäftigung, das Gedächtnis sowie die Konzentration (was nach der Meinung seiner Kardiologen für ihn momentan auch von Bedeutung war) zu trainieren.

Und gerade heute kriegte er eine Möglichkeit, sein Gedächtnisvermögen zu überprüfen. Es stellte sich dabei heraus, dass es ihm ganz erfolgreich gelang, den TV-Rezept wiederherzustellen. Natürlich konnte er nicht, solche fast geistlose Leistung als eine Errungenschaft verstehen. Trotzdem war er stolz darauf. Darüber hinaus war seine „Produktion" von der ständigen Bemühung begleitet, jeden Schritt gedanklich zu überlegen und dessen Sinn und Zweck zu kapieren versuchen.

Andererseits konnte eine esoterisch gestimmte Person darin etwas Magisches sehen, dass das Erscheinen seiner Frau und seinen Jungs mit der Zeit der Vollendung seiner köstlichen Vorbereitung zusammenfiel. Selbstverständlich konnte keine von dreien damit rechnen, ihn zuhause zu treffen. Dass er sie mit dem Abendessen zu überraschen vermochte, traf alle Erwartungen über. Das heißt, er konnte sich als einem Tagesheld empfinden. Was konnte eigentlich in einer Familie besser werden, wenn die netten Mitglieder der Tischgemeinschaft einstimmig den Kochmeister herzlich belobigen. Und es war heute anscheinend der Fall.

Und seiner Frau stand dieser Abend noch bevor, eine ausführliche Schilderung dessen Reise nach Bonn anzuhören. Der Familienvater nahm diese Aufgabe sehr ernst auf. Zuerst beschrieb er den Eindruck, den Dr. Krieger auf ihn schindete. Der war unbedingt keine einfache oder durchschnittliche Person. Auf jeden Fall sollte Betti ihn künftig kennenlernen. Augenblicklich schien Karsten bereit zu sein, ihm sogar die ungewöhnlichen Eigenschaften zuzumessen.

Ehrlich gesagt war Betti nicht vollkommen überzeugt, dass diese Charakteristik überall stimmte. Ihr Mann war auch nur ein Sterblicher, dem einen Fehler zu machen eigentümlich sein sollte. Zugleich wollte sie nicht, ihn mit ihren Bemerkungen enttäuschen zu lassen. Denn seine gute Laune versprach eine gute Voraussetzung für ein neues Unternehmen und sein Herz war noch nicht vollständig auskuriert worden. So reagierte sie zustimmend auf seine Erzählung sowie äußerte ihre Hoffnung, dass Dr. Krieger gerade der Mensch war, der ihnen behilflich sein konnte.

Auf der Schwelle einer neuen Tätigkeit

Dr. Wittke kapierte die Worte seiner Frau wie ein Zeichen, den Vorschlag des Vorstandsmitgliedes anzunehmen. So verband er sich schon nächsten morgen früh telefonisch mit seinem neuen Bekannten und sagte seine Bereitschaft aus, die nächste Woche an die Arbeit heranzugehen. Die freundliche Stimme seines Gesprächspartners konnte davon zeugen, dass seine Absicht wohlwollend aufgenommen werden sollte. Dieser Umstand bedeutete viel mehr als er zuerst vermuten konnte. Denn vor allem gab es keine Notwendigkeit, sowohl Betti den Ort und die Arbeit zu verlassen zwingen als auch die Söhne in der Mitte des Schuljahres die Schule und den Wohnsitz zu wechseln. Im Prinzip konnte Karsten am Anfang allein in Bonn leben oder manchmal Wochenende mit der Familie verbringen. Fernerhin sollte es sich aufklären lassen, welche Aussichten für die Zukunft seine Beschäftigung in Bonn haben konnte und wie es aus den gesundheitlichen Gründen realistisch aussehen sollte, in ein weit entferntes Land zu übersiedeln.

Zum Beginn der kommenden Woche war der neue Mitarbeiter schon am Platz gewesen, um seinen Dienstbereich zu übernehmen. Für seine Qualifikation war die nächsten zwei Wochen ausreichend, damit er in der Lage sein konnte, sich ins Gebiet des Biosphärenreservats niederzulassen. Zuvor verbrachte er doch das Wochenende im Familienkreis. Diese Zusammenkunft war sicher nicht allein eine Vergnügens Sache. Er sammelte schon eine Menge von Beobachtungen, die er mit seinen Nächsten anvertrauen wollte. Nun sah er seine neue Aufgabe wie noch unberührte Reserven an Erfindungen und Novitäten. Bemerkenswert war auch die aktive Beteiligung bei allen Unterredungen der Jungs, die ihr Erwachsensein mit jedem gesprochenen Wort zu beweisen versuchten. So probierten die beiden sogar, nach der Vatis Erzählung ihre eigene Ansicht zu komplizierten Dingen des Naturschutzes zur Schau zu tragen, was ihnen bestimmt nicht immer gelang.
Karsten war aber der Meinung, geduldig zu sein und angemessen auf alle Bemerkungen der kleinen zu reagieren. Zugleich sollte er zweifellos die Jungs für ihre aktive bürgerliche Position loben. Er erfasste auch, wie lebhaft sie auf seine Worte reagierten, als würden darin irgendwelche unentbehrlichen Werte gesteckt. Es war etwas ganz Neues in ihrem Benehmen, was beim Vater Stolz erregen konnte. Im Großen und Ganzen stimmte seine Beobachtung mit den jüngsten Äußerungen ihrer Lehrer überein, die klare positiven Änderungen bei ihnen feststellen konnten. Da künftig ihnen wahrscheinlich ernste Heimsuchungen ins Ausland bevorstanden, konnte diese Gemütsbewegung eine wichtige Rolle spielen. Für sich schätzte

Karsten die Zeichen der Selbstständigkeit besonders hoch ein, wenn der Betroffene davon unabhängig sein konnte, verfolgt ihm jemand Fremde oder nicht. Der Anstand musste nach seiner Überzeugung ein unverrückbarer Bestandteil der Persönlichkeit sein.

Soziale Gerechtigkeit

Wenn Dr. Wittke an die Entwicklungsländer dachte, die von einer Kategorie selbstsüchtigen und heimtückischen Autokraten regiert worden waren, sollte er zugleich feststellen, dass auch in den leitenden Staaten Europas und Amerikas nicht selten etwas Ähnliches passieren konnte. Selbstverständlich kümmerten dort die langjährige Demokratie darum, dass die Erscheinung eines Diktators vollkommen ausgeschlossen werden sollte, obwohl auch dort die einzelnen Personen mit der Neigung zu Unterdrückung sich an den Spitzen der Staatspolitik befinden konnten. Nein, Gott sei Dank gelang es den meisten industriellen Ländern, sich gegen solche Erkrankung immun zu machen. Viel mehr störten ihn die Verletzungen, die letzte Zeit in der sozialen Sphäre ab und zu zum Vorschein gebracht werden konnten. Eine davon kam ihm neulich in den Sinn, die mit einem Unglückgenossen mit ihm geschah.

Der Kerl, der zu ähnlicher Zeit wie Karsten von einem schweren Herzinfarkt getroffen worden war, hieß Till Bauer. Wie es in seinem Leben häufig stattfand, schien ihm Till von Anfang an besonders zusagend zu sein, ungeachtet dessen, dass sie zu unterschiedlichen Gruppen der Gesellschaft gehörten.
Herr Bauer war ein erfahrener Zimmermann. Über dessen berufliches Bild erkannte Wittke zufällig von Bauers Sohn, Viktor, der zum Vater zu Besuch war.
Ein gelegentliches Gespräch mit Viktor entstand in der Abwesenheit des Vaters, der gerade zu einer Untersuchung gefahren wurde. Die entstandene Stille im Krankenzimmer schien nach einigen Minuten für beiden so unerträglich, dass eine Unterhaltung der beste Ausweg aus der Verlegenheit wäre. Zuerst stellte sich der Gast vor. Dann stellte es sich heraus, dass er ein Künstler gewesen sein sollte, der bei einer Schaffensverein im Auftrage mehreren Unternehmen und privaten Personen arbeitete. Die Atmosphäre des Zimmers war momentan so klar und ungezwungen, dass er auch etwas über sich zu erklären wusste. Unbemerkt wurde die Persönlichkeit Till ein Thema

der Unterredung gewesen, indem Viktor sagte, dass sein Vater sachlich eine nicht schlechte Position unter Kollegen besaßen konnte. Jedenfalls hatte er mehr als genug Kundinnen und Kunden, die seine Leistung immer hochschätzen konnten.

Aber nicht nur dafür war Till ganz beliebt: Gemeinsam mit berühmten Architekten beteiligte er sich bei der Verwirklichung des Baus Einfamilienhäuser, indem er selbst den Hauptanteil zusammenstellte. Mit anderen Worten verfügte er über alle notwendigen Fertigkeiten. Auf diese Stelle war leider das angenehme Gespräch beendet, weil es gerade das Klinikbett mit Herrn Bauer von der Untersuchung zurückgefahren war. In dessen Anwesenheit wäre es unhöflich, über ihn weiter zu sprechen. Trotzdem fühlte sich Dr. Wittke dem jungen Künstler dankbar, denn nun konnte er seinen Nachbar mit ganz anderen Augen sehen.

Damals ertappte sich Karsten beim Gedanken, dass manchmal bei menschlichen Verhältnissen eine Andeutung genug wurde, die Neigung zu einer fremden Person zu erwecken. Mit Till war es der Fall und später genoss Karsten jeder Wortwechsel mit dem Zimmermann. Der Letzte war früher sehr beschäftigt und Wittke wusste nicht, ob nach der Genesung etwas bei ihm ändern sollte. Aus diesem Anlass fand Karsten es unangebracht, ihn zu stören oder sogar seine Freundschaft anzubieten. Es dauerte bis zum Tag, als er in einem Supermarkt zufällig Viktor traf, der ihm über seinen Vater Bescheid sagte. Besonders glücklich sah seine Lage nicht mehr aus: Der Infarkt ließ mehrere schlimme Spüren übrig, die keine Chance ihm geben konnten, so intensiv wie zuvor seine schöpferische Tätigkeit auszuüben.

Allmählich wandelte sich der talentierte Kerl in einem Kunden des Arbeitsamts um. Darüber hinaus erteilte ihm die Gesundheitsbehörde eine niedrige Stufe der Behinderung, die folgende aktive Arbeit für möglich halten durfte. Nach solchem ungünstigen Urteil kürzte ihm das Arbeitsamt die Unterstützung, so dass sein Leben ohne aktive Beschäftigung kaum vorstellbar sein sollte. Diese düstere Botschaft bereitete Karsten den Verdruss, der ihn aus dem Geleise kommen ließ. Das unglückliche Schicksal des begabten Mannes schien ihm als eine offensichtliche Ungerechtigkeit zu sein. Er wusste nicht, ob er ihm überhaupt helfen konnte, doch er empfand nach einem vertrauten Gespräch mit Betti, dass er den Armen mindestens sittlich unterstützen sollte. Und das machte er gerne solange er nicht unterwegs war. So rief er ihm häufig an oder lud ihn zu sich ein, indem sie ruhig miteinander zu plaudern vermochten. Karsten gefiel die Art und Weise, die Till im Umgang mit fremden anwendete. Außerdem war er taktvoll und gebildet, um etwas übereilt zu äußern. Dr. Wittke war ein aufmerksamer Mensch, damit er begreifen konnte, wie schlimm momentan die seelische Verfassung seines Visavis war, doch der selbst zeigte es wörtlich auf keinen Fall. Im Gegenteil versuchte er, die Unterredung in eine Richtung zu übertragen, die ihnen beiden angenehm werden sollte. Deswegen gelang es dem Gastgeber mit Ach und Krach herauszufischen, wie es ihm tatsächlich ging.

Sicher gab es jedes Mal eine Menge von Schwierigkeiten, die den mutigen Kerl begleiten sollten. Ein einheitliches Bild musste sich Karsten aber aus kleinen Bruchstücken ausdenken. Im Großen und Ganzen sah es so aus als würde Herr Bauer in ein Prokrustesbett geraten, das kaum etwas Gewogenes erwarten ließ. Ein bürokratisches System zwang ihn vielleicht gar ohne Absicht eine Reihe von äußerlich unangenehmen und erniedrigenden Maßnahmen durch zu führen. Infolge deren sollte er von Anfang an die „Kunst" des Schreibens der Bewerbung aneignen, die eher für einen ungebildeten jungen Mann festgesetzt werden konnte.
Natürlich war er in der Lage, diese Stufe stark verkürzen, was dem Staat unbedingt viel Geld zu sparen ermöglichte. Außerdem war dabei die Rede von unrealistischen Stellen, die wahrscheinlich aus der Science-Fiction-Literatur stammten.
In aktueller deutscher Gesellschaft waren sie gewiss nicht vorhanden. Nicht weniger verdrießlich war auch die nächste lange Vorkehrung, die ihm eine Umschulung anbieten musste. Jetzt handelte es sich um die künftige Funktion als einem Geschäftsführer Gehilfe, mit anderen Worten Vorzimmermädchen (-jungen). Doch es wäre nach dem gesunden Menschenverstand hoffnungslos, Herr Bauer, einen ansehnlichen Fachmann in solcher Rolle vorzustellen.
Um dieser Erzählung Tills einen scherzhaften Anflug zu verleihen, sagte der Gastgeber, dass wenn er irgendwann eine Leitungsposition wieder zu besitzen vermöge, wäre er glücklich, solchen bezaubernden Vorzimmerjungen anzustellen. Da dem Gast das Humorgefühl nicht fremd war, bewertete er das Angebot Karsten hoch.

Das Bioreservat

Das Berchtesgadener Land war unbedingt eine besondere Region der Heimat, deren alter Charakter bis heute für eine unangenehme Qualität sorgte. Das genannte Land eingestallten in die nördlichen Ostalpen bildete die Südhälfte des Landkreises Berchtesgadener Land im äußersten Südosten Bayerns zwischen der gegenwärtigen deutsch-österreichischen Landesgrenze. Seine Abgrenzung wurde von dem Einfluss der naturräumlichen, geologischen, historischen, kirchlichen und soziokulturellen Gesichtspunkte hinausgegeben.

Die nahe Anwesenheit der mehreren Alpenteilen und hügelartigen Landschaften sorgte seit langem für die Eingliederung des Gebietes zur territorialen Einheit.

Ein erheblicher Anteil der Region erwies der geschlossene Waldbezirk des Klosterstifts, der seine Quelle in der Fürstpropstei Berchtesgaden finden sollte. Die über eine tausendjährige Geschichte dieser Region schloss unzählige Änderungen der kirchlichen Strukturen (und Schismen) ein, die bedeutsam für die Verwaltung des Bezirkes sein sollten. Seit dem 10. Jh. als Bannwald der Sieghardinger Grafen erstmals „herrschaftsmäßig" erfasst worden war, war seine Existenz durch die Ehen und Vererbungen der hochadeligen geprägt worden. Die Sieghardinger waren eine der wichtigsten Familien des bayerischen Adels von der Mitte des 9. bis zum Beginn des 13. Jh.

Eine besondere Anmut des Gebietes rief sein heilendes Klima heraus, das die Menge der Urlauber aus ganzer Welt an sich anlocken sollte.

Das Tierreich

Schon die vereinzelten Unterhaltungen mit den bekannten Zoologen des Landes schindeten bei Wittke den Eindruck der Vielfältigkeit, die in mehreren anderen Regionen der Erde schon längst nur in der Besinnung der Altangesessenen übrigblieben.

So gab es über sieben Hundert Arten aus der Roten Liste gefährdenden und aussterbenden Tieren, die sich in dieser Gegend ganz wohl fühlen konnten. Man stellte dabei fest, dass es keinen merkbaren Unterschied großen und kleinen Spezies, die dort hausten. Die Kenner nannten Rehe, Rothirsche, Gämsen, die anders als andere Hirsche ihr Geweih in der Winterzeit nicht abzuwerfen brauchten.

Die Gemeinschaft der Nageltieren wurde dort vom Alpenmurmeltiere vorgezeigt, die sich zahlenmäßig auf der dritten Stelle befinden sollten. Die ersten zwei wurden für die Bibern und Stachelschweine bestimmt. Die dritten fühlen sich so bequem, indem sie sich nach dem dritten Lebensjahr völlig selbstständig machen und beginnen, sich intensiv zu vermehren. Unter anderen Säugetieren tuen sich Alpensteinböcke hervor, die eine große Zahl in der Region wieder zu erreichen vermochten. Zu kleineren gehörten Schneehasen oder Schneemäuse.

Wohl vertreten wurden darin auch die Vogelarten. Auf den offenen Landschaften verhalten sich die Steinadler wie „anerkannte" Herrscher, die angeblich ihre hohe Position verdient haben. Sie ernähren sich grundsätzlich von mittelgroßen Säugetieren oft von Nageltieren. Zu Besonderheiten dieser Raubtiere zählt die Tatsache, dass die weiblichen Wesen dieser Art größer als die männlichen sind. Mit der über zwei Meter Flügelspannweite sehen sie sehr ausdrucksvoll aus. Zu Räubern gehören auch die Raubfußkauze, die sich während der Fortpflanzungszeit von den kleinen Säugern zu ernähren vorziehen. Das Gehör, das sie bei der Jagd vollständig ausnützen, lässt ihnen eine Maus auf der Entfernung von dreißig Meter verspüren.

Die Pflanzenwelt

Dieses Reich der Region charakterisiert sich durch eine Anwesenheit der unterschiedlichen Laub- und Mischwälder sowie von Almweiden, Mooren, hoch Heiden und Auwäldern. Außerdem gibt es in der Gegend eine hoch entwickelte bäuerliche Kulturwirtschaft. Auf den Almen wachsen große Menge von Arnika, die dank dem Naturschutz Aktivisten in den Gebirgen besonders gut gedeihen konnte. Da die alte Medizin eine erhebliche Verehrung diesem Gewächs scherte, zeigte ihm Dr. Wittke auch die Aufmerksamkeit, indem er sich über dessen Biologie erkundigte. Diese giftige Pflanze war in der Lage, nicht nur vor Jahrtausende viele Menschen von schweren Erkrankungen zu heilen, sondern heute nicht einmal zur Pflanze des Jahres ausgewählt. Karsten wusste noch nicht, dass zu gleichen Familie der Korbblütler auch die Silberdistel gehörte, deren Wurzel manchmal ein Meter Tiefe erreichen konnte.

Seit langem nutzte man diese Pflanze für die Behandlung der Nierenerkrankungen, als Fieber senkendes Mittel, Schweiß treibende Arznei sowie Geschlechtstrieb anregendes Mittel. Als ein immergrüner

Strauch ist die Alpenrose bekannt. Sie unterscheidet sich von anderen Vertretern der Familie Heidekrautgewächse durch ihre kräftigen Äste und dicht verzweigte Zweige. Wegen ihrer hohen Giftigkeit findet sie keine Anwendung in der Medizin. Der Clausius Enzian, den man von dessen auffälligen Glockenblüte auf einem kurzen Stängel leicht erkennen könnte, Die Arzneien aus seiner Wurzel verwendeten die Heilpraktiker schon längst für die Heilung des Nervensystems, Herzschwäche, Magen-Darm-Krankheiten sowie für die Verstärkung des Immunsystems. Sonst wurden in dieser Region hunderte anderen Pflanzenarten präsentiert worden, die man entweder für medizinische oder für wirtschaftliche Zwecke ausnutzen konnte.

Bekanntschaft mit dem ersten Naturreservat

Mit einer deutlichen Unterstützung der Familie kriegte Dr. Wittke wieder Wind in das Segel. So fuhr er mit dem Auto nach München in einer angeregten Gemütsverfassung, indem er seine Reise mit seiner Lieblings Sänger James Blunt begleiten ließ. In seinem Kopf brodelten verschiedenartige Gedanken, die aus einer Mischung von geschäftlichen und privaten Dingen bestehen sollten. Auf jeden Fall war er der Auffassung, soviel wie möglich in Laufe der nächsten zwei Monaten über die wichtigsten Prinzipien des Naturreservats zu erkennen, die auch für die anderen Gebieten der Erde annehmbar sein konnten. Am besten wäre es, einen guten Sachkundigen der Ökologie kennenzulernen, von dem man etwas Nützliches zu bekommen vermochte. Diese Gelegenheit gehörte aber der Kategorie der frommen Träume. Solche Gedanken schienen ihm noch vor wenigen Monaten unrealisierbar zu sein. Heute konnte er sie unbedingt nicht ausschließen. Denn ein notwendiger Mensch konnte plötzlich in der Nähe auftauchen wie eine andere Erscheinung, die man kaum zu vermuten wusste. Selbstverständlich durfte Karsten mit solcher Zufälligkeit keine großen Hoffnungen verbinden, aber trotzdem sind die Wege des Herrn unergründlich. Der Fahrer war schon über drei Stunden unterwegs, als er einen starken Hunger empfand. Deswegen hielt er auf der nächsten Raststätte inne, und nahm sich einen Gemüse Salat, ein Stück Fisch und ein Kaffee, um eine viertel Stunde bequem zu verbringen. Diese Unterbrechung zeigte sich nützlich zu sein, so dass er den Rest des Weges freudig zu überwinden fähig war. Er bat beizeiten Dr. Krieger, über seine Ankunft dem zuständigen Beamten in München Bescheid zu sagen, was der UNESCO-

Mann liebenswürdig zu machen versprach. In der Tat erhielt Herr Ingo Schmidtke rechtzeitig die Nachricht, damit das Entstehen Wittke bei ihm keine Überraschung sein sollte.

Schmidtke war ein großer Kerl Anfang Vierziger mit Pferdartiger Gesichtsform, langen blonden Haaren, großen grauen Augen und ausdrücklichen Gesichtszügen, der momentan sehr beschäftig zu sein schien. Er zeigte aber dadurch seine Dienstfertigkeit, dass er die Sorge für das Hotelzimmer des Gastes übernahm. Mit anderen Worten konnte Dr. Wittke sich ruhig ins Hotel einchecken, um zugleich Herrn Schmidtke die Chance zu erteilen, mit ihm nachmittags ausführlich zu besprechen. Dieser günstige Vorschlag fand auch der Gast allerseits für passend: Er konnte inzwischen andere Sachen erledigen, die er sowieso in München machen sollte. Die Anwesenheit des Autos in der Nähe ließ ihm, sich in der bayerischen Hauptstadt unabhängig zu fühlen. Für einen Geschäftsmann wäre es ungewöhnlich, sich müßig zu fühlen. Diese Tatsache gehörte zum Lebensstil Dr. Wittke. Seine Herzkrankheit konnte für eine Ergänzung sorgen, sie war aber nicht imstande, etwas wesentlich zu verändern. Er empfand es für das erste Mal gerade hier in München wie sich sein ganzes Wesen nach einer angeregten Tätigkeit sehnte. Zugleich schien ihm augenblicklich die vorige Lebensweise, wenn er einen unbeschränkten Arbeitstag entweder bei seinem Büro- oder am Verhandlungstisch zusammen mit Kollegen oder Projektpartner verbringen musste, für unpassend, besonders gegenüber seinem aktuellen Gesundheitszustand. Eine vernünftige Verbindung der körperlichen Belastung mit der kognitiven Leistung konnte ihn (nach seiner Überzeugung) heilend beeinflussen. Sein Tiguan zeigte sich auch wie ein richtiger Gehilfe, der einen erheblichen Anteil der Mobilfunktionen zu übernehmen wusste. So war ihm selbst ein breiter Raum der Gedanken freigegeben. So begab er sich nach dem Anmeldungsformularerfüllen im Hotel zu einem früheren Mitarbeiter namens Daniel Rempel, der übrigens seine Geschäftskarriere in eine neue Richtung umgestaltete, die mit den Klimaschutzfragen verbunden werden sollte. Wittke mochte ihn vor allem wegen dessen offenen Gemüts sowie der Fähigkeit, ohne Umschweife zu reden. Während des Aufenthalts in der Firma, die Karsten später leitete, zählte Daniel zu wenigen, die bereit waren, die wahrheitsgetreu sogar zum eigenen Schaden zu bleiben. Jetzt war der Gast der Meinung, ihm nicht nur wie einem netten Menschen seine Hochachtung zu bezeugen, sondern dessen

Ansicht auf einigen feinen Sachen des Umweltschutzes zu erfragen. Ein vorläufiges Telefonat habe er schon gemacht und Daniel äußerte seine Freude an ihrer baldigen Begegnung. Und nun fuhr Karsten zu ihm und dachte darüber nach, welche sachlichen Themen er berühren durfte, damit ihre Unterhaltung hilfreich für ihn und nicht besonders beschwerlich für Daniel sein könnte. Natürlich wäre es dem Gastgeber peinlich gewesen, Karsten auf die Zeitknappheit hinzuweisen. Denn er war zu höfflich für solche Bemerkungen. Es bedeutete aber, dass der Gast selbst die Verantwortung für die Besuchszeit übernehmen sollte. Solche gedankliche Vorbereitung ermöglichte ihm, den kommenden Erörterungskreis stark reduzieren zu lassen. Das Wiedersehen zweier guten Kollegen nach mehreren Jahren bereitete das beidseitige Vergnügen, was nur wegen der Zeitknappheit nicht zu dauerhaften Erinnerungen führen konnte. Karsten war auf der Hut, um keine überflüssige Minute inhaltlos zu vergeuden. So erörterten sie einige bedeutsamen Richtungen der modernen Ökologie, die nach der lauten Ansicht Daniels in der nahen Zukunft bemerkenswerte Ergebnisse zu bringen versprachen. Der Gastgeber befürchtete aber, dass die großen internationalen Organisationen wie UNESCO oder WWF (World Wide Fund for Nature) noch nicht imstande sein konnten, solche dringenden Maßnahmen einstimmig fördern zu lassen. Zugleich zweifelte er daran, dass die globalen politischen Initiativen des Klima- und Umweltschutzes, die riesige Geldmengen forderten, zu erwünschten Resultaten führen könnten. Sonst berührten die beiden die jüngsten Kenntnisnahmen über das unvermeidliche Aussterben von mehreren tierischen und pflanzlichen Arten, die man wie einem drohenden Warnzeichen der kommenden Katastrophe aufnehmen sollte. Natürlich waren diese entsetzlichen Erscheinungen eindeutig umweltbedingt.

„Weißt du, Karsten", sprach Rempel aufrichtig, was ich für ein Hauptproblem unserer Zeit kapieren konnte? Eine komplette Unvereinbarkeit der hervorragenden Persönlichkeiten, die in der Lage sein konnten, den Ausweg aus der gefährlichen Situation herauszusuchen, mit den Personen, die den Entschluss über die lebenswichtigen Angelegenheiten der Welt fassen. Mit anderen Worten besaßen die Machtleute das Recht, alles für die Menschheit zu schaffen. Ich bin aber der Auffassung, dass solange diese seltsame Tatsache bestehen konnte, bleibt das Schicksal unseren Planeten weiter in Gefahr".

Ehrlich gesagt war der Besucher momentan nicht bereit zu sein, solche komplizierten globalen Sachen zu diskutieren. Im Großen und Ganzen fand er aber die Erwägungen Daniels völlig einsichtig, um etwas zu erwidern. Außerdem fühlte er sich daran schuldig, dass er viel Zeit Daniels in Anspruch nehmen sollte. Deswegen dankte er dem Freund ergiebig und verabschiedete sich.

Er war der Meinung, die restlichen Stunden vor dem Gespräch mit Herrn Schmidtke für das nächste Treffen auszunützen, änderte doch die Absicht wegen der wesentlichen Abstände zwischen seiner aktuellen Stelle, dem Zielort und Büro Schmidtke. Er durfte lieber nicht riskieren, damit er mit der Verspätung nicht rechnen wollte. So entschied er, eine kurze Ausflugsfahrt durch die Stadt auszuüben und dann auf den bestimmten Termin zu folgen.

Das Schotterzentrum der Münchner Altstadt mit deren Marienplatz, Altem und Neuem Rathaus, St. Peter und der Frauenkirche wurde ihm immer zu Ohren gekommen. So fuhr er weiter entlang der Straßen und Gassen als wäre es eine neue Begegnung mit dem alten Freunden. Die erhabenen historischen Errichtungen begünstigten dessen Laune. Der Tag ging in der Tat in eine wohlwollende Richtung, indem er schon nach dem Gespräch mit Daniel in Nachdenken zu versinken vermochte. Übrigens konnte er wohl einige von dessen spontanen Gedanken bei der kommenden Unterhaltung mit Herrn Schmidtke diskutieren lassen, bestimmt falls die geistige Atmosphäre der Verbindung dazu geneigt werden konnte. Auf jeden Fall war er jetzt seinerseits gut gestimmt. Hoffentlich gelingt es ihm auch, diese sittsame Gemütsverfassung sogar gedanklich seinem Visavis zu übertragen. Das Wiedersehen mit Rempel sorgte sicher dafür, dass Wittke sich ein Wenig nervös fühlte. Er wusste darüber Bescheid, dass es geschäftlich gesehen gar nicht schlecht sein sollte. Sein Kardiologe hatte ihn aber mehrfach vorgewarnt, dass solcher Zustand ihm vor einer vollständigen Genesung absolut unerwünscht wird.

„Verstehen Sie mich, Dr. Wittke, doch richtig", sagte er ganz nachdrücklich, „wir können unserem Herz beliebig wunderbare Eigenschaften zuschreiben, es bleibt aber nur ein Körperorgan, der keine Ahnung zu haben wusste, ob Ihre Aufregung durch ein seelisches Trauma oder durch ein Begeisterungsereignis zustande kam. Ihm ist es völlig egal. Beachten Sie bitte immer diese Begleiterscheinung, damit keine unerwarteten Folgen entstehen könnten".

Nach der Meinung Karsten war es ein frommer Wunsch, der ein belebtes Humanwesen sich kaum zu leisten erfolgte. Doch diese Bemerkung spielte augenblicklich keine Rolle mehr, denn er fuhr gerade zu dem Verwaltungsgebäude heran, wo Herr Schmidtke auf ihn warten sollte.

Der Beamte nahm ihn mit Verzeihungsworte auf, die dem Gast nach seiner Vermutung gewisse Peinlichkeiten bereiten sollten. Nun stand er vollständig zur dessen Verfügung. Diese höffliche Einleitung war unbedingt ganz angebracht, weil sie dem Besucher irgendwelche Voraussetzungen für die beidseitige Offenheit zu geben versprochen. In diesen Sinnen bekam Karsten eine Entschlusskraft, die ihm ermöglichte, das Gespräch vorteilhaft für sich zu schaffen. So erzählte er kurz die Absicht seiner Reise, seine neuen Sachfunktionen sowie die Art und Weise mit denen er diese Funktionen zu erfüllen bereit war. Den Angaben zufolge, die Dr. Wittke aus verschiedenen Quellen zu entnehmen suchte, erhielt das genannte Naturreservat sein Gepräge durch eine tausendjährige Entwicklung der pflanzlichen und tierischen Mannigfaltigkeit, die ihren natürlichen Gang den letzten Jahrhundert dramatisch veränderte. Die allgemeine industrielle Revolution und Bevölkerungszuwachs sorgten für eine unerhörte früher Umweltverschmutzung, was bestimmt auch das eigenartige Waldgebiet nicht umzugehen vermochte. Nun musste man mit dem unvermeidlichen Artenverschwinden rechnen, das man fernerhin wahrscheinlich nur zu verzögern fähig war.

„Es sieht momentan so aus", betonte ausdrücklich der Besucher, „dass unser Einmischen in diesen Sachverhalt unaufschiebbar sein sollte. Nach meiner vorläufigen Auffassung lässt uns das aktuelle Niveau der Forschung und Technik eine Menge der Maßnahmen in Gang bringen, die möglicherweise zur Rettung mehreren aussterbenden Arten oder sogar zur Wiederbelebung der vorigen führen konnte".

Der Redner wurde auf dieser Stelle von dem Beamten unterbrochen, der gerne wissen wollte, wie sein Visavis solche komplizierten Vorgänge vorstellen konnte. Nach wenigen Sekunden erwiderte Karsten diese Frage:

„Die moderte Forstwirtschaft verfügt über mehrere Verfahren der Waldanpflanzung, die der Natur fehlende und der Gesellschaft von Pflanzen und Tieren benötigte Arten in die Region einführen lassen. Im Großen und Ganzen ziehen die genannten Vorkehrungen nichts

Neues in Betracht: Wir ergänzen damit nur die notwendigen Elemente, die für die folgende Waldgesundheit sorgen sollten. Ganz im Gegenteil kümmern wir mit diesen Aktionen um das Schaffen der wohlwollenden Bedingungen nicht allein des selbst Berchtesgadener Landes, sondern ums Gedeihen der großen Umgebung".

Mit diesen Worten beendete er seine Äußerung. Darauf begann das Schweigen im Zimmer zu herrschen. Nun wirbelten im Kopf des Beamten viele Gedanken auf, die er irgendwie in Ordnung zu bringen versuchte. Gewiss gab es etwas Frisches in dieser Botschaft Wittkes, was für ihn, Ingo Schmidtke, vielleicht künftig von großer Bedeutung sein konnte. Er durfte dabei bestimmt nicht außer Acht die Tatsache lassen, dass die Ideen dieses neuen Kollegen auf keinen Fall unmotiviert bleiben sollten. Solchen Eindruck konnte der Kerl sicher nicht schinden. Außerdem versprachen dessen Pläne eine Menge Neuerungen, die ihr Bezirksamt dringend brauchte. Natürlich waren hiesige Beamten mit den alltäglichen Aufgaben überbefördert, damit sie sich etwas Neuartiges auszudenken wussten. Doch die Vorteile der Wittkes Vorstellungen beschränkten sich nicht auf die sachliche Seite des Problems, denn sie sollten mit einer erheblichen finanziellen Förderung der UNESCO verbunden sein. Allein der letzte Umstand schien Ingo so wichtig zu werden, dass seine Reaktion von selbst kommen musste.

„Wissen Sie, Herr Dr. Wittke", begriff er nach einer Pause das Wort, „Ihre Aussage hört sehr verlockend an. Man muss unbedingt noch eine Vielfalt Ausführlichkeit aufklären lassen, aber das Wesen Ihres Vorschlages wäre es schwer zu überschätzen. Deswegen können Sie in meiner Person einen vertrauten Anhänger finden. Glauben Sie mir, ich weiß die wirkliche Lage mit der Region des Berchtesgadener Landes ausreichend wohl, damit ich daraus gewisse Schlussfolgerungen zu ziehen wusste. Ich bin der Meinung, dass die UNESCO ihre angespannte Aufmerksamkeit nicht zufällig zu diesem Erdgebiet gewidmet hatte. Mit anderen Worten durften wir keineswegs, die Chance verpassen, dieses Naturreservat wieder gesund und erfolgreich zu machen".

Genau zu diesem Zeitpunkt empfand der Besucher die Plicht, nicht weiter die Gastfreundschaft des Beamten zu missbrauchen. Als der Gastgeber die Abschiedszeichen Dr. Wittke zu verspüren vermochte, bat er ihm höfflich dar, die benötigten Personen und Adressen im Reservat vorzubereiten, damit der sich leichter zurechtfinden konnte. Offen gesagt konnte der Gast mit solcher Fürsorge seitens eines Beamten kaum rechnen. Er dankte Herrn Schmidtke herzlich und verließ sein Büro in einer guten Laune. Nun fuhr er wieder nach dem Hotel und betrachtete mit Vergnügen die schönen Stadtansichten.

Heute musste er sich Rechenschaft darüber ablegen, dass bis dahin sein Weizen blühte. Dann befand er sich im Hotelzimmer und begann, die Auskunft, die Schmidtke ihm gegeben hatte, zu lesen. Neben anderen Angaben sprang ihm in die Augen die Daten über einen Förster namens Marc Behrens.

„Wieso sollte er bedeutsam für mich werden", dachte sich Karsten unwillkürlich, als hätte dieser zufällige Blick überhaupt irgendwelchen Sinn, „trotzdem wäre es auch nicht völlig ausgeschlossen, dass auch solche Bagatelle etwas sagen könnte. Der Rest des Tages beschäftigte sich Dr. Wittke mit den Sachen, die ihm Morgen und folgende Tage bevorstanden. Morgen früh fuhr er schon in Richtung des Berchtesgadener Landes, wo er auf der Stelle jene Ausführlichkeit erkennen sollte. Nachdem er die Stadt Umgebung verließ, öffneten sich ihm die bildhafte unbegrenzte Fläche des Waldes, die man sogar aus der Autobahn mit Begeisterung beschauen konnte. Diese Randvegetation gab ihm eine deutliche Vorstellung, was hinter ihr verbergen werden könnte. Allerdings würde er bestimmt heucheln, wenn er sagte, dass diese Vermutung ein einzelnes Argument war. Im Gegenteil bekam er vorläufig eine ausführliche Auskunft über alle Bäume und Pflanzen, die zu den höchsten Sehenswürdigkeiten der Region gehörten. Zu diesen zählten unbedingt solche, die man als einzigartigen oder sogar Natur Denkmale zu bezeichnen wusste. So hervorragend stellten sich die wenigen Sommerlinde, deren Alter man über vierhundert Jahren bewerten konnte. Ohne sie anzuschauen wäre es schwervorstellbar, dass ihr Stammumfang von 550 cm erreichen oder, dass ihr Kronendurchmesser über 15 m sein sollte. Jüngere Bäume wachsten wohl darum und dessen nahe Umgebung verschaffte den weiten Raum, den man als die Mähwiesen benutzen konnte.

Nicht weniger beachtenswert sollte die sogenannte Hindenburglinde sein (die man früher tausendjährige Linde bezeichnete). Sie waren imstande, über achthundert Jahre zu gedeihen mit ihren Stammumfang elf Meter und Kronendurchmesse dreißig Meter.

Das nächste Baumwesen konnte man in dieser Liste die Seedaxe nennen. Diese ungewöhnliche Rotfichte erreichten das Alter von zweihundert Jahren. Wegen ihres Vorzugs, einsam zu leben, wurde sie dicht beastet, indem ihr Stammumfang 430 cm erreichte und die Höhe - 35 m.

Die Hiesigen wurden immer stolz aufs Einzelstück im Nationalpark Berchtesgaden, das man wohl als die älteste Zirbe anerkennen sollte, die Zirbe, deren Alter man knapp für 800 Jahre bewerten konnte. Der Zirbelkiefer erreichte die Höhe über 25 m und mit dem Durchmesser über 1,7 m auf der Brusthoher wurde tief und kräftig beastet. Er gehört zu immergrünen Bäumen, dessen mächtigen Äste in bizarren Formen krummlinig wachsen.

Auch die Ahornbäume, die man seit 1978 zu Natur Denkmalen zählte, schindeten einen eigenartigen Eindruck, denn mit ihrem Alter von 240 Jahren wiesen sie die Höhe von 30 m und den Stammumfang von 400 cm aus und ließen die Umgebung als Viehweide nutzen.

Die bekannte als Lösler Tratte gediehen manchmal über 140 Jahre und wurden von mehreren anderen Baumarten umgehen, vor allem von Sommerlinden, Stieleichen, Bergahorn, Pferdkastanien.

Natürlich durfte man keineswegs die zweihundertjährige Platane mit ihrer Höhe 30 Meter und Stammumfang 600 cm übersehen.

Bemerkenswert sollten auch die 340 Jahre alten Eiche mit ihrer Höhe von 25 m und Stammumgang von 410 cm aussehen.

Noch höher (bis zu 28 Meter.) können die 290-jährigen Bergulme erreichen. Auch ihre Stammumgang von 460 cm scheint großartig zu sein.

Noch komplizierter wäre es einen 290 Jahre alten Birnbaum vorstellen, mit Höhe von 18 m, Stammumgang von 470 cm und Kronendurchmesser von 25 m. Der wurde schon im Jahre 1980 als Natur Denkmal ernannt. Er blüht alljährlich überreich und trägt mehrere Zentner wohlschmeckende mittelgroße Früchte.

Diese kurzen Angaben aus dem Internet, die Dr. Wittke zu recherchieren gelang, speicherten sich fest in seinem Verstand. Sonst waren seine Gedanken irgendwo anders gewesen. Natürlich wäre es wünschenswert, wenn er in der Person Marc Behrens einen Gleichgesinnten sehen konnte. Er befürchtete aber, dass es nicht der Fall sein sollte. Diese häufige Situation wäre auch gut verständlich für die selbstbewussten Menschen, zu denen auch Marc vielleicht zählen konnte. Ohne persönliche Bekanntschaft würde es sicher schwer, etwas in Betracht zu ziehen. Auf diesen Grund entspannte er sich mit der Willenskraft und versank ins Musikhören, das ihm sein Autorekorder anbot. Seit seiner Herz Erkrankung empfahl ihm der Kardiologe, bald ein gutes Verfahren für sich auszusuchen, das die Nervenanregung zu beschwichtigen vermöge. Karsten fand damals das Musikanhören als das passendste Mittel dafür. Jetzt auf der Fahrt in dieser grünsaftigen Landschaftsgegend war er imstande, zur Musik die schöne Ansicht als Heilmittel hin fügen lassen. Auch das Wetter begünstigte seine gute Laune. Es war fröhlich sonnig und ziemlich warm gewesen, was für den vielstimmigen Vogelgesang sorgte. Offen eingestehen dankte er dem Himmel, dass er eine gesunde und hinreißende Arbeit zu kriegen vermochte. Noch in einer Stunde war er schon an der Stelle und versuchte, mithilfe einigen künftigen Kollegen Herr Behrens telefonisch zu erreichen.

„Eigentlich ist es die einzelne Chance", sagte ihm einer von ihnen, „Marc herauszufinden. Manchmal aber, wenn er mit einer verantwortungsvollen Sache beschäftig ist, vorzieht er, keine Anrufe auf zu nehmen oder sein Smartphon einfach auszuschalten, damit ihn keine stören konnte. Er findet seine Tiere und Bäume viel wichtiger als ein gelegentliches Gespräch".

Allein in dieser Botschaft konnte der Gast eine Eigenwilligkeit der gesuchten Person vermuten. Allerdings gelang es ihm diesmal, Herr Behrens gleich zu erreichen, was er als eine Bestätigung des günstigen Tages wahrnahm. Nach der munteren Stimme auf der anderen Seite der Netzlinie konnte er den Eindruck bekommen, dass Marc in der Tat mit etwas ganz zufrieden sein sollte. Nach wenigen Minuten der Vorstellung machte ihm der Förster bekannt, dass er in einer Stunde den Ort, wo sich Karsten momentan befand, besuchen sollte. Der Gast traf mit einer Erleichterung diese Mitteilung.

Dieser Marc sah so aus, dass Karsten sich bei dem Gedanken nahm, er könnte ihm in einem Haufen sofort erkennen. Er war groß, dürr mit einem dichten rotblonden Haarschopf, hellgrünen Augen und ausdrucksvollen Gesichtszügen. Äußerlich sollte er Mitte Vierziger sein. Ungeachtet dessen, dass er mit seinen energischen Bewegungen einen kraftvollen Kerl verraten konnten, schien er offensichtlich ganz müde zu sein. Wahrscheinlich war er auch über die Person Dr. Wittke neugierig geworden, denn er stellte ihm nach der Bekanntmachung eine Reihe von Fragen, die dem Gast ziemlich seltsam vorkamen. Anders gesagt war Karsten der Meinung, die gleichen Fragen taktvoll dem Burschen selbst zu stellen. Im Grunde war Behrens ein berufsmäßiger, von dem der Gast viel zu erfahren hoffte. Oder sollte es passieren, dass der Förster ihm zuvorkam. Nichtsdestoweniger war Karsten gezwungen, gedanklich komplizierte Aufgaben zu erfüllen. Augenblicklich empfand sich der Gast in der Rolle eines Anfängers, dem eine Prüfung des Sachkundigen bevorstand. Zuerst sah es aber nicht besonders schwer aus, denn die Rede war von den pflanzlichen und tierischen Bewohnern des Berchtesgadener Landes, das heißt von den Themen, mit denen Dr. Wittke letzte Zeit beharrlich beschäftigt sein sollte. Nach dem Gesichtsausdruck seines Visavis konnte er eher verspüren, dass er diesen Anteil der „Prüfung" bestanden habe. Doch dieser Bestandteil bestimmte weit noch nicht das Ganze. Allmählich ging Marc zu viel verworrenen Sachen, die man, ohne eine besondere Vorbereitung kaum zu erläutern vermochte. So wollte er wissen, wie der neue Mitarbeiter die Wechselbeziehungen des einzelnen Wesens zueinander verstehen konnte. Die großen Bäume sollten den Einfluss ihrer fernen Artgenossen und Wettkämpfer erleiden. Nicht bekannt war aber wie. Jene Vermutung, die Karsten aussagen konnte, kostete eher kein Cent. Noch unvorhersagbarer wäre dem Gast zu urteilen, wie es zwischen zahlreichen Tierarten oder zwischen einzelnen Tieren und Pflanzen geschehen konnte. Nach dem Augenstrahl des Forsters konnte Dr. Wittke den Schluss ziehen, dass ihm diese Angaben schon bewusst waren. Im Unterschied zu gewöhnlichen Prüfern war Marc gar nicht gestimmt, irgendwelche Note oder Abschätzung der Qualität der Antworte zu machen. Umgekehrt vorzog er, überhaupt kein Kommentar dazu aus zu sagen. So geriet sich erst der Neuling in Verlegenheit, weil er keine Ahnung zu haben wusste, ob er in der Tat fähig war, die nachfolgenden beruflichen Probleme aufzulösen zu können. Machte es Herr Behrens unwillkürlich oder absichtlich? Das war jetzt der Punkt, den Karsten sich zu erklären wünschte. Was ihm aber soweit verständlich war, bezog auf seine folgenden Handlungen. Denn er hoffe noch einige Stunde zuvor, eine ganze Reihe der nicht einfachen Dinge durch die sachliche Erfahrung Marc zu entwirren. Nun wäre es unvorstellbar gewesen. Darüber hinaus kamen ihm die künftigen Beziehungen mit ihm nebelhaft vor. Der erste Gedanke, der ihm in den Kopf kam, nachdem er wieder die ausgeglichene Gemütslage erlangte, war, mit seinem Visavis bald in einer ungekünstelten Situation zu unterreden. Jedenfalls brauchte er momentan Zeit, damit er mittlerweile sein folgendes Benehmen gründlich zu überlegen fähig werde.

Wörtlich sollte es aber ungefähr so klingen:

„Herr Behrens, es war mir ein Vergnügen, Sie kennenzulernen. Ich sehe aber, dass Sie augenblicklich sehr beschäftigt sind. Vielleicht lassen wir uns heute spät nachmittags unser Gespräch fortsetzen".

Der Vorschlag schien dem Gast selbst etwas vage zu sein, doch Marc hatte ihn sofort angenommen. So verabredeten sie sich, in einem kleinen Restaurant um neunzehn Uhr zu treffen.

Das Bezirkszentrum Bad Reichenhall besaß eine Menge Gaststätte, unter denen Marc gleich das Gasthaus Staufenbrücke ausgewählt hatte. Dem Gast wäre es sowieso egal, denn er konnte sich in der Stadt noch nicht zurechtfinden. Außerdem sollte er für einige Tage bevor er eine mehr oder weniger ständige Unterkunft besaß, ein Hotel aussuchen. Gleichzeitig wollte er eine einführende Fahrt durch die Stadt machen, indem er sich dort nicht so fremd wie ein Ausländer fühlen könnte. Der zweite Zweck dieser kurzen Reise bestand darin, dass er sich am Steuer gemütlich für das Nachdenken empfand, um die Bagatellen des kommenden Gesprächs mit Mark vor zu stellen. Also zeigte sich der Kerl viel klüger zu sein, als Karsten es vermutete. Jetzt konnte der Neuling die große Hoffnung darauf hegen, durch einen unmittelbaren Kontakt dessen Vertrauen zu gewinnen. Vielleicht wäre mittels der Verbindung der beruflichen und privaten Sachen möglich gewesen. In diesem Augenblick erinnerte sich Dr. Wittke aus einem unklaren Grunde wieder an seine familiäre Reise nach dem Wald und die vorigen Gemütsbewegungen erfassten ihn erneut mit voller Kraft. Der Wald verfügte unbedingt über eine ungewöhnliche Macht den Menschen gegenüber. Sogar jetzt, als diese Gefühle zu ihm zurückkehrten, überläuft es einen eiskalt ganz unerwartet seine Haut. Warum konnte es gerade im Moment passieren, in dem er eher andere seelische Erregung bekommen sollte. Vielleicht konnte die alte in den Bergen gelegene Stadt dafür verantwortlich sein, deren Wesen eine nahe Existenz des riesigen Waldmassivs zu verraten wusste. Bemerkenswert wäre es in der Tat zu verspüren, ob Herr Behrens etwas Ähnliches empfinden konnte. Dass er ein sinnlicher Mensch war, habe Karsten augenblicklich keinen Zweifel mehr. Was aber dem neuen Kollegen noch nicht klar sein sollte, betraf das Verhalten, das er heute Abend für richtig finden konnte. Am besten wäre es, den guten Wein zu verkosten, der die Beziehungen viel freundlicher machen sollte. Doch die schwere Herzerkrankung machte seine frühen Verbindungen mit dem Alkohol absolut unerwünscht, vor allem wegen der Unvereinbarkeit dieses Stoffes mit zahlreichen Medikamenten, die er einnehmen sollte. Ohne ihn wäre es etwas komplizierter, sich mit einer fremden Person aufs Geratewohl zu verständigen. Auf diesen Grund entschloss Wittke, sich auf den Zufall zu verlassen. Mindestens versprach solches Benehmen eine Gemütsruhe. Zusätzlich zu bildhaften Aussichten in der Stadt konnte es einen Anhaltspunkt für seinen schwachen Herz erweisen.

In wenigen Stunden stellte es sich heraus, dass die ungünstigen Umstände auch eine positive Rolle spielen konnten. Es begann gerade, als die beiden von dem Ober einen Tisch neben dem Fenster bekamen und ihre Bestellungen machten. Denn Marc fand es von Anfang an seltsam, dass sein Gesprächspartner im Unterschied zu ihm keinen Wein trinken wollte. So wurde Karsten gezwungen, kurz die ganze Infarkts Geschichte zu schildern.

„Ich verstehe es wohl", reagierte der Förster darauf, und sein Gesichtsausdruck zeugte davon, dass er vollständig für den armen Kerl Mitgefühl haben sollte. Aus diesem Anlass wurde die Trinkgewohnheit Marc rechtfertigt und es gab nun kein Hindernis mehr, freundliche Beziehungen zu knüpfen. Zugleich empfand Dr. Wittke den klaren Vorrang des nüchternen Auffassens der Realität. Besonders deutlich sollte er sich nach zwei Stunden des Abendbrots offenbaren, als die Unterhaltung den Hohepunkt erreichte und die Weinflasche Behrens schon längst leer war. Die beiden berührten mehrere Themen des Umweltschutzes und diskutierten die allgemeinen Probleme des Bioreservats. Der Förster ritt freudig sein Steckenpferd.

Er brauchte jetzt dringend eine zweite Flasche Wein, damit er den Schwung auf gutem Niveau festzuhalten verstand.

„Herr Behrens, seien Sie, bitte, ungekünstelt", wollte der neue Kollege, seine Bestürzung beseitigen, „ziehen Sie mich nicht in Betracht. Ich meine, bestellen Sie sich bitte eine zweite Weinflasche".

Nun konnte Karsten in den Augen seines Visavis eine offene Dankbarkeit lesen. In wenigen Minuten stand der zweite italienische San Marzano auf dem Tisch und die belebende Unterredung wurde fortgesetzt.

„Wie ich von Ihrer Einstellung kapieren konnte", sagte der Neuling mit der Neugier in Augen aus, „verlangen Sie große Ansprüche auf den hiesigen Wald. Würde es mit Ihrer grundsätzlichen Auffassung verbunden?"

Der gefragte machte gerade einen großen Schluck des heilenden Getränks, der eine kleine Genuss Pause forderte. Dann ergriff er das Wort:

„Im Großen und Ganzen bin ich unbedingt der Anhänger der harten Maßnahmen, die unser Wald salopp gesagt zu seinen historischen Wurzeln mitbringen sollten. Ich meine damit, dass die Raubtiere ihre natürlichen Kräfte auszulösen fähig waren, und ihre potenziellen Opfer den benötigten Schutz bekommen konnten, indem sie nicht überflüssig ausgefressen werden sollten. Mir scheinen solche Pläne für die modernen Forstwirtschaft realisierbar zu sein. Außerdem bin ich ein Befürworter des sorgfältigen Verhältnisses zu Bäumen, insbesondere zu alten Einzelwesen. Es gibt eine Menge der guten Methoden, die uns die Chance geben, ihren Gesundheitszustand unter Kontrolle zu bringen. Bei den Bäumen wie bei den Tieren existiert das biologische Alter, das mit den „persönlichen" Eigenschaften verbunden werden sollte. Mit anderen Worten konnte die individuelle Verschiedenheit zwischen ihnen groß werden. Wenn wir erkennen, dass jemand von ihnen dessen Ableben nähert, dürfen wir nicht weiter seine Leiden betrachten, sondern rechtzeitig ihn verschwinden lassen. So wird es nach meiner Ansicht künftig vorstellbar, unseren Wald gut zu betreuen, vielleicht sogar zu „digitalisieren", damit er mit uns auf einer gemeinsamen „Sprache" umgehen konnte. Ich bin momentan nicht vollkommen nüchtern geworden. Deswegen bitte ich Sie um Entschuldigung, wenn ich nicht alles verständlich machen konnte. Ich zweifle mich aber nicht, dass wir bald imstande werden, viele Fragen zusammen nochmals zu erläutern. Deswegen bin ich jetzt nicht wohl gestimmt, die Diskussion fortzusetzen".
Mit dieser Äußerung Marc kam das Abendessen zu Ende.

Um ehrlich zu sein, sollte Karsten eingestehen, dass die Begegnung mit Marc, auf die er große Hoffnungen hätschelte, die zwiespältigen Empfindungen bei ihm hinterlassen konnte. Eine übertriebene Offenheit, die vom Förster ausging, sollte man eher vollkommen auf dessen kleine Betrunkenheit gemünzten. Zugleich hatte er etwas Neugier Erregendes erzählt, was vielleicht den Eindruck seiner tiefen Überzeugung dem hiesigen Wald gegenüber widerspiegeln konnte. Der neue Kollege zweifelte aber daran, dass er dessen Äußerung für bare Münze halten durfte. Gewiss konnte Karsten nicht ablehnen, dass das Treffen einigermaßen nützlich für ihn zu sein schien. Behrens war ein Sterblicher wie ihm, dem alle menschlichen Schwäche nicht fremd waren. Sicher erwies er eine komplizierte Persönlichkeit, der nahe Umgang mit ihr nicht einfach machen sollte. Doch Dr. Wittke selbst war nicht von den schlechten Eltern, indem er jene Zeit wohl zu probieren wusste, die Zusammenstoße zu vermeiden. Am Anfang wäre es eine Hauptsache, um die richtigen Beziehungen in Gang zu setzen. Jedenfalls wäre es sinnvoll, mit ihm auf der Hut zu werden. Mit diesen Gedanken kehrte er nach seinem Hotel zurück, wo er sich nun zu erholen vor dem kommenden Arbeitstag versuchen sollte. Diese anscheinend simple Sache zeigte sich aber anders zu sein, das hieß, es verstand sich nicht von selbst. Diesmal stellte es sich heraus, dass er überhaupt nicht imstande war, in Schlaf zu sinken, Er warf sich längst von einer Seite auf die andere, doch die unruhigen Gedanken ließen ihn nicht los. Wahrscheinlich war der gestrige Umgang mit dem Förster nicht so harmlos, wie er ihn vermuten konnte. Er musste sich aber eingestehen, dass Marc dafür nicht schuldig sein sollte. Vielleicht wurde der letzte Tag für Karsten mit dem Übermaß der Ereignisse verbunden, die nachts für eine unerwartete Erregung sorgte. Bestimmt besaß er in seiner Reiseapotheke ein Schlafmittel, das ihm in dieser Situation helfen konnte. Aber ihm wurde es aus der früheren Erfahrung bewusst, dass er sich nach der Einnahme solcher Tabletten fast den ganzen folgenden Tag ungeheuer schläfrig werden sollte. Diese unerwünschte Begleiterscheinung wollte er jetzt zweifellos vermeiden lassen, damit er sich arbeitsfähig zur Verfügung stellen konnte. „Gut", dachte er sich, „alles ist in Ordnung. Die nächste Nacht werde ich sicher wie ein Stein schlafen".

Mit dieser Beruhigung im Kopf stand er auf und begann, sich dem Alltag vorzubereiten. Als er mehr oder minder gutaussehende Widerschein im Wandspiegel anschauen konnte, verließ er wieder das Hotelzimmer und richtete seinen Wagen nach der Stelle, wo er nach der Verabredung mit Herrn Behrens punkt acht Uhr sein sollte. Seine echte Beschäftigung ging in der Tat los.

Wie Behrens ihm erklären wollte, bestand seine erste Aufgabe darin, dass er zu einem großen Vorhaben angeschlossen werden sollte, mit dem schon mehrere Kollegen beschäftigt waren. Es wurde unter anderen der Forstbetriebsinventur gewidmet. Im Grunde interessierte ihn jetzt den Zustand einer Gruppe bestimmter Art, die man als eine typische Auswahl verwerten konnte. Als eine konkrete Frage, auf die Dr. Wittke eine begründete Antwort finden sollte, stand die Zahl der Bäume, mit denen der Sachkundige arbeiten sollte. Diese einfache auf den ersten Blick Aufgabe forderte aber die Voraussetzung, mehrere biologische, klimatische und wirtschaftliche Faktoren in Betracht zu ziehen. Solche Begutachtungen waren mit einer großen Verantwortung aller beteiligten verbunden.

Schon am Anfang seiner wissenschaftlichen Karriere, das heißt, in den Jahren seiner Promotion, wurde Karsten gezwungen, mit komplizierten statistischen Modellen zu arbeiten. Damals sah alles aber ganz anders aus, denn man musste, ohne mächtigen PC und Programmierungstechnik, die meist verwirrte und mühevolle Leistungen übernehmen. So erinnerte er sich daran, dass er zahlreiche Tage und Nächte durch gegen unlösbare Bagatellen kämpfte, die jeden Fortschritt fast unmöglich zu machen drohten.
Ein Viertel Jahrhunderts darauf verschwanden alle solchen Problemen von selbst. Es bedeutete doch auf keinen Fall, dass die Verpflichtungen der Forscher kleiner geworden waren. Im Gegenteil stellte es sich heraus, dass die leistungsfähigere IT keine menschlichen Fehlschläge zu dulden wusste: Sie bestrafte ihn sofort schmerzhaft. Sogar im Rahmen der primitiven Messungen, seien sie Brusthöhendurchmesser oder Holzzuwachs, entstand bei einer praktischen Verwirklichung eine Menge Nuancen, die zum Kopfzerbrechen führen konnten. Wenn zu diesen Sachen solche anscheinend unbedeutsamen Erscheinungen wie die Beschädigungen an den Bäumen durch den Verbiss von Rehwild hinzugefügt werden, wird es klargeworden, in welche zusätzliche Verworrenheit der neue Projektteilnehmer geraten konnte. Karsten fand das Einleitungswort Marc sehr hilfreich, nicht allein wegen seiner sachlichen Angabe, sondern weil es indirekt auf die Gegenstände der Erforschung hinweisen konnten. Es gab dabei eine Reihe von Objekten wie Bodenqualität oder Belaubung (Benadelung) der Kronen, die man aufmerksam und dauerhaft beobachten sollte. Zu seiner erheblichen Erleichterung konnte er feststellen, dass der erste Arbeitstag ihm ermöglichte, den ganzen Ausmaßkreis seiner folgenden Tätigkeit vollständig zu erfassen. Und es war gar nicht schlecht. Offen eingestehen, war es heute ein sehr angestrenger Tag, denn der Neuling musste nicht nur alle seine Kräfte konzentrieren lassen, sondern die Folgen der schlaflosen Nacht zu beseitigen versuchen. So fühlte er sich am Feierabend wie einem Menschen, der seine Fähigkeiten vergeudet hatte. Diesmal ging er früh ins Bett und schlief ohne Träume neun Stunden, was mit ihm zuvor nur selten passierte. Am nächsten Morgen sollte er sich unter anderen mit mehreren Organisationsfragen betätigen.

Die mobile Art seiner Arbeit setzte die Nutzung eines Fahrzeugs voraus. Allerdings zeigte sich das von Hügeln und Schluchten durchzogen Terrain fast unbrauchbar für seinen Wagen. Anders ausgedrückt sollte er lieber ein anderes Fahrzeug auswählen, das ihm die Zeit sparen ließe. Herr Behrens bot ihm liebenswürdig ein E-Skooter zur Verfügung an, was für Wittke eine technische Überraschung erweisen sollte. Jedenfalls wäre es sinnvoll, den Skooter selbst zu probieren bevor er seine Zustimmung sagen konnte. Nachmittags wurde ihm die Vorrichtung geliefert. Eine Halbestunde war Karsten ausreichend, damit er alle Fähigkeiten des Mittels überprüfen konnte. Außerdem konnte er feststellen, dass man die Neuigkeit als ein Fitnessstück anwenden konnte, in Sinnen, dass es eine körperliche und geistige Konzentration verlangte. Deswegen war der neue Kollege mit ihm zufrieden.

Zu günstigen Seiten seiner neuen Arbeit zählte Karsten auch eine vollständige Schaffensfreiheit, die er von der Verwaltung des Reservats bekommen hatte: Ihm wurde eine Aufgabe erteilt und alles Sonstiges hing von dessen eigener Kompetenz ab. So fasste er den Entschluss, zuerst seine zwanzigjährig alten Kenntnisse im Bereich der Statistik auf ein aktuelles Niveau umzugestalten. Nun kapierte er wohl, dass es ein wichtiger Schritt in seiner Leistung bedeuten sollte, damit die folgenden Massenabmessungen am meisten der Realität entsprechen konnten. Darauf versuchte er zu begründen die Hauptgrößen, die eine enorme Rolle in seiner Untersuchung spielen sollten. Er stattete sein Smartphone mit der neuen Software, die ihm ermöglichen sollte, sofort die Messungsergebnisse zu verarbeiten sowie sie zu dem ganzen Massiv anzupassen. Mit anderen Worten war er in der Lage, zum Ende des Arbeitstages ein aktuelles Bild des ganzen Vorhabens zur Verfügung zu stellen. Diese Novität war dem Team noch nicht bekannt, was dazu führen konnte, dass Dr. Wittke nach einem Monat harter Arbeit der Verwaltung benachrichtigen sollte, dass er dem Personal einen Zyklus Lehrunterrichten dar zu legen bereit war. Noch in einer Woche bekam er eine schriftliche Bestätigung, dass sein Lehrgang offiziell anerkannt wurde, indem er eine zweiwöchige Fortbildung durchführen konnte.
Er fand diese Botschaft rechtzeitig, weil seine sachliche Vorrangstellung auf keinen Fall seinen Absichten entsprach. Umgekehrt sollte die höhere allgemeine berufliche Qualität des Teams seine persönlichen Ergebnisse unterstützen. So machte er sich an die Lehrfunk-

tion mit einem geistigen Schwung, der alle Beteiligten zu einer effizienten Mitarbeit antreiben sollte. Die endgültigen Resultate, die nach einer Prüfung zustande kamen, zeigten dass die Mehrheit der Teilnehmer fähig war, sich das komplizierte Thema erfolgreich an zu eignen. Damit wurden die künftigen Abmessungen viel präziser und leichter für den Vergleich gemacht werden. In diesem Zeitabstand konnte der neue Kollege problemlos sein Zweiradfahrzeug steuern, was ihm die weit entfernte Wald Orte sehr schnell erreichen ließen.

Die ersten Monate seiner neuen Tätigkeit gingen so schnell vorüber, dass Wittke es kaum bemerken konnte. Was ihm aber wie eine Zwangsvorstellung verfolgte, bezog auf seine Gesundheit, die üblicherweise bei der täglichen Tabletteneinnahme entstand. Fraglos war er noch weit entfernt von seiner „besten Form". Doch momentan wichtiger für ihn war die Tatsache, dass es keine Verschlechterung gab. Nach der Meinung seines Kardiologen sorgte allein solche Stabilisierung für eine rechtzeitige Besserung. Es klang einigermaßen anstrengend in seinen Ohren.

Psychedelische Pilze und Pflanzen

An nächster Woche teilte ihm Marc Behrens eher aus Versehen mit, dass „sein" Wald auf keinen Fall nur heilende und giftige Pilze und Pflanzen bewahre, sondern auch solche, die Menschen zu psychischen Verwirrungen und Süchtigkeit führen könnten. Dieser Satz zerschlug sich von seinen Lippen möglicherweise unbewusst und er bereute sich schon sehr, was Karsten aus seinem ärgerlichen Gesichtsausdruck begreifen sollte. Doch diese Begleiterscheinung kam ihm in den Sinn leider viel später, nachdem Wittke ihn taktlos um die Erweiterung des Themas bat.
„Könnten Sie, Marc, etwas Konkretes erzählen", sagte er als wäre er versonnen, „welche Pilze und Pflanzen Sie damit meinen wollten". Deswegen musste Marc nun, die gebetenen Sachen aufdecken, denn sonst konnte Karsten etwas Ungünstiges vermuten. So schilderte Marc die ganze Reihe der Waldgewächs, die ihm bekannt wurde:
„Jüngste Zeit waren die Biochemiker in der Lage, mehrere alte Pilzarten als potenzielle psychischen Drogen anzuerkennen. Zu diesen zählten z.B. Spitzkegelige Kahlkopf, dunkel sporigen Lamellenpilze, Risspilze, bei denen zwei Wirkstoffen - Psilocybin und Psilocin gefunden worden waren. Die beiden entfalten einen starken Effekt

auf das Zentralnervensystem (ZNS). Es handelte sich um Indolalkaloide der Tryptamin-Gruppe, die in den Serotonin-Stoffwechsel eingreifen. Serotonin ist schon längst als sogenanntes „Glückshormon" bekannt. Also verwunderte es nicht, dass die komplizierten biochemischen Prozesse, die die beiden Substanzen im Gehirn auslösten, die „heiligen" Begriffe wie "Entheogen" (zu Gott führend) entstehen ließen. Die wenigen Probanden berichteten über die mystischen oder religiösen Erfahrungen und anderen angenehmen Empfindungen. Berufsmäßig gesehen war es gar nicht der Fall: Die Rede war manchmal von schweren Störungen mehrerer Bereiche des ZNS. Trotzdem waren die ersten Scheinerfolge, die bei der vielen nicht genehmigten durch die Gesundheitsbehörde Studien in mehreren Staaten geführt wurden, brachten die Welt in eine echte Euphorie. Denn sie angeblich gezeigt hatten, dass die genannten psychiatrischen Substanzen eine auskurierende Wirkung auf solche komplizierten Krankheiten wie Depression, posttraumatischen Belastungsstörungen, Zwangs- und Suchterkrankungen haben sollten. Allerdings gab es bei allen diesen Studien einen Mangel an benötigten Voraussetzungen: Sie schlossen wenige Patienten ein, manche davon hatten keine Kontrollgruppe; es wurde grundsätzlich nach der persönlichen Empfindungen der Probanden bewertet, etwa, „mir war es sehr angenehm gewesen", was keine objektive Kriterien beinhaltete. Niemand interessierte sich, wie die Betroffenen sich nach Monaten und Jahren fühlten. Später wurde festgestellt, dass es keine Drogen oder andere Substanzen getestet werden durften, die eine deutliche Abhängigkeit verursachen könnten.

Neben den Pilzarten erwähnte Behrens auch einige Pflanzen in dessen Wald, die den ähnlichen Einfluss auf menschliche Psyche zu nehmen vermochten, z.B. Riesenschilf, schwarzes Bilsenkraut, gemeiner Stechapfel, oder gelbe Teichrose. Aber auch Karsten so gut bekannte Gewächse wie Hopfen oder Mais mit dessen schwarzen und brauen Haaren an den Kolben gehörten dazu. Auf jeden Fall schrieb der neue Mitarbeiter pünktlich alle deren Bezeichnungen in sein Notizbuch, damit er darauf etwas Sachliches über jede von ihnen erkennen konnte. Als sein Kollege mit diesen Angaben fertig war, tritt das Schweigen ein, denn die beiden mussten kurz zwischendurch etwas Essentielles nachdenken, was dem Visavis gar nicht bekannt werden durfte. So schien es Wittke nicht besonders überzeugend zu sein, dass Marc eher aggressiv gegen alle Rauschmittel äußerte. Diese Tatsache konnte bei dem Gesprächspartner sicher einen Verdacht erregen, dass er dabei sich selbst gegen Gefahren zu sichern suchte. Das Gefühl konnte Karsten auch später nicht verlassen. Marc selbst konnte sich wahrscheinlich nicht verzeihen, dass er das Thema zu berühren wagte, das kaum augenblicklich notwendig war. Innerlich hoffte er aber darauf, dass der Umstand ihre Dienstverhältnisse nicht schaden konnte.

Die Erwägungen der beiden hatten doch mit den therapeutischen Fähigkeiten der genannten Bewohner des Berchtesgadener Waldes nicht zu tun. Nach der Meinung der führenden Neurologen der Welt muss man zu allen psychoaktiven Verbindungen aus der Natur sehr vorsichtig verhalten, weil die meisten von ihnen eine Reihe von Nebenwirkungen und Kontraindikationen haben. Diese letzten müssen jahrelang erforscht werden bevor sie für die klinischen Studien zugelassen werden. Jede private Initiative und Maßnahme in dieser Richtung muss als gesetzwidrig verboten werden. Man darf weiter auf eigene Faust mit seinem Körper und Geist experimentieren, obwohl das Gesundheitswesen pflichtbewusst dagegen ist. Jene nicht genehmigte von der zuständigen Behörde Forschung mit anderen Personen muss strikt unantastbar bleiben.

Südwand des Berchtesgadener Hochthrons

Die Verlegenheit, in die die beiden nach der Erörterung der rauschgiftigen Fähigkeiten Pilzen und Pflanzen des hiesigen Waldes gebracht worden waren, entstand wie eine unsichtbare Wand zwischen ihnen und drohte, eine Feindseligkeit zu säen. Die wohlgemeinten männlichen Verhältnisse (und deren bei einem Arbeitsteam) erfordern eine Offenheit und eine vollständige Abwesenheit bis zu Ende nicht ausgesprochenen Gedanken. Jeder Verdacht oder jene Empfindung, unter Verdacht zu stehen, können die Verhaltensweise vergiften, so dass der folgende Umgang miteinander unerträglich werden könnte. Diese Sachlage hing in der Zeit nach der genannten Unterredung wie ein Damoklesschwert über ihren Häuptern.

Sie verbrauchten eine Menge psychischer Kraft, um die Situation zu entspannen, doch es gab keinen Ausgangspunkt, der zu Auflösung zu führen schien. Es dauerte fast zehn Tagen als Dr. Wittke eine Bewegung in dieser Flaute aus dem Gesichtsausdruck Marcs verspüren konnte. Und es war in der Tat kein falsches Gefühl. Denn an diesem Morgen war Behrens der Auffassung, seinem Kollegen etwas Ungewöhnliches anzubieten. Marc begann trotzdem sehr vorsichtig: „Übrigens, Karsten, ich wollte Sie schon längst fragen, wie es Ihnen gesundheitlich geht. Ich meine, ob die Arbeitsbelastung für Ihr Herz nicht zu groß wäre".

Wittke erwiderte, dass er sich davon eher viel besser zu fühlen wusste. Solche gut anhörende Reaktion ermutigte Behrens vielleicht, die Rede fortzusetzen:

„Dann wäre es für Sie anlockend, am kommenden Wochenende mich bei einem bergischen Ausflug zu begleiten. Es geht um einen dreistündigen Aufstieg auf einem Felsen, den ich schon vielfach gemacht habe. Ich weiß nicht, was Sie darüber denken könnten, wahrscheinlich haben Sie für diese Zeit andere Pläne. Allerdings kann ich für die bildhaften Ansichten bürgen".

Es entstand eine Pause, während deren Karsten überlegen sollte, wie dieser Vorschlag ihm unter verschiedenen Gesichtswinkeln passte. Die Sache sollte aber unbedingt für die Besserung seines Verhältnisses mit Behrens sorgen, und es war ein wägbares Argument dafür, einverstanden zu werden. Und so sagte er auch. Deswegen erklärte ihm Marc, wie er sich bekleiden sowie, welche Sachen er mitnehmen sollte. Den Treffpunkt und die -zeit sollte er ihm später mitteilen.

Der genannte Vorschlag kümmerte sicher darum, dass ein Stein von Marc Herzen fiel. Eigentlich fand Behrens gerade das, wovon auch Wittke träumen konnte. Etwas Günstigeres konnte er sich nicht wünschen. Und von dem Augenblick an beherrschte die schöne Anstiegsidee alle anderen Gedanken im Verstand des vorigen Herzpatienten. Es könnten wohl unterwegs unterschiedliche unvorhersagbaren Dinge ereignen, aber er fühlte sich seit Monaten beständig, um diese Reise zu unternehmen. Andererseits war es eine Chance, seinem Leib eine Prüfung zu erteilen, die nach Karsten Ansicht rechtzeitig würde. Am morgigen Nachmittag sagte ihm Marc Bescheid über die Stelle und Zeit der Begegnung und ihm blieb nur übrig, darauf zu warten.

Schon in zwei Tagen bewegten sich die beiden mit dem Karsten Wagen südwärts, was nicht lange als vierzig Minuten dauern sollte. Dann ließen sie das Auto auf dem Parkplatz stehen und gingen auf einer Forststraße aufwärts, darauf durch den Laubwald auf die Almfläche des Scheibenkasers. Behrens erzählte ihm, dass im Jahre 1827 der Scheibenkaser durch eine Lawine zerstört wurde, und die heutige Hütte schon im Jahre 1947 erbaut worden war. Weiter erkannte Wittke von ihm, dass die Scheibenalm auch heute noch landwirtschaftlich genutzt wurde, obwohl der Scheibenkaser schon längst nicht bewirtet war. Und noch wenigen Minuten danach waren sie schon am Ziel. Was die Ansicht Karsten heranzog, war ein kleines Feldchen, das vom Geröll gedeckt worden war, als verwitterten die Winde diese Steine von Felsen Stück für Stück. Die wenigen Ausläufer verliehen dem Felsen etwas gigantisch Baumartiges. Es stellte sich klar heraus, dass sich der geneigte Teil des Felses rechts der Südwand befand.

Ehrlich gesagt empfand sich Dr. Wittke als Bergsteiger wie ein Lehrling, dem alle höchsten Weisheiten der Umgebung neu werden sollten. Und es gab in der Tat eine Menge der Kleinigkeiten, über die sein Führer und Kollege verfügte. Darüber hinaus sah es so aus, als kannte er dort jeden Pfad und wusste, welche Gefahr auf winzigen Abstand auflauern konnte. Aber diese Beschlagenheit war dort von Bedeutung, weil der Fels stellenweise sehr glatt wurde. Hinauf zu klettern war dem Neuling sicher ungewöhnlich, so zwang er sich, auf die Schöne der Aussicht zu konzentrieren. Nach einer Stunde des Anstiegs wurde es ihm verständlich, dass Marc ihn liebenswürdig entlang des leichtesten Pfads führte, die sonstigen sollten ihm viel mehr Kraft kosten. Außerdem zeigte sich sein Führer vorsorglich und half wie einem Kind auf glatten Strecken. Der gesamte Eindruck des Lehrlings war als brachte ihm jemand vom Himmel eine Freude, die keine materiellen Gründe brauchte. Mit anderen Worten war sie selbstgenügend. Diese grundlose Freude erreichte ihren Höhepunkt auf den Gipfel, der trotzdem vom Anfänger viel körperliche Anspannung forderte.

Das Mittagessen, das Marc umsichtig mitnahm, war vollreich an Kalorien Zutaten, auf die der Herzkranke nach dessen Genesung verzichtete. Doch dort auf dem Gipfel durfte er sich bestimmt eine Ausnahme leisten, denn die Energieverbrauch enorm groß sein sollte. Während des Rastes plauderten sie lebhaft über alle möglichen Dinge als würde kein geringstes Anzeichen der Unstimmigkeit irgendwann zwischen ihnen geben konnte. Für Dr. Wittke war es ein weiterer Beweis dafür, dass eine Heimsuchung das beste Mittel gegen den Zwist sein sollte. Und die Rückkehr aus der Höhe war für Karsten nicht einfacher gewesen als der Anstieg. Ungeachtet dessen, dass der „Führer" ihn mit dem meist ungefährlichsten Umgangsstrecken geleitete, sollte der Nachfolgende jeden Schritt sehr vorsichtig und standhaft machen. Sonst konnte er das Gleichgewicht verlieren mit allen lebensbedrohlichen Folgen. In Sicherheit konnte er sich eher am Fuß des Felsen empfinden. Diese Rückkehr war noch mit größerer Zufriedenheit beiderseits begleitet. Besonders für Karsten war es sicher ein lebenswichtiges Ereignis gewesen.

Erneuerbare Energie

Schon die kommende Woche konnte Wittke eine deutliche Verbesserung der Verbindung mit Behrens verspüren. Sie sprachen nun miteinander nicht wie fremde Leute, sondern wie zwei Burschen, die etwas Gemeinsames erleben sollten. Der neue Kollege hatte danach keine Scheu mehr vor den heiklen Themen, die er zuvor kaum zu berühren wusste. Eines Tages als Marc ihn gemeinsam zu Mittag zu essen einlud, begann Karsten über die Sache zu reden, die er jetzt rechtzeitig fand. Ein Duzen war für die beiden schon selbstverständlich gewesen.

„Weißt du, Marc", äußerte er sich, wenn sie am Tisch der Betriebskantine saßen, „ich bin der Auffassung, dass jedes Bioreservat eine eigene Energiequelle besitzen sollte, die mit den erneuerbaren Arten verknüpft werden konnte. Wenn die Rede von tropischen oder anderen trockenen Gebieten wird, wäre es kaum umsichtig, auf die Solaranlagen zu verzichten. Meines Erachtens konnte man mit dem Solarstrom in Wüsten auch das Wasser aus tiefen Schichten der Erde gewinnen. Es klinge paradoxal, mithilfe heißer Sonnenstrahlung Trinkwasser zu bekommen, doch es ist ein realisierbares Verfahren".

Sein Visavis hastete nicht mit der Antwort. Er kauerte gründlich ein Stück Putenschnitzel, schluckte es und dann ergriff das Wort:

„Der Ding, den du gerade aufhob, wäre anscheinend aussichtsreich und klug gewesen. Mir scheint er aber viel komplizierter zu werden, weil es eine Menge von konkreten Einzelheiten gibt, die nicht allein mit der Solarstrom, sondern mit der Zugänglichkeit des Wassers verbunden sein könnte. Ich spreche jetzt eher spekulativ, aber wenn die Tiefe der Wasserlagerung z.B. Hunderte Meter würde, wird vielleicht das Spiel die Kerze nicht wert. Oder beirre ich mich?"

Es gab bestimmt ein Stück des gesunden Menschenverstandes in dessen Misstrauen. Trotzdem erwiderte Wittke resolut:

„Marc, obwohl deine Erwägung für einen Laie ganz einsichtig wäre, zählt die Kunst der Wassergewinnung in den Wüsten mehrere Jahrtausende. Nicht zufällig tragen sie bis heute persische und arabische Namen. Natürlich unterschied sich die Antiktechnik von der modernen unvorstellbar groß, indem die Alten überwiegend die Handgriffe anzuwenden pflegten, die auf damaligem Kenntnisniveau gegründet worden waren. Sie waren aber klug genug, um die Nähe von Bergen auszunutzen, und zwar die unterirdischen Kanäle und Flüsse, die in diesen Regionen vorhanden waren. So richteten sie diese künstlichen Ströme in die Entfernung von vielen Kilometer für die Bewohner der trockenen Siedlungen sowie für die Bewässerung der Oasen. Heute sind wir in der Lage, etwas Ähnliches zu schaffen, wenn das hydrogeologische Schürfen uns eine sinnvolle Tiefe der Wasserlagerung vorhersagen lässt. Ich bin aber der Auffassung, dass die Bohren Technik der nahen Zukunft uns auch die großen Tiefe erreichbar machen lässt".

Behrens wollte anscheinend keine weitere Verstärkung der Diskussion unternehmen, die zu nächsten Uneinigkeiten führen konnte. Deswegen erwiderte er kurz und klar:

„Im Prinzip finde ich deine Aussage für ganz vernünftig und der Mühe wert. Für die trockenen Naturreservaten wäre es sicher nicht schlecht, sowohl Sonnenenergie als auch die unterirdische Wassergewinnung unter die Lupe zu nehmen".

Die Mittagpause war aber noch nicht zu Ende, was Dr. Wittke den Anlass gab, etwas noch bezüglich der Photovoltaik hinzufügen:

„Mittlerweile schritt die Solarzellentechnologie so erfolgreich fort, dass man auch die Anlagen mit ausreichenden Dampferzeugung, um die Turbine anzutreiben und Strom zu erzeugen, herstellen könnte. Es wurde schon in der Negev-Wüste in Israel einen riesigen Turm 250 Meter hoch aufgebaut, der allein durch die Wärmeproduktion die große Leistung von 310 Megawatt an Strom zu erzeugen pflegte. Es stellte sich dabei heraus, dass eine direkte Anwendung der Wärme mehr Energie gewinnen lässt als die unzählige Menge von Solarzellen fähig würden zu produzieren".

Nach dieser Auskunft zeigte Behrens Gesichtsausdruck eine klare Zufriedenheit, was die weitere Erklärung überflüssig machen sollte. Deshalb beendeten die beiden ihre Mahlzeit und gingen nach ihren Arbeitsplätzen.

Ehrlich eingestehen konnte sich Dr. Wittke nicht nur von dieser Unterhaltung mit Marc, sondern auch von seinen jüngsten Erfahrungen ausgeglichen fühlen. Die nächste Phase seines Eintritts in neue Arbeitsweise ging planmäßig vonstatten, und er war nun bereit, einigermaßen die verworrenen Aufgaben zu übernehmen, die eine Vielfalt der Geübtheiten voraussetzten. Sein wissensdürftiges Hirn forderte immer, die Kenntnisse aus den angrenzenden Gebieten zu erfahren, die heute oder morgen sehr wichtig werden könnten.

Der Paradigmenwechsel in Energiebedarf Deckung

Von den jüngsten Mitteilungen der Medien wusste Dr. Wittke Bescheid darüber, dass das Gremium aus den führenden Sachkundigen der Welt den Entschluss fasste, dass der Wasserstoff die größte Energiequelle der globalen Zukunft sein sollte. Darauf zeigte auch die Bundesregierung und EU-Kommission deren Zustimmung in dieser Frage. Denn der künftige Treibstoff musste die Menschheit nicht allein vom Hunger an Brennmaterialien retten, sondern einen erhabenen Beitrag zum Umwelt- und Klimaschutz leisten. Um diesen wichtigen Schritt zu machen, sollte man eine außengewöhnliche Verantwortung auf sich nehmen, weil die benötigte Wasserstoffmenge und entsprechende Investitionen gigantisch sein sollten. Den großen Sinn verknüpfen die Fachleute mit der Anwendung des Wasserstoffes mit dem Abfangen der Schwankungen bei Wind- und Solarenergie. Damit das gesamte Vorhaben gewinnbringend sein könnte, braucht man eine noch nicht entwickelte Technologie der Wasserstoffproduktion aus erneuerbaren Energiequellen (EE). In diesem Fall dürfte man den Wasserstoff selbst als grün bewerten. Den Abschätzungen der Sachverständigen zufolge wird die Energiewirtschaft im Jahre 2040 aus dem grünen Wasserstoff vierfach mehr Elektroenergie erzeugen als heute aus Wind-, Sonnen-, Biomasse- und anderen erneuerbaren Energiequellen insgesamt verfügbar wird. Die Endlösung des Problems mit der Wasserstoffenergetik können die Wissenschaftler als das Resultat der gemeinsamen Bemühungen von Vertreter verschiedenen technischen und technologischen Richtungen sehen. Klar ist, dass man geschickt bekannte thermochemischen Prozesse mit den neuen biochemischen Verfahren zusammenzustellen gezwungen. Unter anderen wurden schon erdenkliche Verläufe vorgestellt, wo die gemeine Backhefe eine bedeutende Rolle spielen sollten. So stellte es sich heraus, dass sie unter bestimmten

Bedingungen große Menge Wasserstoff zu erzeugen vermochten. Ihr anderer Anwendungsbereich besteht darin, dass man durch die biotechnologische Umsetzung von Restbiomasse in ein nachhaltiges Substrat für die Hefeölproduktion umgewandelt werden könnte. Dadurch kann man nicht nur den allgemeinen Energiebedarf sparen, sondern zusätzliche chemische Substanze bekommen.
Jedenfalls scheint momentan der allgemeine globale technische und wirtschaftliche Fortschritt unrealistisch zu sein. Die aktuelle Energie Erzeugung in der Welt ist bis zu 90% auf der Verbrennung der fossilen Kohlenwasserstoffe begründet. Dabei bevorzugt dieie absolute Mehrheit der Weltstaaten allein die nützlichen Werte der Energie zu schätzen. Zugleich beachtet sie kaum das ständige Wachstum der CO_2 -Emissionen, was man als ein gefährlicher Faktor der gesamten Erderwärmung erweisen sollte. Wenn man dazu auch die unnachgiebige Vergrößerung der landwirtschaftlichen Ausgaben des Methans und anderen Treibhaus-Effekt-Gasen hinzufügt, wird das Risiko fürs Leben auf unserem Planeten verständlich geworden. Mit anderen Worten wird die Wasserstoffenergie nicht nur das Zeichen der intellektuellen Erscheinung, sondern viel mehr ein unentbehrliches Rettungsmittel für die Menschheit und das Leben auf der Erde.

Man muss seine Denkweise grundsätzlich umgestalten, damit die nachhaltige Nutzung der Naturvorräte völlig reproduktionsfähig gemacht werden könnte. Praktisch bedeutet es, dass alle sekundäre Erzeugnisse und Abfälle wiederverwendet werden müssten. Sonst droht die Verschmutzung des Weltozeans das Leben von Menschen, Tieren und Pflanzen zugrunde zu richten. Da zwischen diesen dreien Lebensarten nur die ersten mit der echten Vernunft versehen worden waren, liegt eine Verantwortung für das Schicksal des Planeten ausschließlich auf menschlichen Schultern. Sicher kann man dabei große Hoffnungen auf die KI machen, doch es gibt in einer absehbaren Zukunft keine KI, die neben der genauen Berechnung menschliche Empfindungen und sittliche Prüfsteine anzuwenden wusste.

Düfte und Aromen aus dem Wald

Nach dem unvergesslichen Urlaub mit der Familie im Wald, der eine stark beeindruckende Wirkung auf Karsten Verstand haben sollte, trug er in Besinnung eine eigenartige Vereinigung von aromatischen Substanzen, die er nie zuvor genießen konnte. Es gab darin unbedingt etwas Entzückendes, was unter anderen die Neugier erwecken sollte. So kapierte Wittke, dass der Geruchsinn ihm jetzt viel mehr bedeutete, als würde er zu ihm herangewachsen. Man zog in der Tat schon längst in Betracht, dass Duft und Aroma etwas persönlich Empfindliches bezeichnen sollte. Bemerkenswert änderte sich diese Ansicht enorm, weil einerseits die chemische Industrie eine Vielfalt der neuen wohlduftenden Substanzen entwickelt habe und andererseits die Wissenschaft die unbekannten Eigenschaften der Wohlgerüche entdeckt habe. Vor allem in der Gesundheitspflege gab es die klaren Errungenschaften. Z.B. stellte es sich heraus, dass es möglich würde, mithilfe bestimmten flüchtigen Stoffen die mehreren Kennziffer des Wohlbefindens erheblich zu bessern oder sogar die Krankheiten zu kurieren. Wenn früher solche Kenntnisse das Vorrecht einigen alten östlichen Traditionen gewesen waren, was im Westen eher fragwürdig sein konnte, zeigten sich nun die Forscher selbst als Wegbereiter der neuen Richtung. Was zum Teufel sollte das Morgenland dazu bewegen? Wahrscheinlich die jüngsten Entdeckungen, dass die kleinen Mengen diesen Substanzen die unglaublichen heilenden Eigenschaften an den Tag legten. Eine deutliche Wirkung der Winzigen brachte die Gelehrten auf den Gedanken, etwas Ähnliches in der Mutternatur zu suchen. Ihre Erwägungen waren stichhaltig, denn der Wald habe im Überfluss wohlriechende Verbindungen, die hoffentlich auch einen kurierenden Einfluss auf die menschlichen Erkrankungen haben könnten. Aus dieser Vermutung entstanden die ersten medizinischen Studien, die zu beweisen wussten, dass der Aufenthalt im Wald oder die häufigen Spaziergänge in der Waldgegend eine Menge von Arzneien zu ersetzten vermochte. Die Liste der Krankheiten, die durch solche einfachen Empfehlungen behandelt werden konnten, war sehr lang. Die Betroffenen waren imstande, allein mit dem Atmen der Waldluft die Leistung mehreren ihren Innenorganen bemerkenswert zu steigern, was man üblicherweise nur mit starken Medikamenten schaffen konnte. Selbstverständlich besaß der Luft dabei keine Nebenwirkungen oder Kontraindikationen, die bei der Mehrheit der Arzneimittel der Fall war. Die Frage, die nach diesen Untersuchungen entstand, hieß, welche eigenartigen chemischen Stoffe für solche Heilkraft verantwortlich sein sollten. Deswegen wurden darauf mehrere wohlriechenden Bestandteile ausgesondert, die eine offenkundig heilende Wirkung haben sollten. Die meisten diese Komponenten zählten zu bekannten sekundären pflanzlichen Erzeugnissen, die nach der chemischen Sprache Terpene hießen. Aufsehenerregend klang die Verkündung eines japanischen Forschungsteams, dass Bäume und Pflanzen aus dem Wald untereinander sowie mit Tieren und Menschen in Verbindung stehen, indem sie die duftenden Substanzen wie spezielle chemischen Botenstoffen auszunutzen suchen. Für die Chemiker weltweit war es Startzeichen, die Erforschung diesen Stoffen zu beginnen. In einer kurzen Zeitspanne wurde es mehrere Tausende Duftstoffen isoliert und untersucht, die zu unterschiedlichen Bäumen und Pflanzenfamilien gehörten. Solch reiches Wörterbuch konnte die Gelehrten bestimmt nicht erwarten. Inzwischen wurden die Mediziner und Biologen mit der Frage beschäftigt, welche davon meist heilendaktiv sein konnten. Es war danach festgestellt, dass neben einer positiven Wirkung auf das ZNS, was für psychische Störungen und Nervosität besonders wichtig sein sollten, waren die Ärzte imstande, durch den Aufenthalt der Patienten im Wald Raum deren allgemeinen Zustand erheblich zu bessern. Die Kranken beruhigten sich, was auch zu merkbar besseren Kennzeichen des Blutes führen sollte. Noch interessanter schien den Ärzten der vorbeugende Effekt gegen onkologische Erkrankungen zu sein, was auch dank den genannten Duftstoffen passierte. Darüber hinaus beobachteten die Mediziner einen Anstieg der Zahl von Antikörper verschieden Arten, was von einem wohltuenden Einfluss aufs Immunsystem zeugen sollte. Solche fabelhafte Waldapotheke wartet unbedingt auf eine noch größere Aufmerksamkeit seitens der Forschung und Heilkunde. Allerdings kann man schon jetzt aus diesen vorläufigen Kenntnissen gewisse Schlussfolgerungen ziehen. Die Menschheitsgeschichte wurde von alters her mit dem Wald verbunden. Gerade dort suchten unsere Vorfahren das verlässige Versteck von riesigen Raubtieren und schrecklichen Drohungen des Unwetters. Im uralten Wald jagten sie die Tiere und sammelten die Pflanzen und Früchte, die sie vom Hunger zu retten pflegten. Ihr Wohlbefinden hing Jahrtausende und -millionen von den Bäumen und andere Vegetation ab, die ihnen schon damals mit den heilenden Botenstoffen zu überleben halfen. Dieser eigenartige Umgang konnte sicher nicht nur von den Lebensraumbedingungen beeinflusst, sondern auch genetisch, d.h. im Erbschatz befestig wirden. Solche Erörterung kann uns erklären, warum der Wald auch heute so hilfreich heilen könnte.

Die nächste Anregung

Die bedeutenden Studien aus dem Wald sorgten dafür, dass es im Bewusstsein Dr. Wittke weitere Gedanken umzudrehen begannen, vor allem über eine verborgene Verbindung der Vorgänge in dem Reich der Bäume, Tieren und Pflanzen mit deren in Cyberspace oder virtueller Realität (im Sinne der Scheinwelt) wie sie schon im Jahre 1964 Stanislaw Lem beschrieben hatte. Im Prinzip existierte die Vorstellung über die enge Verknüpfung von Waldbiologie mit der menschlichen Natur ausschließlich im menschlichen Gehirn oder anders ausgedrückt in dessen Fantasie. Der Grund dafür war eher der fromme Wunsch, dass es schön wäre, darin etwas noch Aussichtsreiches zu suchen. Tatsächlich verwirklichten sich die beiden virtuellen Realitäten, indem die erste mit dem stofflichen Computer vergegenständlicht worden war, was eine vollständige Vereinigung der Geistigen und Materiellen bezeichnen sollte. Ähnlicher Weise passierte es in Falle des Waldes, wo die „reine Vernunft" etwas Scheinbares oder Erwünschtes auszudenken wusste, was später mit den reellen chemischen Analysen bestätigt werden konnte. Sollte uns diese Sachlage darauf hinweisen, dass die menschliche Vernunft im Laufe der Evolution eine Fähigkeit bekam, unbekannte Ereignisse und verborgene Wechselbeziehungen durch ahnende Erfassung im Voraus zu erkennen? Es sollte an die Begebenheiten aus dem märchenhaften Wunderland erinnern. Gleichzeitig wäre es noch ein Beweis dafür, dass es einen geistigen Raum gibt, wo die künftigen Erscheinungen und noch unbekannte Dinge in einer codierten Form gespeichert wurden. Gerade dieses Universum wäre für die genialen Individuen aus der Kunst und Wissenschaft sowie für die Propheten aller Art wie eine unerschöpfliche Quelle der Entdeckungen dienen.

In diesem Augenblick bedauerte Karsten vielleicht fürs erste Mal in seinem Leben, dass er kein Gläubige war. Sonst konnte er sich in diesem Raum den Platz für die Seelen der Verstorbenen vermuten, was das tiefe religiöse Bekenntnis als etwas Selbstverständliches wahrnimmt. Wenn er doch aus dem „Heiligen" Wunderland zurück auf die vergängliche Erde absteige, musste er eingestehen, dass sein Verbleib in der Berchtesgaden Waldgegend um die wesentliche Änderung seiner vorigen Ansichten auf die lebende Natur kümmern sollte. Ein dauerhafter Blick aus dem Dickicht unterschied sich vom gelegentlichen Besuch des Gebietes dadurch, dass man ihn unter erfahrenem Gesichtswinkel zu betrachten wusste. Außerdem erwies sich der hiesige Wald wie ein eigentümliches Denkmal der Natur, das eine Bäumen Sammlung aus den früheren Epochen ein zu schließen pflegte. Nach Monaten des Dienstes entdeckte Karsten bei sich ein Bedürfnis, mit diesen Alten wie mit alten Bekannten zu sprechen, die in ihrem Gedächtnis eine unzählige Vielfalt Erinnerungen seit eh und je bewahrt hatten. Vielleicht war es seine innere Empfindung, doch sie wirkte auf ihn sehr eindringlich aus, als hätte er von einem oder anderem von ihnen etwas Herzzerreißendes gehört. Früher geschah etwas Gleiches mit ihm beim Gespräch mit einem Greis, von dem er keine tiefe seelische Offenbarung zu erwarten wusste. Bei dem Baum schien es ihm selbstverständlich zu sein, dass solche Beschaffenheit zur Kategorie der unwahrscheinlichen gehörte. Trotzdem war es der Fall, der sich mehrfach wiederholen konnte.

Allmählich war Dr. Wittke in der Lage, auch einen besonderen Duft von diesen Alten zu spüren. Darüber hinaus unterschieden sich solche flüchtigen „Emanationen" voneinander, was der Beobachter auch für ungewöhnlich fand. Und noch erstaunlicher war, dass er solche kleinen Verschiedenheiten mit seiner Nase fühlen konnte. Nicht völlig ausgeschlossen war auch die Tatsache, dass auch die träumerischen Botschaften von uralten Riesen auf der Sprache der Aromen gesendet worden waren. Es gab irgendwas absolut Neues, was er zuvor nie vorstellen konnte. Eigentlich versteckte sich darin ein geheimnisvolles Mittel des Einflusses auf den psychischen Zustand des Betroffenen, den Dr. Wittke sehr anlockend für die Medizin erfassen sollte. Denn er vermutete nach seinem Herzinfarkt eine enge Verbindung zwischen elektrischer Anregung dieser „biologischen Pumpe" und deren gesunden Funktionen. Vielleicht kümmerten sich auch die alten Giganten aus dem Wald darum, den armen Opfern der Herzerschütterung in dieser Art und Weise behilflich zu werden. Solche gelegentliche Erörterung gefiel Karsten aufs Geratewohl gut, vor allem deswegen, weil sie die lyrischen Anfänge mit den scharfen Gesetzen der Physiologie zu knüpfen verhalfen. Andererseits war ein Mensch selbst eine seltene und rätselhafte Mischung aus der Schwärmerei und der Strebung nach der Genauigkeit. Mehr davon wäre es unmöglich, den echten Sterblichen, ohne diese Vereinigung darzustellen. Das Menschengeschlecht war in der Tat eine einzelartige Erscheinung, die für die endlose Selbstentwicklung fähig war. Es war sogar imstande, dessen künstliches Ebenbild zu kreieren, das nicht allein die komplizierten Kalkulationen zu übernehmen vermochte, sondern dessen logischen Apparat an zu eignen probierte, der sich einigermaßen von dem der biologischen Menschen unterscheiden konnte. Unsere Generation erlebte eine vorteilhafte Zeitspanne, wann die KI vollständig unter menschlicher Kontrolle gebracht werden konnte. Man nutzte diese günstige Lage dadurch aus, die KI ausschließlich für seine eigene Zwecke aus zu beuten. Die Klugen vorzogen z.b. von den Software Nutzen zu ziehen, um die Rivalen in Verlegenheit zu bringen. Die jüngere Schicht der IT befand sich selbst in einer schweren Situation, wo die KI selbst imstande war, spitzfindige Algorithmen auszudenken, die nicht unbedingt für ihre Betreiber gefahrlos bleiben mussten. Unter den riskanten und angeregten Umständen, wo der Erfolg nicht mehr von den Schlauberger und deren Zahl abhängig wird, sondern von der Kapazität und Schnelligkeit der großen Computer, scheint jenen Algorithmus unsicher zu sein. Denn man orientiert sich eher auf einen kurzfristigen Gewinn, der unvorhersagbar in seinen Gegensatz zu verwandeln drohen konnte. Eine Prophezeiung der Begebenheit, die in einer absehbaren Zukunft stattfinden sollte, bleibt bis jetzt das Vorrecht der wenigen Hellseher. Auch die größten Computer der Gegenwart versagen bei solcher Aufgabe, weil die Vielfalt der möglichen Varianten mehr Fragen zu schaffen kennt, als die KI die Antworten geben konnte.

Mit etwas Ähnliches beschäftigen sich die Sachkundigen, die sich um die optimalen Bedingungen für alle Lebewesen in einem Bioreservat kümmern. Das Problem dort besteht darin, dass die natürlichen Biozönosen mehrere Forderungen erfüllen sollten, die häufig (z.B. bei dem Vorhandensein Rauborganismen und deren Opfer oder bei den Verhältnissen zwischen Wirten und Parasiten) unmöglich wäre, irgendwie vernünftig zu programmieren. Zugleich sind die genannten Formen des Zusammenlebens unzähligen Organismen sehr wichtig für die Überlebenschance des ganzen Systems. So kann ein gelegentliches Verschwinden von kleinsten unsichtbaren Einzelligen zur Störung des Gleichgewichts der riesigen Gemeinschaften führen. Ein ständig vergrößertes Aussterben der biologischen Arten kann eher als beunruhigtem Beweis dienen, dass die Mehrheit der Bioreservate weltweit in eine ungünstige Lage gebracht werden konnte. Grundsätzlich kann man im Hintergrund des Artensterbens metaphorisch einen Machtversessenen Bösewicht verdächtigen, der aber eher in einem von Missglück begleiteten Zusammentreffen der Umstände verborgen zu bleiben vorzieht. Doch es wäre ein offenbarer Abgang der Realität. Die Letzte verlangte nach einer modernen Einstellung.

Ein möglicher Anwendungsbereich

Als ein gelehrter Fachmann aus dem technischen Bereich konnte Dr. Wittke eine rettende Maßnahme für den Berchtesgaden Wald darin vorstellen, dass diese Gegend mit einer ausreichenden Menge von präzisen Geräten ausgerüstet werden sollte. Diese Computer gesteuerten „Augen und Nasen" wären imstande, eine pausenlose Überwachung der Situation zu übernehmen. Die meist verfügbare statistische Software kann dann eine große Auswahl von Faktoren analysieren, die einen gewissen Einfluss auf das künftige Aussterben der Arten nehmen könnten. Ihre Schlussfolgerungen werden künftig als eine rettende Funktion für den Artenschutz dienen.
Solche fast göttlicher Anblick konnte aber den Kern des Problems kaum lösen, weil die Endergebnisse nicht stichhaltiger werden als eine Vorhersage aus den Daten der statistischen Bearbeitung über ein vorbereitetes Attentat oder einen Terroranschlag. Trotzdem wäre es sicher nicht ein hoffnungsloses Unterfangen, dem Sachverhalt mit der Aufbewahrung des Bioreservats eine nützliche Hilfe zu leisten. Man könnte dafür erfolgreich die Fähigkeit der Big Data Programme zum Einsatz bringen, die auch die riesige Vielfalt der konkreten biologischen Organismen und deren gegenseitigen Wechselwirkungen sowie die Angaben über alle Änderungen der Umweltfaktoren zu berechnen vermögen. Man muss sich dabei aber Rechenschaft darüber ablegen, dass die Verantwortung, den Entschluss zu fassen, immer eine menschliche Sache sein sollte.

Die Schwierigkeiten, mit denen Karsten sich jeden Tag gegenüberstellen sollte, schienen ständig vermehren zu sein. Er gewöhnte sich aber schon daran und war einigermaßen davon zufrieden. Die strick beschränkte Anzahl der Mitarbeiter forderte von jedem Kollegen eine völlige Selbstverleugnung, was alle wohl zu begreifen wussten. Der alte Wald erwarte von ihnen eine heilende Erneuerung, die keine Art in Verlegenheit bringen durfte. Außerdem versuchte Dr. Wittke die aktive tägliche Bewegung mit der späteren Vertiefung in die Geheimnisse der Biologie zu ergänzen. Seine Bemühungen sollten auf keinen Fall belanglos werden. Denn jedes verlässiges Untersuchungsmittel versprach im Voraus dessen weitere Verbreitung bei anderen Bioreservaten, wo häufig die ähnlichen Probleme entstehen können.

Der Gedankenschwall, der nach diesem Selbstgespräch Karsten packte, war so intensiv, dass er ihn nicht mehr in sich beizubehalten vermochte. Er musste ihn eher möglichst bald mit jemandem teilen.

Die beste Gelegenheit, den Wunsch zu erfüllen, bestand darin, sich sofort mit Marc zu verbinden und ihn zu einem Abendbrot ins Restaurant einzuladen. Der sagte, dass er am Feierabend keine Pläne schmiede, also er bereit war Karsten zu begleiten. Da die Lage, wenn Marc allein den Wein trinkt schon beiderseits mit Verständnis geklärt worden war, vergeudeten die keine Zeit dafür und sprachen zur Sache, indem der „Gastgeber" ausführlich nicht allein seine letzten Erörterungen mitteilte, sondern auch seine inneren Empfindungen zu beschreiben probierte. Dessen Visavis war anscheinend nicht imstande, sofort seine Auffassung auszusagen. Stattdessen trank er langsam das Weinglas zu Ende und nur danach ergriff das Wort: „Weißt du, Karsten, was du mir gerade erzählt habe, ereignete sich in meiner Seele schon mehrfach. Ehrlich einzugestehen, maß ich diesen Erlebnissen keinen Sinn bei. Jetzt, als du die gebührende Aufmerksamkeit der verborgenen Sache schenktest, kapierte ich, dass sie wirklich nicht belanglos sein sollten. Meine Gefühle fassten angeblich alle Lebewesen des Waldes um, als würden sie zugleich vor meinen Augen sichtbar geworden. Einerseits wäre es eine wohl entsetzliche Erfahrung, wenn die Größe in der Biologie keine Rolle mehr spielen konnte. Andererseits aber würde es märchenhaft gewesen, wenn unsere Sehkraft den Riesen und den Kleinsten die gleiche Ehre geben könnte. Als ein gebildeter Biologe kenne ich die Bedeutung aller Lebewesen. Darüber hinaus kann ich sicher nicht behaupten, wer von ihnen wichtiger oder nützlicher sein sollte. Die kleinen Fliegen, die den Kühen wie lästig scheinen, schaffen tatsächlich dem Viehe eine wohltuende Gefälligkeit, indem die kleinen deren Stallmist verarbeiten und ihn unschädlich machen. Und noch frappierender sieht die machtvolle Wirkung von unsichtbaren Mikroorganismen wie Bakterien oder Viren, die sowohl eine enorme schöpferische oder verhängnisvolle Wirkung zu leisten vermögen. Wie erstaunlich konnte es sein, wenn diese Mikro- oder Nanoteilchen eine unermessliche Menge vom Schlamm in eine brauchbare Substanz umzuwandeln pflegen. Nicht weniger bedeutsam ist ihre unermüdliche Tätigkeit in unserem Körper, deren Anzahl hundertmal größer ist als die Zahl unseren eigenen Zellen. Ich zweifelte nicht mehr daran, dass es eine enge Gemeinschaft Tieren und Pflanzen gibt, die das Leben des Einzelnen zu optimieren versucht, irgendwie eine vereinigte Vernunft, die eine Aufgabe von oben bekommen konnte. Zugleich handeln alle Mitglieder der Gemeinschaft nach „freiem Willen", als würden sie völlig souverän. So besiedeln Milliarden von Bakterien und Pilzen schon nach der Geburt unsere Gedärme mit einer heimlichen Absicht, ein bequemes Habitat für eine Ewigkeit heraus zu finden. Ein bescheidener Mensch kann ein langes Leben genießen, ohne kleine Ahnung davon. Solche gemeine Unwissenheit verhindert ihm allerdings nicht, die ganze Palette der Gesundheitsfaktoren von diesen kleinsten zu kriegen. Ihrerseits erraten die Mikroorganismen nicht über die Existenz eines Superriesen, dessen Leib sie so ersprießlich auszubeuten suchen. Wenn für die Einzelligen solche Einfachheit verzeihbar wäre, sollte sich ein Humanwesen davor schämen, nicht nur wegen seiner Ignoranz, sondern viel mehr, weil er sich bei der Kenntnisnahme Gutes erweisen könnte".

Auf diesem Satz brachte ihn Dr. Wittke mit einer Bemerkung ab:

„Marc, ich bin einverstanden, dass unsere Darmflora einen erheblichen Einfluss auf unsere Gesundheit nehmen konnte. Ich finde es aber fragwürdig, ob alle Mikrobe in unserem Magen-Darm-Trakt heilsam wirken könnten. Oder bist du anderer Meinung?"

„Natürlich hast du, Karsten, Recht, es gibt dort eine Unmasse krankheitserregenden Mikroben, die sehr gefährlich sein sollten. Ich wollte aber diesen Sachverhalt nicht besonders betonen. Denn viel wichtiger ist es uns der Umstand, dass der ganzen Vielfalt deren unterschiedlichen Arten keineswegs unabhängig voneinander existieren konnte. Umgekehrt ist die Rede eher von den „vereinigten Staaten", deren Zusammenarbeit gut geordnet und geregelt war. Sie kommunizieren miteinander ständig und koordinieren erfolgreich ihre gemeinsame „Pläne". Ich spreche bestimmt in übertragenden Sinnen, die aber dieser spezifischen Gemeinschaft gut passt. Sachlich bedeutet es, dass sie sogar eine Sprache „erfunden" haben, die den Umgang für alle verständlich machen sollte. Ich wollte es heute nicht, alle Details deren Verbindungen erwähnen, sage doch, dass sie dafür mehrere chemischen Substanzen nutzen, die sie in unterschiedlichen Situationen in den Raum ausscheiden. Die Fachleute schreiben dieser Sprache einige Beschaffenheiten zu, die auch den menschlichen eigentümlich sind. Kurz gesagt sind die kleinen in der Lage, ein hohes Niveau des Wohlbefindens zu erreichen".

Nun wollte Karsten wissen, ob sein Visavis etwas Gleiches wie er selbst empfinden konnte. Der Gesichtsausdruck Behrens sollte davon zeugen, dass er diese Frage schon im Voraus erwartete: „Karsten, was du in unserer Gegend erlebte, fand bei mir mehrfach statt. Es war, als konnte ich den „heiligen" Geist in der Luft entdeckt haben. Oder war es nicht genaue Definition, denn das Wesen war anscheinend um herum gegenwärtig. Ich konnte mit ihm nicht sprechen, doch er bestimmte meine Gefühle und Ahnungen. Danach wurde es mir klargeworden, dass ich dem Bewusstsein dieses Waldes gehöre oder, genauer ausgedrückt, ich bin ein Bestandteil dessen Bewohner. Von diesem Augenblick an bekam ich den Gedanken, dass wir Menschen uns der Welt der Tiere und Pflanzen zuzählen müssen. Man kann in dieser Welt unterschiedliche Maßstäbe unterscheiden, indem die kleineren selbst einen ganzen Kosmos erweisen könnten. Wie sollten wir z.B. einen Menschen aus dem Blick von Mikroben vorstellen, die dessen Gedärme gesiedelt haben? Gleichzeitig scheint ein Mensch verschwenderisch klein im Vergleich mit der Erde zu sein. Das andere Beispiel verschafft uns unser inneres Universum, das einen riesigen geistigen Raum umzufassen vermöge. Dieser Raum existiert wahrscheinlich nur in unserem Bewusstsein wie eine virtuelle Realität der künstlichen Intelligenz. Mit anderen Worten verbinden wir geistig reelle und fantastische Vorstellungen zusammmen, so dass es immer schwerer wird, eine von der anderen zu unterscheiden. Übrigens ist unser Wald eine der geeignetsten Gegenden, wo die beiden Räume sich ineinander verflechten".
Mit diesem Satz brachte Behrens seine Offenbarung zum Abschluss.

Karsten konnte nicht vermuten, dass er von seinem Kollegen, dessen Ansichten er stark unterschiedlich von seinen glaubte, so nah übereinstimmen konnten. Nun betrachtete er seinen Visavis aus absolut anderem Gesichtswinkel, ohne etwas Konkretes auszusagen. Nein, er brauchte momentan gar nichts auszusprechen, denn Marc im Augenblick herausbekam, dass die Weinflasche halbvoll war und versuchte, diese „Ungerechtigkeit" zu beseitigen. Auch der Fleischhauptgang wurde im Laufe ihrer Unterhaltung schon kaltgeworden, was aber keine Unzufriedenheit in dessen Gesicht zeigen konnte. Eher waren die beiden wirklich beeindruckt von dem Gedankenaustausch und fühlten sich vortrefflich, ungeachtet dessen, dass Morgen ein Arbeitstag sein sollte.

Der Waldgeist

Der erste Gedanke, den Karsten nach dem Restaurant bekommen konnte, als er sich bequem im Sessel des Hotelzimmers setzen ließ, war aus unverständlichen Gründen mit der alten russischen Mythologie verbunden. Sein Gedächtnis kümmerte sich plötzlich darum, ihm etwas vor mehreren Jahren Gelesene erneut wieder herzustellen probieren. Es ging darum, dass es anscheinend ein Waldgeist vorhanden war, der über den Wald herrschte. Im menschlichen Verstand konnte er in unterschiedlichen Gestalten entstehen, manchmal in tierischen, manchmal - in menschlichen. Er konnte wie einem Zwerg oder einem Riesen erscheinen, es spielte gar keine Rolle. Üblicherweise passierte es aber nicht zufällig, im Gegenteil sollte er eine Botschaft mitbringen, die für den Betroffenen momentan von Bedeutung sein sollte. Darauf hing es vollkommen davon ab, wie man den Bescheid zu wissen bereit war: Entweder konnte er ihn in Betracht nehmen oder ohne Beachtung bleiben lassen. Die Folgen konnten auch verschiedenerweise vorkommen: In einigen Fällen ereignete sich nicht Schlimmes, während in anderen verhängnisvollen Begebenheiten auf den Armen wartete. Wie oft diese oder jene vonstattengingen blieb auch unbekannt.

Nun wurde Dr. Wittke in Verlegenheit gebracht, denn er habe keine Ahnung über die Quelle dieses Gedankens. War er mit der Erzählung Marcs verknüpft geworden, war er von himmlischen Kräften verursacht oder war es einfach eine belanglose Gelegenheit? Eine sinnvolle Antwort befand sich außenhalb seiner kognitiven Fähigkeiten. Aus diesem Anlass versuchte Karsten, die ganze Mythos Geschichte mit der Willenskraft aus dem Bewusstsein zu entfernen. Es gelang ihm aber nur teilweise, weil er jetzt den Waldgeist in dem Bild, das ihm Behrens mit dessen Schilderung einzuflößen vermochte. In der Tat sah alles so aus, als könnte dieser geheimnisvolle Geist in der Natur vorhanden werden. Auf jeden Fall wäre es dann vielleicht möglich, alle rätselhaften Walderscheinungen logisch zu erläutern. Der letzte Satz konnte dafür sorgen, dass Wittke sich der Erörterung von Erzählung seines Kollegen widmen konnte.

Die wichtigste Schlussfolgerung, die Dr. Wittke nach diesem klugen Gespräch mit Behrens ziehen konnte, betraf die dringlichen Handlungen, die die Wechselwirkung gewissen Arten der Bewohner des Waldes verbessern konnten. So stellte es sich heraus, dass man kein Genie sein sollte, um das zu verwirklichen. Bemerkenswert kam diese Denkart fast zufällig, obwohl der Entschluss auf der Hand liegen konnte. Karsten sah jetzt darin eine Beschaffenheit unserer Wahrnehmung. In der Tat ging er vielmals manche Stelle vorüber und war nicht imstande, die in die Augen auffallenden Dinge an zu erkennen. Jetzt konnte er sich dafür beschämen, doch es war wahrscheinlich nicht seine Schuld. Es war eher eine allgemeine menschliche Schwäche, die darin bestand, dass die Aufmerksamkeit nicht sofort etwas Außergewöhnliches zu begreifen vermochte. Es gibt möglicherweise eine gewisse Zahl der Anblicke, die schließlich ausreichend wird, um diese „Einfachheit" zu merken. Man konnte vielleicht seine Beobachtungsgabe trainieren. Ob diese seltsame Selbstbesserung stark helfen konnte, blieb doch fraglich. Was man durch den geistigen Raum, über den Behrens letztes Mal erzählte, bekommen konnte, erweckte dagegen sein großes Interesse. Er konnte sich vorstellen, dass gerade dieser Raum die Quelle seiner verschärften Sehkraft sein konnte.

Die jüngsten Maßnahmen, die Wittke dem Unternehmensvorstand vorschlug, wurden von dem letzten aufs Geratewohl gebilligt worden. Es war ein kleiner Erfolg, der die prinzipielle Existenz der denkbaren Wirklichkeit bestätigen sollte. Karsten Freude war auch mit der Hoffnung verbunden, auch künftig aus der genannten Quelle etwas Wertvolles zu schöpfen. Sicher war ihm vor allem die aktuelle Haltung Behrens zu seinen unerwarteten Vorschlägen nicht gleichgültig. Da der letzte kein Wort über die Sache aussprach, zeugte davon, dass er einfach keinen Bescheid darüber wusste. Aus diesem Anlass bat er sich aufdringlich an, dem Kollegen beim Mittagsessen zu begleiten.
Sie saßen am Tisch an der menschenleeren Ecke der Betriebskantine bei großem Fenster, wo das Gespräch kein fremdes Ohr zuhören konnte. Der Begleiter entschloss, von Anfang an ohne Umschweife zu sprechen. So erzählte er zuerst, wie er durch den geistigen Raum auf die Idee zu kommen vermochte, die genannten Vorschläge zu machen. Marc hörte anscheinend mit halbem Ohr hin, während er sein Schnitzel genoss. Tatsächlich war es aber nicht der Fall, denn

seine darauffolgenden Fragen ließen keinen Zweifel übrig, dass er alles aufs Haar kapierte. Karsten war überrumpelt davon. Nun wartete er ungeduldig auf die Zusammenfassung seines Visavis: Fühlte sich Behrens beleidigt, dass Wittke sich gerade an den Vorstand wendete, ohne ihm Bescheid zu sagen? Sollte er ihm ein Bisschen beneiden? Sah er in Karsten nicht mehr einen Freund?

In der Wirklichkeit übertraf dessen Reaktion alle Erwartungen, indem Marc nicht allein seiner Erfindungskraft Tribut zollte, sondern auch seine Freude darüber zeigte, dass die Quelle der Spannkraft des Kollegen in der gleichen „virtuellen Realität" lag, wie dessen eigener. Es sah so aus, als wäre der letzte Umstand für Marc wichtige als alle andere. Also konnte sich Dr. Wittke von dem gemeinsamen Mittagessen völlig zufrieden empfinden. Leider war diese heiter-zuversichtlichen Gemütslage dazu verurteilt, sehr lange zu dauern. Die Ursache dieser schlimmen Begleiterscheinung konnte Karsten unbedingt nicht vermuten. In der Tat war sie mit einem Mitarbeiter namens Guido Buchholz verbunden.
Guido war ein nicht großer Kerl mit dem dicken kastanienfarbigen Kopfhaar, ausdrucksvollen hellgrauen Augen, großer Nase und rundlichen Lippen, die ihm etwas Gekränktes verleihen sollte. Wittke sympathisierte mit Guido vielleicht deswegen, weil der ihm unterschiedliche Begebenheiten über sich erzählte, die eine Teilnahme in seinem Herzen finden konnte. Gewöhnlich klangen seine Erzählungen so verzweifelt, dass Karsten bereit wäre, ihm sofort eine Unterstützung zu leisten. Allmählich konnte Karsten aber völlig andere Zustände dessen Seele verspüren: Es gab eher gewisse Tücke in dessen Worten, als würde er eine Schadenfreude erfahren. Dr. Wittke lernte sich nach dem Infarkt, unterschiedliche Offenbarungen menschlichen Gemütsbewegungen angemessen entgegenzunehmen, mit anderen Worten versuchte er auch die seltsamen Äußerungen Guidos ruhig bewusst zu begreifen. Denn er war der Auffassung, dass jede Person ein Recht auf Eigenartigkeit haben durfte. Diese weise Einstellung ließ dem Herzkranken, sich selbst ins Gleichgewicht bringen. Ungeachtet dessen war er der Ansicht, dass jedermann seine inneren Erlebnisse in gewissen Grenzen bewahren sollte. Natürlich gab es eine Vielfalt der Sachen, die man sich nicht leisten durfte. Im Großen und Ganzen waren seine Verhältnisse mit Herrn Buchholz gelassen und freundlich. Deswegen war Wittke ein wenig erstaunt als der Vorstand ihn zu sich einlud.

Nein, die Einladung selbst sollte man eher zu alltäglichen Ereignissen zählen. Einerseits war es nicht fürs erste Mal, dass er das Arbeitszimmer des Vorgesetzten besuchte. Andererseits kam der Telefonanruf der Vorzimmerdame namens Nadine Mast mit der Bitte, den Chef um viertel nach zwei aufzusuchen, gut begründet, denn er sendete dem Boss gerade eine Woche zuvor die schriftliche Beschreibung seiner Vorschläge und wusste Bescheid allein von der Mitteilung dieser Frau Mast darüber, dass dem Chef seine Maßnahmen gut gefielen. Aus diesem Anlass ging er zum genannten Termin absolut ungestört und still. In der Tat nahm ihn Herr Martin Paschke sehr liebenswürdig auf, indem er die Lob Worte, die Wittke schon aus den Lippen Frau Mast anhören konnte, wiederholte. Darauf diskutierten die beiden einige Details der Vorstellungen, die unbedingt noch viele kleinere Präzisierungen brauchten. Die Unterhaltung dauerte schon Dreiviertelstunde als der Chef den Namen Guido Buchholz aussprach. Ehrlich gesagt klangen diese zwei Worten ein Bisschen seltsam für Ohren Dr. Wittke, so dass er gerade keine Verbindung mit dem vorigen Inhalt des Gesprächs herausfinden konnte. Wörtlich sagte der Chef besorgt:

„Herr Wittke, Sie sollten mich doch richtig verstehen. Ich wurde ursprünglich der Befürworter Ihrer Maßnahmen. Wir reden häufig zu viel und lassen uns viel weniger realisieren. Bei Ihren Vorschlägen sah ich etwas Konkretes und nicht Kompliziertes, was man, ohne riesige Verausgaben zu schaffen vermöge. Mir war aber unwohl an zu hören, wie Ihr Kollege misstönend darüber sprach. Sogar dessen Ton sollte verraten, wie er Ihnen gegenüber gestimmt worden war. Ich meine solche Worte wie „nicht überlegt", „hastig" usw. Wie sollte ich darauf reagieren, wenn ich mich entsetzt fühlte? Nun brauche ich dringend Ihre Hilfe, um aus der Verlegenheit einen Ausweg heraus zu suchen".

Diese kurze Rede Paschke klang den Besucher wie ein Blitz aus heiterem Himmel. Seine seelische Verfassung wurde momentan so stark verdorben, dass er kaum etwas Vernehmliches zu erwidern wusste. Nach einer minutigen Pause quetschte er aus sich einen gezwungenen Satz:

„Herr Paschke, ich bin augenblicklich nicht in der Lage, etwas Einsichtiges auszusagen. Ich bitte Sie darum, mir die Zeit zu überlassen, die ich für Beruhigung benötige. Darf ich mich darauf bei Ihnen melden?" Natürlich hatte der Chef nichts dagegen.

Karsten befand sich in seinem Hotelzimmer mit einem Pflichtgefühl, der Situation eine Erklärung zu geben und sich wieder in Ordnung zu bringen. Er erinnerte sich an die Phrase seines alten Kardiologen, dass solche Erschütterungen ihm tödlich gefährlich sein könnten sowie an dessen Empfehlung, sich so schnell wie möglich davon zu befreien. Seine Überanstrengung war aber zu groß, um seinen Ratschlag zu folgen. Einige Minuten danach kam es ihm in den Kopf, sich an Marc Behrens zu wenden, um dessen Meinung darüber zu erkennen. Noch eine Viertelstunde später verzichtete er entschlossen darauf: Marc war ein kluger Kerl, er hatte aber mit dieser Lage Karsten nicht zu tun. So sollte der letzte allein, einen Weg daraus zu finden probieren. Es gingen noch zwei Stunden vorüber bis Wittke sein Herz ausreichend zu beruhigen vermochte, damit sein Gehirn etwas Vernünftiges zu formulieren begann. Bemerkenswert konzentrierte sich sein Hauptorgan auf der armen Persönlichkeit Guido Buchholz, als würde sie der Stein des Anstoßes der ganzen Geschichte. Nun dachte er darüber nach, dass es wahrscheinlich nicht alles wohl in diesem Mitarbeiter vonstattenging. Es sollte eine neue Denkweise werden, die ihm viel zu erläutern helfen könnte. Die folgende Stellungnahme entstand aus dem Wunsch, dem Benehmen Guido eine Bewertung zu geben. Karsten ertappte sich beim Gedanken, dass sein Verstand nichts Schlimmes in der Handlung Guido sehen wollte. Eher war dessen inneres Wesen darüber verantwortlich. Es bedeutete, dass er, Karsten Wittke die nächsten Stunden für die persönlichen Beschaffenheiten Buchholz vergeuden sollte. So begann der Herzkranke mit einer Liste der auffälligen Züge Guido, die er seit dem Anfang ihrer Bekanntschaft beobachten konnte.

In einer Stunde war diese Liste fertiggemacht. Dann wendete er sich an der Internet Seite, die mit den seelischen Abweichungen verbunden werden konnte. Noch in einer Stunde war er auch dort findig: Eine beharrliche Vergleichung der Anzeichen, die fürs Betrachtungsobjekt eigentümlich waren, ließen keinen Zweifel übrig, dass Guido an die bipolaren psychischen Störungen litt, die durch den Wechsel von depressiven und euphorischen Stadien geprägt werden konnte. Nun war Dr. Wittke imstande, mehrere Vorfälle ihrer Unterhaltung mit Buchholz in seinem Gedächtnis nachzubilden, die ein unwiderlegbares Beweismaterial geben sollten, dass seine Vermutung stichhaltig gewesen war. Diese klare Begleiterscheinung sorgte einigermaßen dafür, dass seine Ruhe beraubende Gemütsverfassung allmäh-

lich wieder normalisiert worden war. Es war aber eine eilige Ansicht, die um seinen darauffolgenden Kräften Ausgleich kümmern konnten. Innerlich empfand er sich noch lange nicht entspannt. Außerdem bekam er plötzlich einen Gedankenschwall, der mit der Person Guidos verknüpft worden war. Während seine Mühe verfolgte das Ziel, die Unwürdigkeit des Vorgehens Buchholz seinen Vorschlägen gegenüber zu bestätigen, sollte das Endergebnis eher von etwas völlig Gegensätzlichem zeigen. Offen gestanden war er der Absicht, mit seiner „Entdeckung" der psychischen Abweichungen Guidos gleich zum Chef zu gehen, damit der letzte selbst darüber Bescheid wissen konnte. Jetzt zweifelte sich Karsten daran, ob er ein moralisches Recht dafür hätte, Herrn Paschke seine Vermutungen offenzustellen. Denn er war kein Arzt, um eine verantwortungsvolle Diagnose zu erstellen. Außerdem könnte Paschke ihm einer Bosheit verdächtigen, um sich auf Kosten Guidos recht zu fertigen. Es wäre das Schlimmste, was Wittke sich zu wünschen vermag. Gemein wäre es auch die Idee selbst, Buchholz herabzusetzen. Besonders jetzt, wenn er die psychische Störung bei ihm aufzudecken wusste. Diese Art und Wiese der Überlegung brachte Dr. Wittke in noch schlechteren Zustand als er zuvor erlitt. Gab es tatsächlich jemand, der ihn aus dieser Situation verhelfen könnte? Karsten verspürte im Augenblick etwas Ähnliches der Ausweglosigkeit, die er letztes Mal als Jugendlicher erlebt hatte. Solche Erinnerung war doch kaum in der Lage, ihn ein wenig zu trösten. Trotzdem verlangte von ihm sein aktueller Zustand dringende Handlungen, weil sein guter Ruf gefährdet werden könnte. Nun wurde sein Schicksal streng in die Waageschale gelegt, so dass die Frage, wen er, Guido Buchholz oder sich selbst zuerst retten sollte, in den Hintergrund verschoben worden war. Seine innere Stimme befahl ihm eindeutig, sich auf keinen Fall zu benachteiligen.
Er musste sich aber Rechenschaft darüber ablegen, dass die innere Stimme keine unparteiische Instanz erweisen konnte, was die Auswahl der Entscheidung weiter zu erschweren versprach. Es wäre unbedingt viel leichter geworden, z.B. Marc um eine Empfehlung zu bitten. Allerdings bedeutete dieser Schritt den Versuch, jemanden anderen an seinen Platz zu bringen. Die Not, in der Karsten dem Zufall zufolge geriet, gewann die Oberhand. So rief er ungeachtet der späten Stunde Behrens an und bat ihn um ein kurzes Treffen, das Marc ihm ohne Zögerung gab.

Die Begegnung fand draußen statt und dauerte nicht mehr als zwanzig Minuten. Wittke brachte in wenigen Worten das Wesen seines Problems zum Ausdruck, erzählte über seine Recherchen nach den Ursachen des seltsamen Benehmens Guido sowie über seine Schlussfolgerung bezüglich dessen Psyche. Marc hörte ihn aufmerksam zu, damit er seinem Kollegen einige Minuten später seine vollständige Unterstützung zu versprechen sicherte. Darüber hinaus äußerte er dessen offensichtlich negative Auffassung der Persönlichkeit Buchholz gegenüber, die er nicht zu anständigen Menschen zuzählen wollte. Dann zeigte er seine Bereitschaft, alles aufrichtig Herrn Paschke zu erklären. Zugleich empfiehl er Karsten, sich unmittelbar an Chef zu wenden und das Benehmen Guido wie tadelnswert zu beurteilen.

„Es wäre auch nicht schlecht", ergänzte Marc seinem Ratschlag, „etwas auf die psychische Labilität Buchholz anzuspielen, ohne irgendwelche Schlussfolgerungen zu ziehen. Denn Paschke ist ein kluger Kerl, damit er alles selbst zu begreifen vermöge. Außerdem kannst du dich jeder Zeit auf mich berufen".

Diese kurze Aussage Marc sorgte für die erste Ermunterung Wittke seit einigen Tagen. Die unbestreitbare Stütze seitens Behrens erregte den Andrang des Blutes in den Kopf Wittkes.

„Er ist wohl der einzelne echte Freund von mir in diesem unklaren Bioreservat", dachte sich Karsten, „dessen Gesellschaft ich hochschätzen musste. Es bedeutet aber kaum, dass ich dabei das Fingerspitzengefühl verlieren durfte. Anders ausgedrückt wäre es momentan für mich wichtig, den Vorfall mit Guido weiter mit dem Verständnis dessen psychischen Störung zu betrachten. Denn er habe wahrscheinlich keine Schuld daran. Praktisch sollte meine Schlussfolgerung dafür sorgen, dass auch die Anspielung auf diese heikle Angelegenheit beim Besuch des Chefs sehr vorsichtig sein sollte".

Die kommende Nacht geling es Karsten nicht, wegen sittlichen Überlegungen gut aus zu schlaffen. Er wälzte sich mehrere Stunden im Bett und schlief nur gegen Morgen ein. Er wurde vom Wecker aufgeweckt, ließ sich einige Körperübungen ausüben, kochte sich Kaffee, die er eilig trank, und fuhr nach dem Verwaltungsgebäude in der Hoffnung, dass Nadine Mast zu ihm wohlwollte und ihn sofort dem Boss vorstellte. Vielleicht war es auch der Fall oder sie war morgens in einer guten Stimmung gewesen, damit sie seine Bitte

gleich Herrn Paschke auszurichten wusste. Diese drei zählten sich möglicherweise zu Lerchen, denn auch der Chef war gutgelaunt. Dieser Umstand förderte auch Dr. Wittke zu einem herzlichen Gespräch. Auf diesen Grund vorzog der Besucher, ein besonderes Gewicht auf die Vorteile seiner jüngsten Vorschläge zu legen. Solche Einstellung fand auch bei Paschke das Verständnis und Zustimmung. Denn es sah selbstverständlich aus, dass die Persönlichkeit Herrn Buchholz dabei eine nebensächliche Rolle spielen sollte. Deswegen klang das Schlusswort Martin Paschke zuversichtlich:
„Lieber Dr. Wittke, ich war von Anfang an der Befürworter Ihrer Maßnahmen. Ihre heutige Mitteilung erwies den Beweis, dass ich dabei keinen Fehler machte. Lassen wir uns diesen unglücklichen Buchholz in Ruhe, er hat eine Menge von eigenen komplizierten Problemen gehabt. Stattdessen sollten wir uns fernerhin auf die Verwirklichung Ihrer Ideen konzentrieren".
Mit diesem Satz machte der Chef klar, dass der Empfang zu Ende kam. Als Karsten sich zu seinem Wagen richtete, fühlte er deutlich den Zustand, als würde ihm ein Stein von Herzen gefallen. Mit anderen Worten war er nicht allein mit seiner Rede zufrieden, sondern er freute sich darüber, dass er keinen zusätzlichen Schaden den armen Guido zuzufügen vermochte. Zugleich war er tief Marc Behrens dankbar, weil er, ohne eine scharf kritische Aussage Marc Guido gegenüber, keine Chance hätte, etwas Günstiges für Buchholz zu unternehmen. In diesen Sinnen war die gestrige Unterhaltung mit Behrens Goldwert.

Eine offenkundige Zuneigung des Bosses sollte in der Tat viel mehr bedeuten als Karsten zu vermuten wusste. Eigentlich könnte diese Begleiterscheinung selbst ausreichend sein, um die Sache von dem toten Punkt zu verschieben. Die verborgenen Kräfte, die die Arbeit in Gang bringen konnten, entstanden unerwartet dort, wo man sie kaum zu erwarten hoffte. Manchmal konnten sie sogar seine eigenen Gedanken überholen. So passierte es eher zum ersten Mal in seinem Leben, dass seine Absicht vom Außen geregelt worden war. Zuvor ereigneten sich alle Dinge umgekehrt ihm dagegen: Er konnte sogar den Eindruck bekommen, dass je mehr er die Mühe anstrengte, desto weniger erfolgreich er wurde.
Das Leben lehrte ihn längst wohl, ausschließlich mit eigenen Leistungen zu rechnen. Es war sicher eine edelmutige Empfehlung. Doch die äußeren Umstände waren gewöhnlich noch stärker, um seine Plä-

ne zu zerstören. Wittke brach sich den Kopf, um die Ursache dieser Ungerechtigkeit zu verstehen. Er war aber nicht imstande, etwas Vernünftiges herauszufinden. Er begann sogar zu zweifeln, ob diese Welt wirklich kausale Wurzeln haben konnte. Und wenn doch, darn sollten sie vom Himmel vernichtet werden. Und nun nach Jahrzehnten seiner aktiven Arbeit sollte ihm der Himmel zeigen, dass er sich beirrte. Ein unerwarteter Paradigmenwechsel?

Es wäre unbedingt schwer vorzustellen. Doch unser Leben lässt uns bisweilen überraschen, als würde hinter den vereinfachten Erscheinungen ein Zauber versteckt. Für ein schöpferisches Wesen (zu denen Wittke sich aus der Bescheidenheit nicht zu zählen wagte) sollte die Förderung von mächtigen Kreisen bestimmt verführerisch auswirken, um den Kopf zu verlieren. Etwas Gleiches ging auch mit Karsten vonstatten: Ihm schien es wahrscheinlich, dass sein Los in die Zeitspanne des Gelingens geriet, wo alle Begehren erfüllt werden. Warum denn nicht, habe er keinen Verdienst vor hohen Kräften oder Obrigkeit? Und wenn doch, dann durfte er vielleicht auf den Erfolg hoffen, z.B. eine Forschungsgruppe auf seine Seite zu bekommen, die das Resultat seiner Maßnahmen zu überprüfen versuchte. Solch wahrhaft fabelhaftes Ding sollte von der Verwaltung einen erheblichen Aufwand verlangen, aber in einem Wunderland, wo Wittkes Geist nun schwebte, war es momentan nicht so wichtig: Herr Paschke begünstigte bis jetzt alles, was er ihm vorschlug. Und ähnlich benahm sich Nadine Mast, die (wie es sich herausstellte) auch eine gewisse Rolle in ihrer Organisation spielen konnte. Obwohl sie amtlich keine bedeutende Position besaß, verfügte sie wohl über die aktuellen Angaben bezüglich der Stimmung des Bosses sowie seiner Bereitschaft, etwas Unerwartetes aufzunehmen. Allein diese Kenntnis wäre unter alltäglichen Umständen wertvoll, was Dr. Wittke letzte Zeit verspüren konnte. Sonst war Nadine eine gutmütige junge Frau, mit der Karsten gerne umgehen konnte. Übrigens es passierte in dieser Art und Weise heute, als er sie um einen dringenden Termin beim Chef bat.

„Warten Sie, Dr. Wittke, bitte, eine Viertelstunde", sagte sie höflich und ermutigend, „ich probiere, die Lage anzuerkennen".

Gerade nach der genannten Wartezeit rief Frau Mast ihn an und teilte liebenswürdig mit, dass der Boss gutgelaunt war und auf ihn wartete. Diese Nachricht wirkte auf den Empfänger wie ein Countdown Ruf auf einen Sprintläufer: Er saß in Sekundentempo in seinem Auto und raste nach dem Verwaltungsgebäude, als sollte er die kommende Laune Verschlechterung Paschkes überholen. In der Tat zeigte der Gesichtsausdruck des Bosses ein Erstaunen von der Schnelligkeit, mit der der Mitarbeiter zu entstehen vermochte. Auch der Schwung, mit dem Wittke seine Mitteilung geben konnte, machte auf den Vorgesetzten einen Eindruck.

Die Begeisterung des Besuchers wurde in wenigen Minuten auch dem Chef übertragen, so dass der letzte darin ein Vorzeichen des künftigen Aufblühens des ganzen Bioreservats vorstellen konnte. Das heißt, die jüngsten Gedanken Wittke klangen einstimmig mit der strategischen Denkweise des Bosses. Der Redner beendete seine Aussage gleich zum Zeitpunkt, als er ein Gefühl gehabt hatte, dass er nichts mehr hinzu zu fügen wusste. Es war genügend, um den Chef in vollem Maß in Kenntnis zu setzen. Mit einem sechsten Sinn konnte Karsten empfinden, dass dem Zimmerbesitzer seine Botschaft zufriedenstellen konnte. Als eine Bestätigung seiner Vermutung erwies sich die Beteuerung Paschke, ihm entgegenzukommen. Natürlich gehörte diese schnelle Schlussfolgerung Martins zu seltenen Begebenheiten, an die Wittke seit seiner Jugend erinnern konnte. Er sollte als einem Beweis der vergänglichen Sternpositionen im Himmel erkundigen.

Unbekanntes aus dem Leben Martin Paschke

Die fortreißende Natur Wittke war gewiss dazu geneigt, in der letzten Begegnung mit dem Boss ein Zeichen dessen plötzlichen Begeisterung seinen Ideen gegenüber zu verspüren. Realistisch gesehen sah es aber anders aus. Als ein junger Mann träumte Martin davon, eine brillante wissenschaftliche Karriere zu schaffen. Sein frühes Los machte den Eindruck, seine Pläne vollständig zu begünstigen. Er machte sein Abitur mit Note 1,1 und bekam eine Empfehlung, die Ausbildung in Naturforschung fortzusetzen. So wählte er die Grundlagenforschung in der Biologie aus, wo er die besten Chancen für seine Zukunft sehen konnte. Die folgenden fünf Jahren kümmerten darum, dass er alles richtig machte, damit sein Ziel herangerückt werden konnte. Was der junge Paschke nicht zu ahnen vermochte, betraf die Tatsache, dass die Umstände manchmal die Überhand nahmen. Schließlich gelang es ihm, in den Arbeitskreis renommierten Professor Peter Albrecht zu geraten. Allein diese Begleiterscheinung konnte man zum Gelingen zählen. Denn Albrecht war ein der führenden Fachleute im Bereich der theoretischen und experimentalen Biologie, der eine große Schule leitete. Mehrere Freunde und Studenten beneideten Martin darum, als wäre es damals alles mit ihm perfekt angeordnet worden. Auf jeden Fall hing angeblich alles von ihm selbst ab. Allmählich wurde es Paschke klargeworden, dass sein Professor ein bedeutender Teilnehmer der Streitigkeit zwischen Anhänger der Hauptrolle der Vererbung oder der Umwelt in der Entwicklung der Lebewesen war. Peter war ein unerschütterter Befürworter der ersten Richtung, die immer mehr Leute auf ihre Seite gewinnen konnte. Eigentlich war Martin stolz darauf, der Denkweise Albrecht gehören zu werden.

Was in Bezug auf die Person Peter selbst stimmte, befand er sich auf einer höchsten Stufe seines Werdegangs, was nichts Ungünstiges versprechen konnte. Außerdem trieb er regelmäßig Fitnessübungen und ließ den Ärzten, seine Gesundheit unter Kontrolle zu halten. Es sollte allerdings ein Grund dafür geben, dass die letzten ihm auf die Gewichtzunahme aufmerksam machten. Obwohl Albrecht diesem Hinweis keine große Bedeutung verleihen wollte, verpasste er nicht, den Vorschlag eines Heilkundlers, der vor kurzem eine Praxis eröffnete, wo er das Übergewicht mit dem Heilfasten auszukurieren versprach. Diese Prozedur sollte dem Betroffenen neben finanzielles Verausgaben auch anderthalb Monate Zeit in Anspruch nehmen, was dem Forscher noch schmerzhafter sein sollte. Auch Petersfamilie zeigte ihre abstoßende Reaktion gegen „solche unmenschliche Heilungsmethode", was wahrscheinlich seinen Zweifel zugunsten des Versuchs entscheiden konnte. Im Allgemeinen hörte er beharrlich die Empfehlungen der Angehörigen zu. Diesmal hielt ihn doch irgendwelche Kraft zurück, was er selbst kaum zu erklären wusste.

Nach den Angaben des Heilpraktikers lief die Behandlung von Anfang an gut, gar ohne Verschlechterung der Gesundheitswerte oder irgendwelche Ausschweifungen. Das Körpergewicht verminderte sich allmählich in vorhersagbaren Mengen, so dass zu Ende der vierten Woche das erwünschte Ergebnis von fünfundzwanzig Kilo erreicht worden war. Auch der Verlauf des Ausganges aus dem Fasten konnte für keine Befürchtung sorgen. Gerade nach den genannten anderthalb Monate war er wieder auf dem Arbeitsplatz in der Uni gewesen. Die Zeitspanne des Wohlfühlens dauerte über vier Monaten, um darauf enorm verschlimmert zu werden. Der Professor fand bei sich die Anfälle der Schwäche, die ihn immer häufiger besuchen konnten. Schließlich wurde er in eine Uniklinik geliefert. Eine Untersuchung mit damals noch seltenen CT zeigte den Verdacht auf den Bauchspeicheldrüse Krebs, was später bestätigt worden war. Da zu diesen Zeiten solche Fälle nicht chirurgisch behandelt worden waren, wurden nur die Chemotherapie angewendet, die auch keine guten Ergebnisse zeigen konnte. In zwei Monaten war Professor Albrecht tot.

Diese kummervolle Nachricht verkündete nicht allein den unersetzlichen Verlust für die biologische Grundlagenforschung, sondern die persönliche Tragödie mehreren Verwandten und Schüler des Verschiedenen, nicht zuletzt auch Martin Paschke, was er zuerst kaum vermuten konnte. Natürlich war ein junger Doktorand nicht imstande, alle „Unterwasserströmungen" des höchsten Niveaus, die diese Zeit in der Unifakultät tobten, angemessen zu begreifen.

In Wirklichkeit erreichte der Kampf zwischen den in Fehden liegenden Schulen dessen Gipfel. Professor Albrecht war der Anführer und das geistige Oberhaupt der genetischen Richtung, die ohne ihn unvorstellbar geschwächt werden sollte. Paschke wurde zur Waise fast im buchstäblichen Sinne des Wortes geworden, denn die Vertreter der fremden Richtung die Oberhand zu gewinnen vermochten. Die einzelne Möglichkeit bestand für ihn darin, sofort zu Gegner zu überlaufen. Dieser Schritt bedeutete aber einen offensichtlichen Verrat, was er sich keineswegs leisten durfte. Die andere Entscheidung, die er ohne Zögerung auswählte, bedeutet ein endgültiger Verzicht auf wissenschaftliche Karriere. So kündigte sich Martin von dieser Stelle und begann, einen neuen Lebensweg zu suchen. Er wechselte viele Arbeitsplätze und hielt schließlich bei einer Unternehmertätigkeit an. Er stieg beharrlich die Karriereleiter auf bis er die hohe Position des Vorstandes des Bioreservats besaß.

Der jüngste Fall mit Dr. Wittke holte Paschke geistig in seine Unijahren zurück, und erregte plötzlich die Begierde, etwas Hervorragendes für die Wissenschaft zu schaffen. Er ließ aber seine angenehmen Erinnerungen bei sich bleiben und vorzog, nichts darüber diesem Wittke zu erzählen, denn es schien ihm zu persönlich zu sein. Gleichzeitig brachte ihm eine Freude zu beobachten, wie glücklich sein Kollege Wittke letzte Zeit gewesen war. Dessen Beispiel hatte bestimmt etwas Gemeinsames mit dem, was er selbst in Jahren seines Verbleibs beim Professor Albrecht erlebte. Es war eine schöpferische Leistung pur, die mehrere Jahre danach für den Schwung aller Kräfte sorgen konnte. Nun schloss er sich zu diesem neuen Bereich zweifellos ein und dachte darüber nach, welche Leute aus der biologischen Forschung ihnen dabei behilflich sein konnten. Es wechselte sich mittlerweile mehrere Generationen von ihnen. Auch die Wissenschaft selbst verwandelte sich in eine andere Art der Beschäftigung, wo das Internet und KI eine führende Rolle zu spielen versuchten. Mit anderen Worten sollte sich Martin selbst ständig vervollkommnen, um dem aktuellen Niveau zu entsprechen. Der Fortschritt drang so gewaltig in unseren Alltag und Forschung ein, dass jeder Versuch, nicht nur ferner, sondern auch naher Zukunft vorher zu sagen immer unwahrscheinlicher werden sollte. Manchmal brachte ihn solche Denkweise fast in Verzweiflung. Denn die Sachlage versprach viel bessere Aussichten für die KI, die im Unterschied zu Sterblichen kein biologisches Gehirn besaß, das ständig eine steigende Gefahr erlitt, vom Überfluss der Information den Verstand zu verlieren. Man brauchte nicht mehr, sich in die Futurologie zu vertiefen, um eine vernünftige Schlussfolgerung zu ziehen, dass die KI bald jenes Interesse für den Umgang mit den Vertretern homo sapiens beiseite zu lassen vorzieht. Wozu sollte sie eigentlich etwas Gemeinsames mit diesen neurotischen und häufig ohne seelisches Gleichgewicht handelnden Wesen haben? Sie könnten anstatt mit dem kosmischen Verstand verständigen, der offensichtlich imstande war, die echte Wahrheit zu erkennen. In diesem Augenblick wurde der Gedankenstrom Martins unterbrochen: Frau Mast erinnerte ihm daran, dass der nächste Besucher auf ihn wartete. Diese Botschaft führte ihn wieder in die Realität zurück.

Das neue Vorhaben wurde in Gang gesetzt

Das Forschungsteam, das zur Arbeit hingezogen worden war, bestand aus Sachkundigen unterschiedlichen Richtungen, die ursprünglich Bescheid übers Problem wussten. Dieser Umstand sollte ihnen verhindern, auch die eigenen Vorteile darin zu suchen. Für einen bedeute es, eine Bestätigung der Ideen und Vermutungen zu bekommen. Für den anderen wäre es wünschenswert, etwas ganz Neues zu überprüfen. Jemand von ihnen gab sich mit Behagen hin, die unerwarteten Ergebnisse zu kriegen, die eine hervorragende Bedeutung für die Wissenschaft haben könnten. Außerdem nutzten alle von ihnen eine gute Auswahl von Software mit vielseitigen Eigenschaften, die für eine Lösung zahlreichen Aufgaben zu sorgen wussten. Selbstverständlich musste eine erfahrene und einflussreiche Person das Vorhaben koordinieren, damit das Team sich einstimmig zum gemeinsamen Ziel bestrebt worden war. Sonst wäre die Möglichkeit nicht ausgeschlossen, dass jedes Mitglied um die eigenen Zwecke kümmerte. Für diese wichtige Funktion fand Paschke einen gewissen Dr. Ralf Barth.

Ralf war ein stämmiger Kerl Mitte Vierziger mit der Glatze bekommenden blonden Haartracht, tiefen grauen Augen und großen Gesichtszügen. Dessen Äußere machte den Eindruck der Gelassenheit, als würde er mit dem Erfolg vertraut gewesen. Sachlich stammte er aus einer bekannten Schule der Umweltforscher, die sich schon in Zeiten von Peter Albrecht einen Namen machte. Martin traf den Entschluss bezüglich Dr. Barth nach mehreren Diskussionen mit berühmten Menschen aus dem Fachgebiet. Die folgenden Unterhaltungen mit Ralf selbst in Anwesenheit Dr. Wittke zeigten überzeugend, dass Barth der richtige Projektleiter werden sollte. In der Tat präsentierte sich der Mann wie eine verantwortungsvolle Persönlichkeit, die sich keine schwache Stelle überhaupt lassen konnte.

Nach der Genehmigung seiner Kandidatur sammelte Barth die Beteiligten, um die hohen Ansprüche zu seinen künftigen Kollegen zu verkünden. Dabei ließ er sich klarmachen, dass das Tempo der Arbeit sehr angestrengt sein sollte. Deswegen erklärte er sofort die Geschäftsordnung, die neben der schriftlichen zweimonatigen Berichterstattung die obligatorisch wöchentlichen Versammlungen im Voraus sahen, indem das Mitglied die aktuellen Resultate seiner Leistung zur Diskussion vorbereiten sollte. Die harte Eigenartigkeit der Geschäftsart Ralfs schloss von Anfang an alle Hoffnungen aus, zugleich etwas für sich persönlich zu schaffen. Die Regeln waren hart für alle gestimmt und machten alle Widersprüche sinnlos.

Der strenge Arbeitsstil Barth war eher von dessen Erfahrung bedingt, indem er schon anfangs seiner Tätigkeit als Gelehrte zu begreifen vermochte, wie tief die Bestechung und der moralische Verfall ihre Wurzeln in die Wissenschaft schlagen konnten. Die großen Korruptionsskandale letzter Zeit in vielen europäischen Ländern ermöglichten, seine Befürchtung diesem Übel gegenüber nur bekräftigen. Er kapierte aber wohl, dass das biblische Sujet über eine teuflische Verführung des ersten Menschen noch heute ihre Kraft nicht zu verlieren erfolgte. Im Gegenteil schien sie ihm noch stärker zu sein als zuvor. Sie ähnelte einer schweren Krankheit, die alle Schutzkräfte der Gesellschaft, die man mit einem Organismus vergleichen konnte, mobilisieren lassen. Sonst wäre das Unheil in der Lage sein, die Seele der Menschheit zu töten. Bemerkenswert bekam Dr. Barth diese Erkenntnis sehr früh, so dass er damals der Absicht bekommen konnte, bei sich die Immunität gegen die „tödliche Erkrankung" zu schaffen. Glücklicherweise gelang es ihm richtig aufs ganze Leben. Darüber hinaus entstand bei ihm einen ständigen Verdacht, dass jemand unter seinen Kollegen oder Schüler davon angesteckt werden konnte. Vielleicht war dieser Argwohn im Großen und Ganzen überflüssig, doch in manchen Fällen zeigte er sich stichhaltig zu sein. Auf diesen Grund war er der Auffassung, dass der Forscherberuf besonders aufmerksam geprüft werden sollte. Sicher musste er sich Rechenschaft darüber ablegen, dass solche Beschaffenheit von seiner Umgebung angegriffen werden konnte. Diese Begleiterscheinung sollte ihn (nach seiner Überzeugung) nicht davor Einhalt gebieten. Trotzdem würde es uns Menschen eigentümlich, die Zustimmung der anderen (aus dem Arbeitskreis) herauszusuchen. Ralf erwies bestimmt keine Ausnahme, indem er die Sache mit Freunden und Kollegen anvertrauen wollte. Zu denen zählte nun die Teammitglieder sowie Kollegen Paschke und Wittke. Fast alle von ihnen äußerten (zu seiner Zufriedenheit) nichts dagegen. Von etwas Besseren konnte er nicht träumen. Doch noch bedeutsamer für ihn war die Tatsache, dass seine hohe Inanspruchnahme allmählich von der Mehrheit der Beteiligten hinzunehmen vermochte. Es war ein kleiner Sieg, als könnte ein Stein von seinem Herzen fallen. Darauf erwartete das Team ein schwieriges Stück Arbeit.

Die Künstliche lässt sich nicht langweilen

Zu spezifischen Eigenschaften des Vorhabens zählte unter anderen die Notwendigkeit von mehreren Labor- und Feldversuchen, die von mächtigen Computer Programmen begleitet werden sollten. Es erinnerte sich einigermaßen an eine uralte Methode der „trial and error", die man schon in Steinzeit auszunutzen pflegte. Der Haupt-Unterschied zwischen das uralte und moderne Zeitalter bestand vor allem in einer unschätzbaren Unterstützung seitens hervorragender

Algorithmen, deren Hilfe man kaum überschätzen konnte. In der Tat schienen sie unermüdlich zu sein. Sie pflegten sich, die riesige Datenmenge zu überprüfen. Sie sagten vorbeugend Bescheid über die möglichen Fehler, und sie stellten die besten Varianten für die nachfolgenden Experimenten. Schon im Laufe des ersten Monats konnten die hinreißenden Teilnehmer vermuten, dass die mutigen Vorschläge Dr. Wittke lieber mit gewissen Vorbehalten aufgenommen werden konnten. Denn es ging die menschlichen Fähigkeiten hinaus, alle Details der Verwirklichung in Betracht zu ziehen. Nun sollte das Team alles schrittweise „abtasten", damit die mangelhafte Handlung vermeiden werden konnte. Eigentlich wurde es dort ein kleines Wetteifern zwischen Menschen und Maschine versteckt. Denn das Tempo, mit dem die Künstliche zu wirken vermag, forderte ständig eine selbst Opferung von den beteiligten heraus. Dieser Geist hing über ihnen wie einem Damokles Schwert und ließ keine Ruhe.

Nach einigen Monaten begann Dr. Barth sogar deutliche Gewissensbisse zu empfinden, weil es schon in der inneren Atmosphäre einen unangenehmen Jähzorn oder eine in die Augen springende Nervosität der Mitarbeiter zu beherrschen begann. Eine Schlussfolgerung drängt sich von selbst auf: Die erreichte Anstrengung war zu groß, damit die Kollegen fernerhin gefährliche Folgen zu erleiden wagten.
Der Projektleiter durfte diesen Umstand sicher nicht übersehen. So wendete er sich an Fachleute der sozialen und Arbeitshygiene, die nach der Einführung in die Sachlage bereit waren, den Betroffenen zu helfen. Nach deren Auffassung war der Gesundheitszustand der Teilnehmer schon kräftig erschüttert, was vor allem von der Überanstrengung am Arbeitsplatz bedingt werden sollte, war aber momentan noch nicht kritisch gewesen. Als eine schnelle Lösung des Problems stellten die Mediziner vor, eine kleine Untersuchung zu leisten, die die konkreten Empfehlungen für die einzelnen Personen in Anspruch nehmen könnten. Solche ungeplante Arbeit wäre sicher mit dem zusätzlichen Aufwand verbunden, doch es gab keine Alternative mehr. Anders ausgedrückt sollte der Vorstand des Bioreservats auch diese Ausgaben übernehmen. Zu Verdiensten der Ärzte zählte die Schnelligkeit, mit der sie ihre Pflicht zu erfüllen versuchten. Noch hilfreicher waren ihre Ratschläge, die für die neuen Bedingungen der Wechselwirkung der humanen und künstlichen Intelligenz angepasst werden sollten. So stellte es sich heraus, dass der

Mensch dabei eine regelmäßige Abwechslung von geistigen und kräftigen körperlichen Übungen benötigte, was sein ZNS stets in Ordnung bringen könnte. Sonst hätten die Forscher keine Chance, weiter gesund zu bleiben. Also klang diese Anweisung eher wie ein Befehl, dessen Nichterfüllung dem Betroffenen das Leben kosten konnte. Das Team nahm das medizinische Gutachten sehr ernst, indem es ein obligatorisch gemeinsames Programm des sportlichen Trainings aufgenommen werden sollte. Einen Monat darauf konnte Dr. Barth (der selbst aktiv bei den trainierenden beteiligte) die guten und vielversprechenden Ergebnisse feststellen. Das Schicksal des Vorhabens wurde buchstäblich gerettet worden.

Wieder dieser Buchholz

Zu dieser Zeitspanne gehörte auch eine Begebenheit, mit der kaum jemand rechnen konnte. Wie gesagt besprach Barth mit dem Vorstand des Bioreservats sowie mit seinen Mitarbeitern den harten Arbeitsstil und die Ansprüche, die er für alle (auch für sich selbst) für gerecht fand. Selbstverständlich sollte der Personenkreis, mit dem er solche Gespräche führte, keine Fremde betreffen. Deshalb war es für ihn ein unerwartetes Ereignis geworden, als ein gewisser Herr namens Guido Buchholz ihn um eine Unterhaltung bat und nach der Frage, worum es gehen sollte, antwortete:
„Um Ihre richtigen Führungsprinzipien".
Ehrlich gesagt war Ralf darüber erstaunt, weil er diesen Kerl nie zuvorgesehen hatte. Er fand es aber unhöflich, die Bitte abzulehnen. So sagte er ihm zu.

Gewiss war Ralf über diesen Herr Buchholz neugierig. Woher habe er aufgetaucht, was wollte er von ihm? Es sollte etwas Seltsames hinter dessen Bitte verheimlicht werden. Deswegen war die erste Frage Dr. Barth, wer dieser Kerl war und was Barth für ihn tun konnte. Der Gast ließ sich auf die Antwort nicht warten, indem er eine kurze Vorstellung über seine Person und ihre Position im Bioreservat beschrieb. Darauf fühlte er keinen Sinn, weitere Fragen zu bekommen und setzte seine Mitteilung fort, so dass Ralf über dessen umfangreiche Kenntnisse, dem Projekt und ihm, Ralf Barth gegenüber, erschüttert sein konnte:
„Herr Dr. Barth, seit kurzem bekam ich eine gute Chance, über Sie sehr wohlanständige Angaben zu sammeln, die mir den Anlass geben

sollten, mit Ihnen zu reden. Nun bin ich der Überzeugung, dass Sie genau der richtige Mensch für die Leitung des Projekts sein sollten. Nun wollte ich Ihnen etwas Wichtiges erklären. Sie könnten unbedingt wissen, dass den Anstoß dazu von gewissem Dr. Wittke gegeben wurde. Ich wollte momentan keine menschlichen Eigenschaften dieses Herrn diskutieren, ich bin aber der Absicht, einige Worte über dessen Vorschläge aussagen. Also muss man nicht weise werden, um zu kapieren, dass diese Forschung von Anfang an nicht stichhaltig sein sollte. Ich wurde stark betrübt geworden, als ich erkannte, dass unsere Unternehmung eine große Geldmenge ausgeben sollte, damit solche zweifelhafte Maßnahme durchgeführt werden konnte. Um ehrlich zu sein bin ich sicher, dass Ihre Person, Herr Dr. Barth, die allerseits als Verfechter der Gerechtigkeit bekannt worden war, mit der offenkundigen Unordnung nicht zu versöhnen vorziehen werden. Die Gerechtigkeit musste auf jeden Fall wiederhergestellt sein".

Als der Redner fertig war, wurde Barth von einem unangenehmen Gefühl erfasst, als hätte man irgendwas Gemeines getan. Sollte er sich vor diesem Kerl recht zu fertigen versuchen? Seltsamerweise empfand er im Augenblick, dass er jetzt nach seinem Besuch noch weniger über ihn sagen konnte als Minuten zuvor. Das erste, was ihm in den Sinn kam, dass er nicht alle Tassen im Schrank haben sollte. Wenn es in der Tat der Fall war, sollte er probieren, sich so mild wie möglich von ihm zu befreien. Denn ein Gedanken, ihm etwas Vernünftiges widerzusagen, wäre ein Fehlschlag gewesen. Wörtlich sagte Dr. Barth das Folgende aus:
„Ich danke Ihnen, Herr Buchholz, für Ihre Botschaft. Jetzt muss ich darüber nachdenken, damit ich Ihnen später Bescheid sagen könnte" Mit diesem Schlusswort ließ der Gastgeber klarmachen, dass der Empfang zu Ende kam. Als Ralf im Zimmer wieder allein war, sollte seine innere Stimme eine Vielfalt der Verhaltensweise aussprechen. Verständlich klang nur die Tatsache, dass er mit jemandem einsichtigen sprechen sollte, der in der Lage zu sein wäre, die Situation wieder in Ordnung zu bringen. Bald verengte die Auswahl der vermuteten Menschen bis zu zwei Personen, und die hießen Wittke und Paschke. Vielleicht wäre auch Wittke nicht die richtige, weil er einigermaßen ein Interessent sein konnte. Mit anderen Worten konnte er unter den neuen Bedingungen nicht vollständig unparteiisch bleiben. Also habe Barth keine außer Paschke, der ihm jetzt helfen konnte. So verband er sich gleich mit Frau Mast, um die Möglichkeit des Tref-

fens mit deren Chef zu erkennen. Die Vorzimmerdame versprach ihm, mit dem Chef über diese Möglichkeit zu verständigen und Barth anzurufen. Die junge Frau war pünktlich, indem sie schon nach einer Viertelstunde mitteilte, dass der Vorstand die Unterhaltung mit Dr. Barth zum Ende der Arbeitszeit plante. Es passte dem letzten gut, weil er heute noch viel zu tun hatte. Der Terminvorschlag, den durch Frau Mast übermittelt wurde, stimmte mit der Laune Dr. Barth überein. Ihm gefall diese Zeit, wenn man ohne Formalität die wichtigsten Angelegenheiten der aktuellen Arbeit aufeinander abzustimmen vermochte. Sogar die Leute des höchsten amtlichen Niveaus veränderten sich bis zur Unkenntlichkeit in dieser Stunde und sahen einfach und unkompliziert aus. Etwas Ähnliches passierte auch mit Herr Paschke, mit dem man nun ganz freundlich unterhalten konnte. Anders gesagt brauchte Ralf nicht mehr, um die passende Redeweise zu kümmern, denn die richtige lief fast von selbst. Auch heute gab es eine gewogene Neigung beiderseits, damit man die Hindernisse überwinden konnte. Wie üblich begann die Unterhaltung mit den Plattheiten, die das Treffen in eine gute Stimmung zu bringen wussten. Danach war es sehr leicht, zum Gegenstand des Besuches zu übergehen. So erzählte Ralf übers Gesuch Buchholz, das ihm ziemlich seltsam zu sein schien. Die Reaktion Paschke war klar und gleichbedeutend:

„Ihre Nachricht, Herr Dr. Barth, konnte bei mir keine Verwunderung erwecken, denn dieser Kerl zeigt sich schon längst wie ein Querulant, der anscheinend aufs Anfachen der Feindschaft gezielt wird. Mir auch ist es nicht besonders angenehm, solchen Mitarbeiter zu haben. Leider bin ich momentan nicht imstande, etwas Vorzügliches gegen ihn zu unternehmen. Wenn Sie mir irgendwas vorzuschlagen wussten, wäre ich Ihnen sehr dankbar".

Im Grunde war es gar nicht seine Sache, dem Vorstand der fremden Unternehmung gewisse Empfehlungen in der Personalpolitik zu machen. Doch jetzt sprachen sie miteinander nicht wie Amtsträger, sondern wie gute Mitwirkende, was ganz anderen Gesichtswinkel aussuchen ließ. Deswegen sagte Barth ohne Umschweife:

„Um ehrlich zu sein schindete Herr Buchholz bei mir den Eindruck, dass er an psychische Störungen leiden sollte. Wenn es tatsächlich der Fall sein konnte, bekäme man eine Begründung dafür, sich von ihm zu befreien. Übrigens arbeitet ein Schulfreund von mir sehr erfolgreich als Chefarzt der Psychiatrieabteilung einer Anstalt. Ich meine, dass er nach meinem Anliegen inkognito Ihre Organisation besuchen könnte, um diesen Kerl zu beobachten, vielleicht mit ihm ungekünstelt zu sprechen, indem er schließlich ein Gutachten über dessen psychischen Zustand machen könnte. Wenn Sie ihn dabei mit einem kleinen Honorar zu danken entscheiden, würden Sie mit ihm quitt".

Solche liebenswürdige Vorstellung Dr. Barth konnte der Zimmerbesitzer nicht erwarten. Diese Variante wäre allerseits vorteilhaft, denn sie ermöglichte, keine beleidigenden Verdachte der Person Buchholz unmittelbar zu erweisen. Außerdem war Paschke gar nicht sicher, dass Guido wirklich an solche Erkrankung leiden konnte. Auf diesen Grund brachte er Herrn Barth seine herzliche Dankbarkeit zum Ausdruck.

In einer Woche tauchte der genannte Psychiatrieprofessor namens Dirk Metzger im Bioreservat auf. Es fand nach dessen Telefonieren mit Paschke statt und ging eher unbemerkt für die Mitarbeiter. Außer dem Personalabteilungsleiter wussten nur einzelne Kollegen Bescheid darüber. Die langjährige Erfahrung des Professors mit zahlreichen Menschen mit zerstörter Psyche ließ ihm problemlos eine Verbindung mit Guido herstellen, die vom Außen ganz natürlich aussehen konnte. Wenn die ersten Tage der Bekanntschaft noch gelegentliche Ungereimtheiten in ihren Verhältnissen erweisen konnten, sollte die nachfolgende Zeit eine völlige Verständigung mitbringen. Die genannte Auswahl des Mediziners war unbedingt nicht vergeblich gemacht: Zwei Wochen der ständigen Beobachtung und des Umgangs ließen keinen Zweifel übrig, dass Guido Buchholz schon ein Psychiatriepatient sein sollte oder musste sich so schnell wie möglich an einen Psychiater wenden. Solch ärztliches Gutachten gab Professor Metzger im Arbeitszimmer des Vorstandes bei der privaten Unterhaltung der beiden, die der Gelehrte als ein Bericht darstelle. Wörtlich ergänzte er seine Botschaft mit der folgenden Erklärung: „Eigentlich wurde es mir ziemlich schnell klargeworden, dass Guido psychisch labil sein sollte. Zuerst sah ich aber die deutlichen Merkmale der Schizophrenie, die allmählich durch die andere Diagnose ersetzt werden sollte. In der Tat leidet der Mann an eine bipolare Störung, die eine Aufregung für dessen Gesundheit zu veranlassen forderte. Es handelt sich darum, dass er eine dringende Einmischung von psychiatrischen Fachleuten braucht. Denn sein heutiger Zustand lässt noch nach meiner Auffassung eine effiziente Behandlungsmethode vorschlagen, die später nutzlos werden könnte. Die Krankheit

ist außergewöhnlich heimtückisch und gefährlich. Sie kann zu unvorhersagbaren schlechten Folgen führen. Also ich hoffe, dass Sie, Herr Paschke, ernst meine warnende Nachricht aufzunehmen wissen, damit der Betroffene eine rechtzeitige Hilfe bekommen könnte".
Mit diesen besonders unruheerregenden Worten des Professors kam das Gespräch zu Ende. Als der Arzt nach dem freundlichen Abschied das Zimmer verließ, genoss Martin eine Erleichterung, die er schon seit langem nicht erleben konnte. Bestimmt brodelten gewisse Befürchtungen in seinem Kopf, dass etwas mit der Psyche Guidos nicht wohl sein sollte. Er war aber weit davon entfernt, dem Kerl selbst seinen Verdacht zu eröffnen. Das Resultat der erfolgreichen ärztlichen Untersuchung Metzgers war schwer zu überschätzen. Wenn die seltsame Persönlichkeit Buchholz in ihm häufig unangenehme Gefühle zu erregen pflegte, verdiente sie jetzt noch in einem größeren Maß das Mitleid. Was konnte dieser unglückselige Bursche all diese Zeit erleben, dessen beschädigten Verstand immer neue entsetzlichen Bilder zu malen vermochte? Was aber ihn, Martin selbst betraf, bezog auf die Nähe von zornigen und mitfühlenden Gemütsbewegungen, die in seinem Herz zugleich zu existieren versuchten. Nach dem Aufenthalt Professors in seiner Unternehmung schien ihm diese Tatsache wie eine Anspielung darauf zu sein, dass gewisse psychischen Abweichungen für allen uns Menschen eigentümlich werden sollten. Eine große Rolle dabei konnte ein zufälliges Zusammentreffen der Umstände spielen.

Eine unerwünschte Beziehung

Obwohl Dr. Wittke viel Anstrengung zuwenden sollte, um das innere Gleichgewicht aufrechtzuerhalten, gelang es ihm gar nicht immer. Die offene Feindlichkeit seitens Buchholz konnte er vielleicht überwinden lassen, doch sie existierte noch intakt in seinem Bewusstsein. Mit anderen Worten brauchte er vielleicht einen kräftigen Antrieb, der diesen Störungsfaktor auszurotten verhelfe. Zu dieser Zeit gehörte auch eine bemerkemswerte Zuneigung, die er von einer Kollegin namens Astrid Herbst zu empfinden begann.
Astrid war eine hübsche junge Frau Mitte Zwanziger, nicht hoch, hager mit ausdrucksvollen blauen Augen, dicken Lippen und stupsnasig. Sie blickte ihn häufig an, als würde sie der Absicht, ihn auf zu muntern oder zu unterstützen. Ihm gefiel solche seelische Förderung,

er kapierte aber nicht, wie er darauf reagieren sollte. Irgendwas Intimes lehnte er sicher ab. Zugleich war er dagegen, sich etwas Beleidigendes ihr gegenüber zu lassen.

Diesmal konnte er gar nicht erwarten, dass sie selbst zu seinem Tisch in der Betriebskantine heransetzt, was ihn einigermaßen in Verlegenheit bringen sollte. Allerdings benahm sie sich so natürlich, als wäre ihre Verhältnisse ganz anderer Art. Nach wenigen Minuten nannte sie beiläufig die Persönlichkeit Guido Buchholz und sprach über sie mit solcher klaren Verachtung, dass ein zufälliger Mithörer ihre scharfe Aussage tief bewusst verstehen konnte. Die Ungewöhnlichkeit der Lage zwang Karsten, die Seite des „armen" Guido an zu nehmen. Dieser Impuls sorgte aber dafür, dass Astrid das Benehmen des Kerls zu kommentieren anfing. Daraus konnte noch die schlimmere Gestalt der genannten Figur ausgehen. Das Thema, das nach der Absicht der jungen Frau wie Übereinstimmung mit Wittke gedacht worden war, verwandelte sich in ein Schuldurteil dem anderen Menschen gegenüber. Was sollte Wittke weitermachen? Um die Aufmerksamkeit anziehender Frau zu beruhigen, vorzog Karsten, sie abends ins Restaurant einzuladen, wo er ihr alles über seine nicht einfache Verbindung mit Buchholz zu erläutern wusste. Zu seinem Erstaunen war Frau Herbst sofort bereit, der Einladung zuzusagen. Es sah ihm so aus, als wartete sie schon längst darauf. Sicher fühlte sich Wittke stolz, dass eine junge Schöne ihn einigermaßen sympathisch fand, denn der Altersunterschied versprach ihm kaum gute Hoffnungen. Trotzdem rechnete er ausschließlich damit, das Treffen für die Erklärung des Falls Guidos auszunutzen. Sonst gab es nach seiner Ansicht keine Fortsetzung ihrer Bekanntschaft. Um ehrlich zu sein hatte er Angst vor solcher Beziehung. In seltenen Selbstgesprächen zählte er sich nicht zu Gefühlsschwärmer, obgleich er in jungen Jahren leicht in Leidenschaft zu entbrennen fähig war. Wie lange konnte er in diesem Zustand bleiben? Zwanzig Jahre bestimmt, indem er bei sich irgendwelches erhabenes Gefühl der Begeisterung gegenüber weiblicher Sippe entwickelte. In einigem Sinn verwandelten sie sich in seinen Fantasien in göttlichen Wesen, deren Wunsch das starke Geschlecht unverzüglich erfüllen sollte. Allmählich verließ ihn die Vorstellung unwiederbringlich, indem sie vollkommen durch die pragmatische Denkweise ersetzt wurde. Erst heute im Restaurant empfand er einen schwachen Nachhall aus der fernen Vergangenheit, der ihn seelisch durchdrang. Wieso denn das, sorgte ihre auffällige Kleidung dafür? Astrid erschien in einer Tracht aus Rock und Jacke, die ihr Aussehen unwiderstehlich machen sollte. Sie hatte nie zuvor etwas Gleiches an. Der Anblick Wittke sollte unwillkürlich dessen Entzücken zum Ausdruck bringen, was zweifellos ins Auge der Frau springen sollte. Ein Maskulin war in der Tat nicht imstande, ein plötzliches Gefühl zu verbergen. Um seiner Bestürzung nicht preis zu geben, fragte er, was seine Begleiterin zum Abendbrot zu essen oder trinken wünschte. Ihre Antwort klang fast sofort, aus dem er begreifen konnte, dass sie auf ein Fleischgericht und starkes Getränk nicht zu verzichten dachte. So bestellte er das Krustenbraten mit Bier Soße und Pilzen sowie Hennessy. Die Frau habe nichts dagegen. Der Ober lieferte ihnen schon umsichtig erfrischende Getränke, damit die Kunden ungekünstelt zu unterhalten vermochten. Karsten war nun der Meinung, diese Pause vor Essen für die Erklärung der Sachlage mit Buchholz auszunutzen. Es folgte aus seiner Äußerung, dass er im Grunde keinen Groll gegen Guido zu hegen wusste. Denn der „arme" war nach seiner Ansicht schon von sich selbst bestraft worden. Anscheinend versuchte Wittke unbewusst ihren Kollegen zu entlasten. Astrid hörte aufmerksam an, zeigend nur mit der Änderung des Gesichtsausdrucks, was sie dabei zu empfinden befähigte.

In einer Viertelstunde, nachdem das Gericht und der Cognac gebracht worden waren, ergriff sie das Wort:

„Lieber Herr Wittke, ich schätze hoch Ihr Wohlwollen, kann aber nicht Ihre Position in dieser Sache aufnehmen. Umgekehrt sehe ich in diesem gemeinen Kerl einen Eigennutzer und Menschenhasser, der immer nur böses Blut macht. Trotzdem wundert er sich, warum keiner mit ihm etwas zu tun haben will".

Ihr Visavis machte den nächsten Versuch, seinen Standpunkt zu bestätigen:

„Liebe Astrid, Sie sollten Guido trotzdem nicht so hart beurteilen. Ich finde es für eine erwachsene Person selbstverständlich, anderen Menschen bewusst gewisse Schwäche zu verzeihen. Buchholz ist ein von mehreren, die dazu neigen, in fremden alle Untugend ins Licht zu bringen. Zugleich ist er ehrlich oder sogar anständig, um alle seine Gedanken offen auszusprechen. Deswegen dürfen wir ihn auch nicht verteufeln, als wäre er die Quelle aller Übel".

Die heimtückische Wirkung des teuren Getränks wurde immer deutlicher in Gesten und Mimik der Schönen bemerkbar gewesen. Sonst war sie auf keinen Fall der Meinung, die Schuld den „Angeklagten" zu erlassen. So sprach sie noch gefühlsvoller weiter:

„Ihre edle Gesinnung, Karsten, wird kaum anwendbar gegenüber den Schuften wie diesem. Er beschäftigt sich immer damit, die verborgenen Verbrechen in anderen Menschen herauszusuchen, damit sein nächstes Opfer mindestens einen seelischen Schmerz erleiden konnte. Solche scheiße Gefühlskaskade stürzt sein Gehirn hindurch und macht ihn unerträglich. Er verweilt sich einfach in seiner misanthropischen Absonderung und findet eine Befriedigung darin, sich der verhassten Umgebung zu rächen".

Nun war Dr. Wittke imstande, in diesem jungen Wesen eine Gabe der fortschreitenden Psychoanalyse zu entdecken. Wovon sollte sie ausgehen, von einer harten Denk Mühe, einer bestimmten Laune oder allein von dem Cognac Einfluss? Karsten wusste keine Antwort auf diese Frage. Ihm war es aber klargeworden, dass der Themenwechsel momentan benötigt worden war. So sagte er gewogen: „Lassen wir uns jetzt entspannen und unterhalten angenehmere Sachen, Denn es gibt was Neugieriges außer diesem armen Kerl".
Dieser Vorschlag sollte die junge Dame von deren Steckenpferd ablenken: Sie kuckte ihren Gesprächspartner mit anderen Augen an und sprach, was sie wahrscheinlich schon vorher zu sagen dachte, aus:
„Karsten, mir gefällt immer, mit Ihnen zu reden oder, noch genauer ausdrückend, es gefällt mir, in Ihrer Nähe zu sein. Sie sind der beste Kollege von mir und ein wunderbarer Mensch, der meine Sympathie auf den ersten Blick zu erobern vermochte. Von diesem glücklichen Augenschein an war ich geistig auf Ihrer Seite gewesen und herzlich wünschte Ihnen alles Gute".

Der Ältere gab sich sofort Rechenschaft darüber ab, dass er ihren Lobschwall zu Ende bringen musste. Weil Frau Herbst schon betrunken genug war, um aus der Realität hinauszukommen. druckte er seine Erwägung in einem harmlosen Ton aus:
„Liebe Astrid, ich wurde geschmeichelt von Ihrer Äußerung meiner Person gegenüber. Ich bitte Sie aber, damit Schluss zu machen. Denn wir beiden schätzen einander ausreichend hoch, damit wir uns zu verständigen wissen könnten".
Die Erwiderung der Schöne zeigte, dass sie anderer Meinung war:
„Mein Lieber, ich zählte Sie zu vorbildlichen Männern, die bei uns Frauen besonders erhabene Gefühle erregen können".

Das Übrige dieses Satzes konnte Karsten in ihren feuchten Augen lesen. Der folgende Anteil der Unterhaltung fand im Hotelzimmer Wittke statt, wo der Umgang bald in die leibliche Art umwandelte.

Im Prinzip sollte die Streitigkeit um die Gestalt Guido Buchholz kaum zu einem allumfassenden Sex führen, doch die Wirklichkeit fügte das nächste Mal ihre Korrektur hinzu und bewies, dass die bescheidenen menschlichen Absichten dabei nicht entscheidende Rolle spielen sollten. Am ehesten wäre es sinnvoll, sich der Wille der Vorsehung zu unterwerfen. Denn ein Sterblicher war zu schwach dafür, die Macht des Himmels zu überwinden. In der Tat war die Verbindung mit Astrid sehr hilfreich gewesen. Auf jeden Fall begann Dr. Wittke danach mehrere sachlichen Details zu kapieren, die er zuvor nicht zu begreifen wusste. Es kam wie ein Erleuchten, das man momentan benötigte und ein Zeichen dafür, dass wir nicht imstande sind, die wichtigen Umstände von den belanglosen zu unterscheiden. Die Nähe zu Frau Herbst sorgte auch dafür, dass Karsten ein Stück der weiblichen Eingebungskraft anzueignen befähigte. Innerlich war er ihr sehr dankbar dafür, obgleich er vorzog, ihr darüber aus den sittlichen Gründen nicht zu verraten. Mit anderen Worten befürchtete er, dass die junge Frau nach solcher Erkenntnis zu prahlen vermochte.

Aus unverständlichen Gründen erinnerte ihm die unerwartete Affäre mit Astrid daran, dass unsere merkwürdige Zeit einen neuen Blick auf die Verhältnisse zwischen Mann und Frau werfen ließ, der alles mit dem Unterteil nach oben stellen konnte. Obwohl „Geschlechterkampf" eher grausam klingt, wurde er in der Tat zum Glück nicht ganz ernst gemeint. Auf diesen Grund versteht man wohl alle Anflüge der Ironie beiderseits sowie die typischen Schwächen jeder Seite. Eine heftige feministische Bewegung in mehreren europäischen Ländern erreichte ihren Höhepunkt in den Zeiten der französischen Revolution, die um die Gleichstellung der Frau mit dem Mann kümmerte. Mit diesem wichtigen Schritt in der Verfassungsänderung wurden die Jahrhunderten Hoffnungen der schönen Hälfte der menschlichen Sippe verwirklicht worden. Mit solchem Ereignis beruhigte sich die feministische Aktivität aber auf keinen Fall. Im Gegenteil erwarb sie eine frische Energie, die im 19. Jh. zur Entstehung einer unbekannten weiblichen Art, der Femmes fatales, deren kalter Verstand sogar die mörderischen Handlungen dem männlichen Feind gegenüber anzuerkennen wusste. Solche Salomé und Judith sind das Paradebeispiel der weiblichen Personen, die seit der biblischen Zeit als Etalon der bewussten Mitleidlosigkeit dienen sollten. Sie waren imstande entweder selbst enthaupten oder das Urteil ausüben lassen. Zu einem anderen feministischen Symbol der 19. Jh. wurde auch Lilith geworden, eine fürchterliche Gestalt aus der jüdischen Überlieferung, die man mit einer giftigen Schlange vergleichen konnte. Der kompromisslose Kampf um die Rechte der Frauen war immer auch einer gegen die Moral, denn es gab zugleich eine Erwiderung, die alle weiblichen Wesen in Heilige und Huren natürlich unterteilen versuchte. Solche Polarisierung konnte bestimmt nicht ein realistisches Frauenbild darstellen. Eher war sie eine Frucht der entstellten Fantasie, die ausschließlich nach dem Prinzip „entweder – oder" urteilen konnte. Eine verfremdete Frau sah üblicherweise nicht schön aus. Diese abstoßende Reaktion zeigt aber einen aktuellen Zustand der Verhältnisse zwischen den Vertreter beider Geschlechter, der sich in einer kurzen Zeit drastisch verändern könnte. Deswegen sollte man lieber auf übereilte Urteile und Schlussfolgerungen verzichten. Natürlich wäre es sinnvoll, bei der Erörterung der Beziehungen zwischen Männern und Frauen alle Fälle des Männerhasses und Misogynie auszuschließen, weil es dabei um eine klare Pathologie handelte.

Eine eigenartige Nuance diesem Rechtkampf wurde letzte Jahrzehnt vom Sexismus verleiht worden. Die Erscheinung des Sexismus selbst sollte ein neues Niveau in den vorigen Verhaltensweisen zwischen Geschlechtern bedeuten. Die typischen alten konnte man mit der Äußerung des US-Präsidenten Donald Trump erkennen: „Du kannst mit Frauen alles machen, wenn du berühmt bist".

Die aufreizenden Worte des Politikers sorgten dafür, dass die feministische Bewegung den Anstoß für die heftigen Debatten bekommen konnte. Die entsprechende Reaktion ließ auf sich nicht lange warten. Sogar die längst vergessenen Ereignisse aus der Vergangenheit tauchten wieder auf und wurden unter neuen Gesichtswinkel angeschaut werden. Es führte darauf, dass viele Anklagen gegen frühere Beleidiger in verschiedenen Staaten fast gleichzeitig erhoben worden waren. Die weiblichen Personen sahen darin die Chance, mit ihren vorigen Vorgesetzten und Kollegen abzurechnen. Da die Letzten nun nicht selten vermögende Menschen gewesen waren, versprach die Sache der Mühe wert zu sein. Auch die schon erwachsenen junge Männer, die während deren Jugend von bekannten Maskulinen missbraucht worden waren, versäumten nicht, die Klage zu erheben. Der aufsehenerregende Fall fand mit dem Hollywoodstar Kevin Spacey statt, wenn aufgeklärt wurde, dass er seine Position und Renommee ausnutzte, um dessen Schüler und junge männlichen Kollegen sexuell zu bedrängen. Zur Zeit der Anklagen erreichte Spacey eine fast himmlische Höhe: Die ganze Welt lag ihm zu Füßen.

Wie einige seinen Filmgestalten war er ein Multimillionär, zweimaliger Oscar-Preisträger. Es gab kaum etwas noch, davon man noch träumen konnte. Sein gramvolles Beispiel zeigte, dass der Sexismus keine reinfeministische Angelegenheit werden konnte. Seine Untersuchung durch den Scotland Yard fiel zeitlich mit dem anderen „Knüller" zusammen, dem Fall des berühmten Filmproduzenten Harvey Weinstein. Der Letzte hatte in Hollywood jahrzehntelang über mehrere Karrieren verfügt. Bekannt wurde auch sein Bewerbungscoach, der vielen künftigen Schauspieler den Weg zum Erfolg ebnete. Damals war er eher der Gegenstand des harmlosen Geredes und Witzes. Jetzt stellte es sich heraus, dass dieses Training nicht ohne Missbrauch oder sogar ohne Vergewaltigung umgehen sollte. Einige Frauen wurden mit hohen Geldbeträgen und anlockenden Verträgen zum Schweigen gebracht. Die renommierten Anwälte versuchten, die komplizierten Verhandlungen mit den beteiligten Frauen in die günstige für Weinstein Richtung zu führen. Die damit gekriegten Schweigegelübde wurden bei der Ermittlung schrittweise aufgehoben werden. Darüber hinaus meldeten sich mehr als 50 Frauen als Anklägerinnen. Die Oscar-Akademie schloss einstimmig eines ihrer verehrtesten Mitglieder aus.

Andere großen Studien der Filmindustrie folgten sofort dem Beispiel von Hollywood. So habe Amazon den Chef seiner Filmstudios entlassen, nachdem er einer Produzentin vertrauliche Geldvorschusse gemacht habe. Die breite Gesellschaft wollte damit klarmachen, dass die sexuelle Belästigung von niemandem ertragen wird.
Diese seltsame Begebenheit sieht wie eine plötzliche Massenerleuchtung aus. Warum war sie früher nicht begreiflich gewesen? Warum nahmen die Betroffenen (meistens Frauen) solches Fällen wie etwas Selbstverständliches, besonders wenn sie davon profitieren konnten? Eine Erklärung solcher Verhaltensweise fand Dr. Wittke

darin, dass die menschliche Natur eine unangenehme Erscheinung längst in ihrem Inneren zu bewahren pflegte bevor der Verstand sie wie etwas Unzulässiges anerkannt. Dabei wirkte die Frauenbewegung in sozialen Netzen und Foren wie ein Beschleuniger, der die Unerträglichkeit der sexuellen Belästigung zu begreifen half. Die weltweite Solidarität, die jüngste Zeit in den Medien gezeigt worden war, sorgte auch dafür, dass mehrere Tausend Frauen über früheren männlichen Misshandlungen ihnen gegenüber offen zu berichten wagten. Die schlimmste Seite des Sexismus sehen viele Frauen darin, dass die „starken Männer" sie nicht nach geistigen und beruflichen Eigenschaften, sondern nach ihrem Körper zu bewerten suchten. Jetzt änderte sich die allgemeine Weltlage dadurch, dass die hunderten Anklagen der beleidigten und erniedrigten Frauen nach den langen Gerichtsverfahren ihre bittere Entschädigung bekommen konnten. Auch aus der sittlichen Sicht war es belobigungswert, dass alle Fälle aus der weiten Vergangenheit eindeutig vorteilhaft für die Frauen stattfanden. Nichtsdestotrotz ließen sie alle ein unangenehmer Nachgeschmack übrig. Weil der Abstand zwischen den faktischen Ereignissen und stark verspäteten Ermittlung zu groß sein sollte. Die Kläger und die Beschuldigten waren schon ganz andere Personen als Jahre oder Jahrzehnte zuvor. Und keine mehr konnte behaupten, dass es in der Tat genauso war, wie es nun geschildert werden konnte.

Und noch eine Bemerkung bezüglich dieser Rechtsverfahren kam Dr. Wittke in den Sinn. Dass der Begriff Sexismus, obwohl er wörtlich ziemlich präzis definiert werden sollte, mehrere Seiten eher gefühlsmäßig, manchmal nach innerer Erregung aufgenommen werden konnte. Anders ausgedrückt konnte er streng von eigener Gemütserregbarkeit der Person abhängig sein. Solche Nuance konnte nicht allein für eine Femmes fatales, sondern auch für andere Arten des weiblichen Wesens eine wichtige Rolle spielen. Diese Tatsache versprach wahrscheinlich in Zukunft neue Schwierigkeiten in den Geschlechterverhältnissen. Was aber zweifellos festgestellt wurde, bestand dass kein berühmte mehr mit den Frauen alles machen durfte, was er will.

Die ersten Ergebnisse des Vorhabens

Das Team und dessen Leitung waren tatsächlich in der Lage, etwas Neues aufzudecken. Eine vielseitige Vereinigung der menschlichen Einbildungskraft mit dem unbegrenzten Vermögen der KI brachte eine unerwartete Vorstellung über die Wechselwirkungen und gemeinsame Ergiebigkeit der beteiligten Organismen hervor. So stellte es sich heraus, dass eine zufällige Ergänzung des bestehenden Systems mit neuen biologischen Arten die vorige Ordnung stark zu ändern zwingt. Die alte Natur benimmt sich als würde ihr einen Befehl gegeben, neue Verbindungen anzuerkennen und die alten dazu anzupassen fördern. Im Großen und Ganzen sah es so fabelhaft aus, als ob die Teilnehmer des Projekts ins künftige Paradies einen Blick zu werfen vermochten. Diese erschütternde Neuigkeit sollte den unerhörten Eindruck auf die Teammitglieder schinden, die sie unbedingt mit anderen teilen sollten. Auch für Dr. Barth war es Begierde erregend, den Bescheid darüber Herrn Paschke zu sagen, der eigentlich der Urheber und Geldgeber des Vorhabens war. Ralf verband sich wieder mit Frau Mast und bat sie inständig darum, das Treffen Barth mit deren Chef zu unterstützen. Sie erklärte aber, dass der letzte nicht am Platz war und dass heute es kaum realisierbar wäre. Solche Erwiderung der Vorzimmerdame brachte den Bittsteller in die Schwermut, die im Allgemeinen den kleinen Kindern eigentümlich sein sollte. Nun sollte Ralf auf Morgen warten, was sicher seinen Schwung abschwächen könnte. Er hatte doch keine andere Wahl. Mittlerweile begann die Begeisterung bei dem Team zu herrschen, als stünde es vor einem großen Feiertag. Auch diese Tatsache gefiel dem Projektleiter gar nicht. Zugleich war das Zusammentreffen der Umstände für die Rückkehr in den Alltag sorgen. Schon in einer Viertelstunde begriff Barth die Begebenheit, dass sein Team das Entzücken verdient habe. Sie alle mussten für lange Zeit sehr hart und selbstlos arbeiten und es wäre ungerecht ihnen gegenüber, ihre feierliche Laune zu verderben. So vorzog er, sich vom Team zurückzuziehen und in die künftigen Gedanken zu versinken. Es war zweifellos eine rechtzeitige Sache, die ihm ermöglichte, die Aussichten der folgenden Tätigkeit unparteiisch zu überlegen sowie nach zu denken, wie man die falschen Richtungen vermeiden konnte. Die Vielfalt der Methoden, die ihm die Gemeinschaft von menschlicher und künstlicher Intelligenz zur Verfügung stellen konnte, forderte von ihm eine beneidende Vorstellungskraft. Nur die wenigen, die solche Qualität besaßen, wären imstande, eine Menge der mangelhaften Vorschläge zu entgehen. Die nachhaltige Existenz des Bioreservats war eine sehr teure Belohnung für die Mühe des Teams und ihn selbst gewesen, damit er sich einen unüberlegten Schritt zu leisten gestatten durfte. Anders gesagt war seine aktuelle Beschäftigung eine Gewissenssache. Unter den gegebenen Umständen, die sein Schicksal ihm übrigließ, wurde er zum Erfinder und Gutachter des Geschehens geworden, der fehlerfrei zu handeln gerufen wurde. Aus diesem Anlass wäre es vernünftig, sich mit kleineren Schritten weiter zu bewegen. Außerdem sollte er lieber, auf die Hilfe des Teams und der KI zu verlassen suchen. Ein gutes Einvernehmen mit den Mitarbeitern wäre bestimmt der Befürworter des Erfolgs. Solche Denkart brodelte noch Stunden in dem Kopf Dr. Barth bis er bemerken konnte, dass es schon spät sein sollte, damit er sofort Schluss zu machen brauchte. Auf den Heimweg konnte er den ganzen Tag wie in einer Zeitlupe durchschauen. Er war sicher nicht unnütz vorübergegangen worden, im Gegenteil wurde er jetzt viel besser zum Gespräch mit Paschke vorbereitet. Außerdem war sein Anblick sachlich und ohne überflüssige Gefühle gewesen. Ein ruhiges Schlafen sollte seine beschädigte Psyche vollständig in den Ausgleich bringen. Tatsächlich schlief er nach wenigen Minuten ins Bett ein und wurde gerade um sieben vom Wecker aufgeweckt. Wie immer betrug die Zeit für die Körperpflege, Anziehen und Frühstück Dreiviertelstunde, so dass er fünf vor acht auf dem Arbeitsplatz war. Es war gerade rechtzeitig, weil in wenigen Minuten Frau Mast anrief, um Bescheid zu sagen, dass der Chef bereit ist, ihn zu empfangen. Es bedeutete, er musste gleich beeilen, indem der Chef keinen anderen Besucher begegnen konnte. Aber morgen früh benahm sich sein Kopf besonders aktiv, um diesen Augenblick nicht verpassen zu lassen.

Kurz gesagt berichtete Ralf die ersten Ergebnisse des Projekts ohne zusätzliche Erläuterungen, die Herr Paschke fürs Gerede aufnehmen konnte. Trotzdem dauerte die Berichterstattung fast eine Stunde. Barth beobachtete die ganze Zeit aufmerksam den Gesichtsausdruck des Auftraggebers, um daraus etwas Ungünstiges zu bemerken, was zu unverzüglicher Verkürzung führen sollte. Allerdings gelang es ihm nicht, solches Anzeichen zu verspüren, denn Martin Paschke schien so innig ins Zuhören vertiefen zu sein, dass ihn nichts mehr stören konnte. Vielleicht wurde er nicht in der Lage sein, den Abschluss der Rede seines Visavis wahrzunehmen, so dass der Besucher ihn speziell darüber betonen sollte. Nun fasste er sich und ergriff das Wort:

„Dr. Barth, ich werde nicht verbergen, dass Ihre Mitteilung einen unerwarteten Eindruck auf mich schinden musste. Jetzt kann ich mich davon enthalten, eine kurze Erzählung aus meiner Promotion Zeit zu lassen".

Mit dieser Einleitung schilderte er die Begebenheiten, die in den Zeiten Professor Albrecht vonstattengingen. Danach sagte er das Folgende:

„Wie Sie, Dr. Barth verstehen könnten, waren meine Erinnerungen aus den alten Zeiten nicht zufällig gewesen. Ihre bahnbrechende Arbeit kann ich gerne mit der Richtung meines Doktorvaters vergleichen. Denn Sie bestätigten grundsätzlich mithilfe einer modernsten Technologie, was in Zeiten Albrechts unvorstellbar wäre. In der Tat drangen Sie unwillkürlich tief in den vorigen Streit zwischen Anhänger und Gegner der genetischen Dispositionen in der Entwicklung des Lebewesens. Mir war es auch sehr neugierig zu erkennen, dass die KI dabei so effizient verhelfen konnte, damit man die verborgenen Verbindungen in einem Bioreservat abzuschätzen vermöge. Dafür danke ich Ihnen herzlich und warte ungeduldig auf Ihren gedruckten Bericht".

Nach dem freundlichen Händedruck verließ Ralf das Arbeitszimmer des Bosses. Offen gesagt ließ ihm die Erinnerung Paschke einen anderen Gesichtswinkel des Themas eröffnen, indem die dreißigjährige Geschichte eine unmittelbare Fortsetzung bekommen konnte. Er, Barth selbst, konnte sicher nicht vermuten, dass seine Forschung so vielseitig werden konnte. Es war aber der Fall und man musste fernerhin nicht nur die ökologischen Bedingungen bei der Evolution der Biozönose, sondern auch die erblichen Faktoren der einzelnen Organismen in Betracht ziehen, was der Aufgabe viel komplizierter machen sollte. Eine kleine Erleichterung konnte der Projektleiter davon empfinden, dass man diese Begleiterscheinung momentan zur Zukunftsmusik zählen sollte.

Die vielversprechenden Resultate der Untersuchung des Teams Dr. Barth konnten sicher nicht die Person Dr. Wittke vorbeigehen. Umgekehrt wusste er Bescheid über alle Bagatellen des Vorhabens. Außerdem betraf er häufig Ralf, um sich einen kurzen Meinungsumtausch zu lassen. Solche Verhaltensweise ermöglichte ihm, die laufenden Verfahren nicht zu verpassen sowie die Ratschläge, die er für sinnvoll hielt, rechtzeitig zu geben. Auf solchem Hintergrund war er übers Benehmen Astrid Herbst erstaunt, die angeblich eine Absicht verfolgte, ihn zu betreuen. Warum, eigentlich, machte er wirklich den Eindruck einen Handlungsunfähigen? Ehrlich gesagt fühlte er sich davon sogar ein Bisschen beleidigt. Die junge Frau sah seine aktuelle Lage ganz anders: Sie zweifelte nicht mehr daran, dass ihm eine große Gefahr drohen sollte.

Der ältere Herr wurde aber in Verlegenheit geraten. Einerseits befürchtete er, dass ihre Aktivität ihm gegenüber, die fremde Aufmerksamkeit auf sich zu lenken vermochte. Andererseits kapierte er wohl, dass sie alles aus bestem innerem Antrieb machte, was alle Einwände seinerseits auszuschließen verlangte. Der folgende Versuch, sie zu besänftigen, unternahm Karsten ausschließlich mit dem Gedanken, um die Lage zu entspannen. Die beiden saßen in einem bequemen Garten in der Nähe des Hotels Wittke.

„Liebe Astrid", artikulierte er mit betonend zartem Ton, „ich bin ein wenig nervös wegen deiner überflüssigen Vorsorge für mich. Findest du sie so notwendig zu sein?"

Die Augen der Schöne sollten viel mehr sagen, als sie mit den Worten zu erreichen wusste. Zugleich durfte sie die Frage nicht ohne Antwort übriglassen:

„Karsten, lieber, kapiere mich doch richtig, sie Männer fühlen weit nicht alles, was ihnen häufig passiert. Deswegen sollst du dich völlig auf mich verlassen. Außerdem macht es mir Vergnügen, dir etwas Nützliches zu leisten".

Die nächste Erwiderung Karsten wurde zerschlagen noch mit kräftigerer Argumentation:

„Eine Anfälligkeit kann sehr unerwartet entstehen, so dass du sie kaum zu bemerken fähig wird. Mach lieber, was ich dir empfehle, und brich dir nicht den Kopf weiter mit deinem Nachdenken".

Nach dieser „Erläuterung" verlor Wittke endgültig jede Lust, ihr etwas zu widersprechen. „O.K.,". sagte er sich, „wahrscheinlich muss ich mich in der Tat, dem Schicksal unterwerfen oder, anders gesagt, Astrid wie das Schicksal selbst aufnehmen lassen".

Von diesem Augenblick an äußerte er nichts ihr dagegen. Merkwürdigerweise sorgte dieses verräterische Versöhnlertum dafür, dass sein Verstand vollkommen für die wichtigeren Denkarten eröffnet worden war. Unauffällig widmete er sich den jüngsten Ergebnissen der Untersuchung Dr. Barth, die Anspruch darauf erhoben, unbekannte Verhältnisse zwischen großen Pflanzen und kleinen Bakterienarten aufzudecken. Obwohl Karsten unwillkürlich daran zweifeln konnte, klang das Beweismaterial des Teams Ralf wohl überzeugend. Darüber hinaus wurde es von der mächtigen KI unterstützt worden, was ein Zusätzliches Dafür erweisen sollte. Tatsächlich war Wittke damit zufrieden, weil diese Angaben die Stichhaltigkeit seiner eigenen Vorschläge zu bestätigen versprochen. In diesem Sinn konnte er sich wie ein echter Gewinner fühlen.

Zu klaren Vorzügen des Teams Dr. Barth gehörte dessen Fähigkeit, die unsichtbaren Lebewesen so hoch wie die riesigen Exemplare zu schätzen. Man musste dabei bestimmt deren Wirkung auf die erste Stelle setzen, die am besten dem Prüfstein der Nützlichkeit oder Gefährlichkeit entsprechen sollte. Es konnte komisch aussehen, doch die Ereignisse aus der Welt von Mikroorganismen waren zweifelfrei in der Lage, das ganze Leben auf unseren Planeten zu ändern. Allein der tödliche Kampf zwischen Pro- und Antibiotika konnte ein Sachkundige für verhängnisvoll aufnehmen.

Neugier Weise bedeute-te die Entdeckung des ersten Antibiotikums eine solche medizinische Revolution, die angeblich als Rettung der Menschen und Tieren vorstellbar wurde. Tatsächlich war es ein Pyrrhussieg, der man allmählich als die größte Niederlage begreifen konnte. Der Grund dafür war eine ungeheure Schutzkraft, die den kleinsten ermöglichte, ein starkes Gegengift der Antibiotika gegenüber zu produzieren. Zugleich existieren in der wilden Natur gewisse Arten Antibiotika, die Bakterien wirksam abtöten sollten. Von Seiten konnte man den Eindruck bekommen, dass die ungestörte Natur den Ausweg aus aller Sackgasse im Voraus wusste. Und noch ein Gedanken ließ Karsten nicht in Ruhe: Wieso konnte die ganze Menschheit nicht dazu gelangen, sich organisch in die Natur einzusetzen.

Ihm selbst schien es völlig selbstverständlich zu sein, die moderne Technologie so umzugestalten, dass sie ein wesentliches Teil des globalen Lebens werden konnte. Einfach wäre diese Aufgabe bestimmt nicht, doch das würde der Mühe wert. Z.B. konnte man prinzipiell alle seinen Gebrauchswaren aus biologisch abbaubaren Substanzen und Materialien herstellen, damit sie keinen Verderb der Umwelt mehr zu bringen vermochten. Bis Dato bleibt es aber nicht der Fall. Umgekehrt betreibt die Sippe homo sapiens noch weiter die Gewohnheit, die schlimmsten Abfälle in den Weltozean hinein zuwerfen. Eine dauerhafte Grübelei führte Dr. Wittke zur Idee, die Bioreservate mit den Menschen zu ergänzen. Nach seiner Auffassung wäre es nicht nur gerecht, sondern erhöhte die menschliche Verantwortung vor dem Schicksal des Planeten. Auf dieser Stelle ertappte sich Karsten dabei, dass dieser Denkschwall einigermaßen dank der Vorsorge Astrid angeregt worden war. Die letzte Begleiterscheinung konnte sofort seine Seele erwärmen, denn es war ja gut.

Das erste Summa Summarum

Hand aufs Herz! Dr. Wittke musste sich eingestehen, dass er kaum merkte, wie ungestüm vier Jahre seiner Arbeit beim Bioreservat vorüberfliegen sollten. Nie konnte er sein Leben lang etwas Gleiches beobachten. Die erste Frage, die solche „Entdeckung" zu stellen wusste, war „wieso konnte es zustande kommen? Die einzelne sinnvolle Antwort, die ihm in den Kopf kam, bestand darin, dass er diese Zeitspanne sehr angespannt und ergiebig verbracht hatte, indem sein Gehirn dauernd auf Hochtouren lief und sein geschwächtes Herz wie ein weiser Ratgeber zu dienen suchte. Oder, noch genauer ausgedruckt, fungierte sein gesamtes Wesen wie eine gut geregelte Maschine. Jetzt würde er nicht mehr imstande, irgendwelche Einzelheiten abzusondern. Umgekehrt gab es eher ein untrennbares Massiv, das jetzt vor ihm wie ein riesiger Fels auftauchte, der emporragen konnte. Dieser Empfindung, die er momentan erlebte, sollte Karsten bis zum Tod dankbar sein, denn sie umfasste nicht allein den zeitlichen Abstand, sondern etwas Inneres, was unmittelbar mit seiner Seele verbunden wurde. Ein Mensch schien ihm nun zweifelfrei eine zauberhimmlische Errichtung, die aus unterschiedlichen Bestandteilen zusammengesetzt werden sollte. Zugleich konnte man seine eigene Person sowie seine Handlungen mit der menschlichen Umgebung ergänzen, die untrennbar mit ihm sein sollte. Wie sonst konnte Wittke die wichtigen Schlussfolgerungen ziehen, wenn er ohne seine Mitarbeiter wirkte. Seine durchdringenden und klugen Unterredungen mit Marc Behrens, Martin Paschke, Dr. Barth und anderen Kollegen sorgten dafür, dass er seine Erfindungskraft und berufsmäßige Beschaffenheit ständig zu verbessern vermochte. In diesen Sinn waren diese Leute Mitverfasser und -besitzer aller seinen Ideen und Vorschläge.

Die ganze Geschichte der menschlichen Kultur verschaffte die Beispiele dafür, dass sogar die echten Genies die langen Diskussionen mit ihren Kollegen und Redestreiten brauchten, damit sie eine weltveränderte Entdeckung zu schaffen wussten. Er, Karsten Wittke, wurde sich nun diesen Mitmenschen dazu verpflichtet, dass diese schönen vier Jahre so blitzartig vorüber zu fliegen fähig waren und solch ungewöhnliche Blitzartigkeit war auch ein Merkmal unserer Zeit, dass unserem Leben eine blaue Schattierung verleihen sollte. Merkwürdigerweise war Karsten Nachdenken mit dem Erscheinen Astrid unterbrochen, die an diesem Tag in einem blauen Kleid angezogen worden war.

„Was sollte es bedeuten", lief durch den Verstand Wittke, „gab es ein zufälliges Zusammenfallen oder wollte mir jemand einen Hinweis geben, dass diese himmelblaue Färbung die gezwungene Vergänglichkeit meiner Beziehung mit der Schöne gekennzeichnet?"

Die junge Frau schien aber in einer angenehmen Gemütsverfassung zu sein, die Dr. Wittke keinesfalls verderben durfte. Deswegen vorzog er, nichts über seine Gedanken zu erwähnen. Diesmal dauerte ihre Unterhaltung nur wenige Minuten und die junge Frau verließ ihn, als wäre sie mit einer dringenden Arbeit besorgt. Einigermaßen aber schien es ihm merkwürdig, da die Arbeitszeit schon abgelaufen worden war. Er selbst konnte aber nicht sofort, seine Denkweise zu Ende bringen. Nein, diese vier Jahre liefen weiter vor seinen Augen und ließen ihn nicht in Ruhe. Gab es etwas Besonderes neben dem hinreißenden Dienst? Sicher erlebte er regelmäßige Fährte nachhause, die ihn jedes Mal Spaß machten. Bestimmt konnte er diese Reisen nicht zu tagtäglichen Ereignissen zählen. Allerdings erinnerte er sich nun an einzelnen, die einen unvergesslichen Eindruck auf ihn schinden sollten. Ein davon passierte ca. nach einem Jahr seiner aktiven Tätigkeit im Bioreservat.

Hellseher

Jetzt entstand es vor seinen Augen wie eine jüngst geschehene Begebenheit, die seine künftige Existenz prägen sollte. Wie fühlte er sich diese Zeit? Es blieben davon eher kleine abgerissenen Gedanken übrig. Jetzt konnte er nur versuchen, aus diesen Fetzen etwas Nützliches wiederherzustellen. Gewiss dachte er vor allem über seinen körperlichen Zustand, denn sein Herz brauchte damals mehr Aufmerksamkeit für sich. Natürlich sollte ein dauerhafter Verbleib im heilenden Luftraum des Waldes darum kümmern, dass Karsten nicht allein einen starken Einfluss auf das Herz-Kreislauf-System fühlen konnte, sondern er begann auch emotionale Änderungen seines Geistes zu verspüren. Plötzlich begriff er die Tatsache, dass ihn immer mehr die Fragen der geistigen Welt interessierten, die früher völlig aus seinem Verstand entkommen worden waren. Ein wichtiger Aspekt davon bezog auf die Prophezeiungen, die wenigen Personen weltweit wunderbar gelang auszuüben. Kurze Unterredungen über solche seltsamen Erscheinungen mit Betti zeigten, dass auch für sie das Thema nicht belanglos sein sollte. Ein zusätzlicher Anlass dafür entstand nach der Veranstaltung, die Karsten gemeinsam mit ihr gelegentlich besuchten.

Ein künstlerisch aussehendes Paar machte auf der Bühne irgendwelche körperlichen Bewegungen, die auf die anwesenden eine deutliche Wirkung schaffen sollten. In einem blitzschnellen Moment empfanden die beiden Zuschauer einen solchen Zustand als würde es ihnen einfach und wünschenswert, tief in den Abgrund zu fallen. Nun waren sie bereit zu glauben, dass die auf der Bühne zwei echte Zauberer sein sollten. Es konnte so mit einem Ungläubigen passieren, der Widerwillen und unmittelbar zu einem religiösen Menschen umgewandelt worden war. Daraufhin ereignete sich etwas Unglaubliches, indem die „Akteure" aus dem Publikum zwei freiwilligen auf die Bühne eingeladen haben, die nach deren Angaben miteinander nicht bekannt waren. Betti und Karsten wollten auch dabei sein, doch die Künstler erklärten, dass ihre Verwandtschaft die Aufgabe der Zauberer viel einfacher machen konnte. Irgendwie meinten sie darunter, dass die Vermählten so tiefe Verbindungen miteinander besaßen, die für die eingeweihten viele Dinge sofort durchsichtig werden sollten. Der erste Test, der den Mann und Frau aus dem Saal (die beiden sollten äußerlich mittleren Alters sein) gegeben worden war, befasste sich mit dem Gedankenspiel, das um die Auswahl eines Begriffes handelte. Der Unterschied bestand darin, dass der Mann das Wort auf einem Zettel schreiben sollte und die Frau es folglich laut aussprach. Der Abstand zwischen beiden Testpersonen war so weit, dass irgendwelche Kommunikation völlig ausgeschlossen wurde. Zum Erstaunen der Zuschauer gab es ein Zusammentreffen für drei unterschiedliche Begriffe. Das einzige, was jede im Saal zu vermuten wusste, ein gleichzeitiges Einflößen den beiden der obengenannten Worte. Viele Zuschauer (Betti und Karsten auch) wollten von den Künstlern ein Bisschen ausführlicher erfahren, welche Mittel sie in ihrer Arbeit anzuwenden wussten.

Das Paar vorzog aber, sein Geheimnis nicht aufzudecken. Deswegen bekamen Leute im Saal den Verdacht, dass es anscheinend eine Mischung aus der Zauberei, Hypnose, Irreführung und theatralischer Darstellung gewesen war. Eine Sache war dem Ehepaar Wittke fraglos, dass diese Leute sehr talentiert werden sollten. Auf jeden Fall mussten sie über mehrere Fähigkeiten verfügen, die etwas mit enormer Aufmerksamkeit, Beobachtungsgabe und dem Gedächtnis zu tun hat. Dank diesen Eigenschaften schauen sie momentan die Merkmale, die von übrigen Menschen nicht beachtet werden könnten. Von ihrer Ansicht gingen jene Augenbewegung, unbewusste Geste, Mimik und Körpersprache nicht verloren. Darüber hinaus waren sie in der Lage, aus der fremden Gesicht die Gedanken und Wünsche zu lesen sowie jemandem ein X für ein U vorzumachen. Mit anderen Worten könnten sie durch ein verallgemeinertes Gespräch eine Menge von Kleinigkeiten über ihren Gesprächspartner herausfischen, was ihnen ermöglichte, ihn gefühlsmäßig oder seelisch zu beeinflussen.

Allen solchen wertvollen Qualitäten wäre es allerdings nicht ausreichend, damit der Zauberkünstler imstande wäre, die künftigen Ereignisse vorher zu sagen oder verborgene Gegenstände zu sehen, wie es bei zahlrechen Aufführungen weltweit bewiesen worden war. Auch bei den genannten Fall zeigte das Künstlerpaar eine unglaubliche Verbindung der Telepathie und des Hellsehens, als die Frau mit einer Augenbinde auf der Bühne stand, während ihr Partner im Abstand von mindestens dreißig Meter im Saal mit einzelnen Zuschauer redete. Der höchste Moment der Anstrengung begann als eine junge Frau hoch im Raum sich mit der Frage meldete, ob es möglich wäre, den Inhalt ihrer Handtasche auf solcher Distanz zu erkennen. Nach einer kurzen Überlegung zeigte der Künstler seine Bereitschaft, das zu probieren. Nun wurde er mit seiner Partnerin nur mit dem Mikrofon verbunden. Darauf nahm die junge Dame Stück für Stück die Sachen aus der Tasche heraus und zeigte sie dem Publikum. Die Frage, die der Akteur seiner Kollegin auf der Bühne stellte, war „Was ist das?" Die brauchte eine Weile, nachdem sie die Sache genau erkannte. Es dauerte insgesamt 10-15 Minuten bevor alle Dinge richtig genannt worden waren. Der letzte Test war mit dem Haltbarkeitsdatum des Gesichtspuder verbunden. Solches außergewöhnliche Muster des Wahrnehmens des seelischen Vorgangs anderer Person auf einer erheblichen Entfernung konnten sich Betti und Karsten mitsamt anderen Anwesenden sicher nicht vorstellen. Sie saßen wie in einem Traum und dachten darüber nach, dass diese Show zur Art der seltenen Erfahrungen gehörte, die man vielleicht einmal im Leben haben konnte. Jetzt quälte sie eine Frage, ob man solche Gabe von Herrgott allein bekommen durfte oder ob sie durch die Kräfte erschöpfenden Übungen erreichbar werden konnte. Noch verblüffender klangen die Worte des Paars, die nach ihrer präzisen Vorhersage des künftigen Geschehens, dass man diese „prophetische Beschaffenheit" tatsächlich anzueignen vermochte. Wenn es auch wissenschaftlich bestätigt werden konnte, sollte es bedeuten, dass unser Gehirn noch viel mehr zu leisten fähig wird, als wir zuvor zu vergegenwärtigen wussten.

Wahrscheinlich spielt dabei eine Informierung der betroffenen Person eine führende Rolle. Wenn die ganze Information des genannten Menschen nicht vollständig zur Verfügung stehen konnte – prinzipiell ist dieser Umstand ideal und unerreichbar – dann befindet sich die, die den Zugang zu größerer Menge der Information hat, unter besseren Bedingungen. Natürlich meinte Francis Bacon in seiner berühmten Aussage „Wissen ist Macht", nicht zuletzt die Menge der Information, die man besaß. In diesem Sinn sind mehrere menschlichen kognitiven Fähigkeiten von erheblicher Bedeutung, z. B. das Gedächtnisvermögen. Wenn man keine himmlischen Verkündungen zu bekommen pflegt, hängt seine Vorhersageleistung davon ab, wieviel Information sein Verstand zu verarbeiten bekommt sowie sein Gedächtnis bereit wird, aufzurufen. Denn es gibt in einer humanen Gesellschaft zahlreiche geistigen Strömungen, die gewöhnlich zu zwei wichtigsten zurückführen lassen. Fernerhin bestimmen nur diese beide das Resultat des Wetteifers. Das ganze Maß der Information muss wahrscheinlich auch die persönlichen Beobachtungen des „Hellsehers" wie die körperliche Reaktion der Objektperson auf wörtliche und sachliche Reize.

Propheten in der Zeitgeschichte

Der Sippe homo sapiens war es seit eh und je eigentümlich, aus ihren Reihen solche Individuen hervorheben, die von höhen Kräften mit der Gabe zu prophezeien zuteilt worden waren. Die ganze menschliche Mythologie ist voll von großen Propheten, deren Vorhersagekraft anscheinend zahllosefach bewiesen worden war. Es bleibt doch bis heute fragwürdig, sowohl ob ihre Prophezeiungen in der Tat verwirklicht worden waren als auch ob diese zauberhaften Hellseher überhaupt irgendwann existierten. Denn die sagenhaften Ereignisse waren grundsätzlich eine Glaubenssache. Was reellen Personen und Begebenheiten angeht, gab es in der Weltgeschichte mehrere Menschen, die ihren genialen Aussagen in die weitere Zukunft genau an zu schauen wussten. Ein davon war Michel Nostradamus, der mit seinen poietischen Centurien eine unzählige Menge künftigen Dingen präzis voraussehen konnte. Außerdem wandelte er seine aus der alten Astrologie vorkommende Methode in ein vollständiges System um, das ihm möglich machte, für jedes kommende Jahr bis zum Jahr 3797 eine schlagartige Kennziffer zu erteilen. Seit dessen Tode im Jahre 1566 wurde unzählige Versuche unternommen, um sein geheimes System zu entziffern und den Algorithmus seiner Denkweise aufzudecken. Es war aber eine schwere Aufgabe, weil es in seinen Centurien nicht selten um die symbolischen Bezeichnungen handelte.

Man kann nach seinen individuellen Neigungen alle naturbedingten Begebenheiten als ein Gotteswerk darstellen, indem der Herr für jedes Jahrhundert einen großen Propheten schafft, der seinen Zeitgenossen über die Zukunft verkünden und vor Gefahr warnen sollte. Es wäre aber vernünftig, etwas Ähnliches im Rahmen der modernen Wissenschaft aufzuklären. Da sich das geistige Universum seit Jahrtausenden hoch entwickelt habe, lässt es einbilden, dass die Gegenwart gleichzeitig die Kennzeichen der Zukunft einschließen könnte. Wenn diese These annehmbar wäre, gibt es die Gelegenheit, solche Beschaffenheit der Natur zu erforschen und sich anzueignen. Es ist umstritten, ob die Tatsache unmittelbar mit der Anordnung von Sternen und Planeten streng verbunden wird, doch es sollte andere Merkmale vorhanden sein, die für die Vorhersage geeignet werden.

Man muss aber erst alle bildlichen Äußerungen des Centurien in die konkreten und deutlichen Begriffe übersetzen lassen – eine weit nicht einfache Angelegenheit. Allerdings gibt es keinen anderen Weg, ohne diese Stufe seine Texte angemessen zu verstehen. Falls dafür die Zusammenstellung mehrerer Faktoren wichtig wäre, würde es hilfreich, die Hochleistungscomputerprogramme anzuwenden.

Die Fachleute aus dem Bereich der künstlichen Intelligenz sehen darin keine großen Schwierigkeiten. Eine Verwirklichung solchen Vorhabens verspricht sehr Erkenntnisreich und nützlich zu sein.

Ein regelmäßiges Auftreten der Menschen, die eine unumstrittene Begabung zur Prophezeiung besitzen, lockte vor wenigen Jahren das Interesse der Neurowissenschaftler an sich an. Denn die Mehrheit von diesen ungewöhnlichen Personen im Laufe ihres Lebens schwere psychischen Erschütterungen überlebt habe, nachdem solche Abweichungen von Normalen entstehen konnten. Einigermaßen erinnerte solche erworbene Beschaffenheit an die kaum erklärbare Genialität einigen Autisten, die auf dem globalen Niveau berühmt werden sollten. Für die Fachleute aus der Neurologie sah es so aus als befänden sich die Betroffenen in einem geistigen Raum, wo gemeinsam die Gegenwart und Zukunft trafen. Der Unterschied von Autisten bestand darin, dass sie im Voraus wussten, was und wie sie machen sollten, um das Ziel zu erreichen. Den Neurologen war solche Unterscheidung nicht besonders wichtig, weil es in beiden Fällen um die Kenntnis über die Zukunft handelte.

Unter mehreren Hellsehern, die seit letzten Jahrhunderten bekannt waren, erwarb eine Bulgarin namens Ewangelia Pandewa Guschterowa ein, die bei der Bevölkerung und Medien als Baba Wanga bekannt wurde, ein besonderes Ansehen. Diese Frau, die als Mädchen bei einem Wirbelsturm stark traumatisiert worden war, was nach Jahren zu ihrer vollständigen Erblindung führte, bekam eine übersinnliche Fähigkeit, künftige Ereignisse vorherzusagen. Ihre große Popularität verbreitete sich weit über ihrem Vaterland, indem sie allmählich den Menschen aus ganzer Welt bekannt wurde. Ihre Prophezeiungen waren so präzis, dass die prominenten Personen aus der Politik, Business und Kultur sie um Hilfe baten. Ganz erstaunlich sollten die genauen Sterbedaten anhören, die sonst keine zu erkennen vermochte. Man redete sogar von der Erscheinung Wangas wie von einem natürlichen Phänomen. Das Dasein solcher Unika wie Wanga gab den Anlass, die Vermutung über das Bestehen eines geistigen unsichtbaren Feldes zu machen, wo die Angaben von allen Menschen der Erde gespeichert werden sollten. Wenn solche Annahme der Realität entspricht, könnte künftig die Wissenschaft versuchen, sich Fuß darin zu fassen. Man konnte diesen Fortschritt wie eine kognitive Revolution vorstellen. Bis dahin bleibt es den Sterblichen, an die Gnade der einzelnen „Auserlesenen" zu hoffen.

Die Eigenartigkeit des Genies

Wie gesagt änderte sich im Verstand Dr. Wittke die Gestalt des Todes drastisch nach dem Herzinfarkt. Sie fand deutliche Umrisse und ihr Wesen schien ihm näher und verständlicher zu sein. Jetzt wenn er mehr oder weniger wiedergesund war und sich in der Lage fühlte, um seine Frau und Kinder zu kümmern, würde es ihm enorm wichtig, seinen Sterbensfrist zu wissen. Leider lebte die Frau Wanga nicht mehr, Sonst konnte er keine Urlaubzeit sparen, um sie in ihrem Domizil zu besuchen und solche Frage zu stellen.

Es gab noch ein Thema, das gewisser Weise mit der Gabe der Vorhersage verknüpft werden könnte. Solche seltsame Beschaffenheit war gewöhnlich den großen Persönlichkeiten aus der Wissenschaft eigentümlich. Gerade sie führte anscheinend die Welt-Genies in einziger richtiger Richtung, wo sich die bedeutendsten Entdeckungen der menschlichen Geschichte verborgen geblieben waren. Einer davon war unbedingt Albert Einstein, dessen Beitrag zur Technik der Zukunft schwer zu überschätzen wäre. Nur zwei seine Entdeckungen – Relativitätstheorie und Fotoeffekt sollten für die Entwicklung solchen Prozessen und Geräten sorgen, ohne die der Fortschritt des 20. Jh. nicht vorstellbar wäre: Fernseher, Computer, Kernenergie, Solarzellen und Fotovoltaik sind nur einige von dieser Reihe. Man kann sicher darüber nachdenken, dass vor ein halbes Jahrtausend zuvor ein anderes Universalgenie namens Leonardo da Vinci, mit dem nicht allein die künstlerischen Meisterwerke der Renaissance, sondern auch die technischen Erfindungen verknüpft waren wie Fluggeräte, Fallschirme, Taucherausrüstung mit dem Schnorchel, Panzer und andere Kriegsgeräte. Einige von denen warteten Jahrhunderte auf ihre praktische Verwirklichung.

Manchmal erwarben wissenschaftliche Entdeckungen merkwürdige Formen wie es z.B. mit dem Chemiker August Kekulé passierte, der sich mit der Benzolstruktur abquälte. Es konnte wahrscheinlich noch Monate dauern, wenn er nicht einen Traum im Schlaf gesehen habe. In seiner nächtlichen Vision sah Kekulé sechs Affen, die ein mit einander mit Händen und Füßen in einem Ring vereint worden.

Dieses Bild brachte ihn auf einen Gedanken, den ihm gerade fehlte. So kapierte er, dass auch das Benzolmolekül eine ringförmige Struktur haben sollte. Da das Benzol ein Vertreter der riesigen Familie von aromatischen Verbindungen war, sollte die nächtliche Entdeckung Kekulé eine planetare Bedeutung haben.

In mehreren anderen Fällen erlebte der Betroffene eine fast göttliche Erleuchtung, die üblicherweise im Bereich der Grundlageforschung tätig waren und seit langem eindringlich an einem „harten Nuss" gearbeitet hatten, den sie trotzdem nicht zu knacken wussten. Ein Gedankenblitz, der eine entscheidende Rolle spielen sollte, kam in vielen solchen Fällen vermeintlich plötzlich und unerwartet wie einem glücklichen Zufall, so dass man davon fernerhin wie von einer Anekdote reden konnte. Realistisch gesehen ähnelten sich alle diese Erzählungen als würden sie der gleiche Ursprung gewesen. Solche Erwägungen führten Dr. Wittke zur Schlussfolgerung, dass seine Mutmaßung übers Vorhandensein eines geistigen Feldes standhaft sein sollte, indem das Feld eine unzählige Vielfältigkeit an Daten gespeichert hatte. Für einen Historiker, der mit der Geschichte der Wissenschaft beschäftigt wird, konnte das Geschehen erkenntnismäßig so aussehen, als würde das genannte Feld ständig von einem heimischen Richter überwacht, der für seine eigenartige Gerechtigkeit sorgen musste, indem der verdiente nach dem ausreichenden Beitrag angemessen belohnt werden sollte. Die Belohnung ging aber nicht in der Art des materiellen oder finanziellen Ansporns, sondern als eine Anspielung, die die Person sofort zu kapieren wissen könnte. Mit anderen Worten sollte das Individuum eine Menge Mühe in seine Arbeit einsetzen, damit es ins Feld eingelassen werden dürfte. Solcher geistige Einlassschein könnte bestimmt nicht ohne Verstand des Gelehrten bewilligt werden. Weil eine pausenlose Tätigkeit seines Gehirns in im Voraus ausgewählter Richtung zu großer Schädigung dieses wichtigsten menschlichen Organs führen konnte, brauchte man dabei auf jeden Fall eine gewisse psychische Hygiene, um die gefährlichen Gehirn Krankheiten zu vermeiden. Leider zogen weit nicht alle Forscher diesen Umstand in Betracht, so dass einige von ihnen zu Patienten der psychiatrischen Anstalt werden sollten. Zugleich war eine fahrlässige Beziehung zu eigener Gesundheit eine häufige Beschaffenheit der Begabten. Darüber hinaus sah Karsten in dieser ungezwungenen Selbstaufopferung ein Kennzeichen des echten Forschers. Die Wissenschaftsgeschichte gab uns mehrere Beispiele solcher nachahmenswerten Menschen. Einige von ihnen vorzogen den Tod, anstatt auf ihre Überzeugung zu verzichten.

Die Entwicklung der Wissenschaft ging ständig durch die Stellung der Hypothese, die von der Gemeinschaft der Sachverständigen entweder anerkennt oder abgelehnt werden sollte. Diese Regel diente wohl zuverlässig im Laufe der letzten Jahrtausende mit wenigen Ausnahmen, die allerdings bei einigen bahnbrechenden Entdeckungen und Erfindungen fehlschlug. Weil die Mehrheit der bestehenden Prinzipien zu erstarrt bleiben sollte. Etwas Großes und Hervorragendes konnten sich kaum darin eingezeichnet werden. Aber auch die Hypothesen selbst waren nicht gleichartig, so dass die grundliegenden häufig zum Absturz des ganzen Gebäudes der vorigen Kenntnisse führen sollte. Der Wegbereiter sollte unter anderem über eine vollständige innere Freiheit verfügen, die auf alle Formen des Konformismus ursprünglich verzichten musste. Vielleicht war gerade solche Unabhängigkeit der kognitive Passierschein ins obengenannte geistige Feld. In diesem Sinn bleibt das Gewissen des Gelehrten der wichtigste Prüfstein der Wahrheit. Ungeachtet der sachlichen Beschränkung von menschlichen Fähigkeiten kann der Forscher seine Beste zu schaffen versuchen, die allgemeine Kenntnisse fort zu verbreiten. Dieser geistige Vorgang kann aber jeder Zeit in eine falsche Richtung fortbewegt werden. Menschliche Vorurteile spielen dabei eine gemeine Rolle, besonders deswegen, weil der Urheber oft eine Menge von Anhänger finden konnte. Zugleich führt solches fehlerhaftes Benehmen zur Entstehung der Pseudowissenschaft, die einen schädlichen Einfluss auf den Fortschritt haben sollten. So passierte es z.B. mit der Anerkennung des Weltäthers, der anscheinend das Weltall erfüllen musste. Solches Artefakt erschien aus dem natürlichen Versuch, die Welt materialistisch zu beschreiben. Keine konnte die Existenz des Äthers beweisen, aber er sollte die menschliche Neigung zum Materialismus befriedigen. Mitte des 19. Jh. zeigte James Clerk Maxwell mit seiner Entdeckung des Elektromagnetismus, dass das Vorhandensein dieses Feldes alle Ansprüche auf Materialismus erfüllen musste. Man brauchte keine Ätherhypothese mehr. Etwas Ähnliches ging auch in der Biologie vonstatten, wenn man die Übertragung der Merkmale von Eltern zu Nachfolgen durch die somatischen und ökologischen Faktoren zu erklären suchte, ganz ohne die Präsenz von gewissen spezifischen Erbgutsubstanzen zu vermuten. Solcher Mangel an benötigten Kenntnissen verlangte von den

135

Biologen, eine Menge Kraft einzubringen, um die neuen nützlichen pflanzlichen und tierischen Arten auszulesen. Das war aber nicht der Mühe wert, weil es unmöglich wäre, die erworbenen Eigenschaften in den Nachfolgern zu sichern. Nur mit der Entdeckung der Gene erwarb diese Arbeit den echten Sinn und Zweck, indem die Gelehrten die Chance bekamen, prinzipiell neue Qualitäten von Pflanzen und Nutztieren zu selektieren.

Die weitere Evolution der menschlichen Vernunft wird künftig ohne künstliche Intelligenz (KI) nicht vorstellbar. Denn die Schöpfer der „denkenden Maschine" verlor endgültig die Macht über seine Erfindung. Darüber hinaus „denkt" KI unvergleichbar schneller als ein Sterblicher, leidet an keine menschlichen Krankheiten und wird nie nervös oder arbeitsunfähig. Und wenn sie mit der Zeit die humane Fähigkeit zur Selbstvervollkommnung erwirbt, wird sie in der Lage, die Welt zu beherrschen. Man kann weiter beurteilen, dass die KI nicht allein im Vergleich mit „bescheidenen" Menschen, sondern der Mutternatur (oder mit Herrgott) immer präzis und zweckmäßig zu wirken weißt. Der Begriff das „Intelligenz Design", das für die Schöpfung der Welt steht, kann man kaum zu besonders klugen „Projekten" zählen. Weil sogar die höchste Errungenschaft dieses Vorhabens das menschliche Gehirn mit offensichtlichem Fehler geschafft worden war. In der Tat ähnelte es an die Leistung eines unerfahrenen Handwerkers nicht eines großen Meisters. Die Struktur des Humangehirns sieht so aus, als ob der „Schöpfer", anstatt etwas Neues auszudenken, die Vervollkommnung neben den alten Bestandteilen platzierte, die für einen Menschen absolut nutzlos sein sollten. Eher brauchten sie die Vögel, denen sie halfen, sich richtig bei dem Flug zurecht zu finden. Oder war der Allerhöchste der Absicht, dem Humanwesen die Gabe zu fliegen erteilen, überlegt sich später aber anders. Das Ergebnis solchen Zweifels war das Anhäufen in dem Hauptorgan der menschlichen Sippe notwendigen und belanglosen Teilen, was die optimale Funktionierung des Gehirns stark beeinträchtigen sollte. Nun können die Neurologen nur vermuten, was wäre, wenn das menschliche Hirn nicht im Laufe von Millionen Jahren, sondern viel schneller und intellektueller entworfen und gebaut worden war. Vielleicht würde Mensch imstande sein, auf die KI vollständig zu verzichten? Oder eine andere Geschichte ohne Kriege und Selbstvernichtung zu erleben? Oder? Wieviel groben Fehler konnte vielleicht die Menschheit vermeiden, wenn die Gottesschöpfung wirklich nach dem biblischen Szenarium stattfand. War die realistisch entstandene Wissenschaft darin schuldig, dass sie eine Vielfalt von nutzlosen und falschen Richtungen ausgewählt hatte, deren Finanzierung eine riesige Geldmasse kosten sollte.

Und noch eine Sache störte Dr. Wittke dabei: Die Forschung war immer eng mit der Sittlichkeit verbunden. Konnte das perfekt angeordnete Gehirn auch um eine einwandfreie Moral kümmern? Wenn nicht, dann sollten alle gegebenen Erwägungen sinnlos werden. Denn ein unehrlicher Forscher war in der Lage, den Fortschritt ausschließlich zu entgleisen. Mit anderen Worten bedeutete ein fehlerfrei funktionierendes Gehirn keineswegs dessen wohlwollende Absichten.

Auf diese Art und Wiese konnte man mit allen Redereien über die Überlegenheit der reinen Vernunft Schluss machen. Außerdem darf man dem hochentwickelten Denken schwerlich, eine ständige Objektivität zuschreiben. Denn ein sinnvoller Gelehrte zieht eher seine eigenen Vorrechte vor, was die Selbstkritik auf den Hintergrund zu platzieren fordert. Die maßgebende Gemeinschaft der Forscher versucht immer stärker, alle neuen Ergebnisse der Wissenschaft zu kontrollieren. Sie entwickelt die modernen Methoden, die den nachlässigen Kollegen möglichst bald die Lebensqualität abstoßend machen. Es lässt sich auch die frühere Verhaltensweise, hinter den nebligen Theorien eine ruhige Existenz zu finden, kaum längst das Wohl genießen zu dürfen. Weil die modernen Mittel der Modellierung und Rechnung sich so effizient entwickeln, dass die theoretischen Fehler und bewusst irrige Meinungen zum Vorschein gebracht wurden.

Die Gefahr, solche ungünstigen Vorhaben dem Bereich des lebenden Reservats zuzufügen, war besonders groß. Schon in den ersten Monaten, wenn Dr. Wittke in dem Berchtesgadenern Land arbeitete, bekam er die Chance, mit einigen vorigen Projekten bekannt zu machen, die zu irrtümlichen Schlussfolgerungen führen sollten, was nur nach vielen Jahren bestätigt werden konnte. Karsten war weit davon entfernt, den Vortragenden der Unehrlichkeit zu bezichtigen. Im Gegenteil war er der Überzeugung, dass die Verfasser der Berichte alles wohl und anständig machen sollten. Vielleicht waren ihre Modelle oder Berechnungsmethoden nicht ausreichend präzis geworden. Trotzdem sorgten die entstellten Resultate dafür, dass die seltenen Tiere und Pflanzen unter falschen Bedingungen aufwachsen sollten. Noch schlimmer würde ihre Lage gewesen, wenn die Verfasser etwas ohne langjährige Untersuchungen zu empfehlen riskierten. Die Spankraft, mit der Karsten diese Zeit gelebt habe, brachte ihm die Einsicht, wie zart und empfindlich gegen alle ökologischen Größen die gemeinsame Gesellschaft der Vielfalt von diesen Lebewesen in der Wirklichkeit erweisen sollte. Das Verschwinden immer neuen Arten sollte dabei, wie ein Warnsignal für die Forscher, Förster und Umweltschützer weltweit dienen. Denn die Arten Mannigfaltigkeit ist ein unantastbares Eigentum unseres Planeten. Dr. Wittke war erschüttert davon, wie drastisch die moderne Vorhersage über die Entwicklung jeder einzelnen Art sowie der ganzen Biozönose seit letzten zehn Jahren verändert konnte. Diese kurze Zeit konnte man mit revolutionären Umgestaltungen vergleichen. Die kompliziertesten Modelle der Koexistenz von mehreren lebenden Organismen verlangte zum Anfang dieser Zeit Tage und Wochen. Jetzt passierte alle im Laufe eines Tages, was den Sachkundigen eine reale Technik verschaffen könnte, konkrete strategischen Maßnahmen durch zu führen. Die Vorteile schlossen größere Vorhersagekraft, verbesserte Wirksamkeit und die günstige Gelegenheit, sich auf der nächsten Herausforderung konzentrieren zu lassen. Diese Angaben sollten ausreichend sein, um die Biologen notwendige Ausgleiche zu unternehmen, das System wieder gesund zu machen. So leiden einige Bäume und Kulturpflanzen an Erkrankungen, die von den mikrobiologischen Bodens-Bewohner abhängig sein werden. Die winzigen Pilzarten, die wie Krankheitserreger fungieren, könnten mit den entsprechenden Fungiziden, das heißt, pilztötenden Substanzen, beseitigt werden. Diese Kenntnis schien Karsten sehr aufschlussreich zu sein, denn sie zeugte davon, wie die kleinsten unsichtbaren Wesen die großen Pflanzen und riesigen Bäume zugrunde zu richten vermochten. Seltsamerweise fand ein ähnlicher Fall vor den Augen Dr. Wittke statt als die Vertreter verschiedenen Gebieten der Forschung die ausführliche Kenntnisse über die unheilvollen Einfluss der genannten Pilzarten bekommen hatten. Es begann eine allgemeine Aufregung zu herrschen, indem jeder von ihnen seine eigene Darstellung sowohl der Ursache als auch der Bekämpfungsmethode gegenüber vor zu stellen versuchte.

Eine atemberaubende Reise

Der Abschluss der genannten vierjährigen Frist fiel zeitlich mit dem Telefonat Dr. Krieger zusammen, der sich etwas rätselhaft erkundigen wollte, ob Wittke imstande wäre, ihn die nächsten Tage zu besuchen. Der Grund dafür war ein Gespräch, das man lieber vertraulich führen sollte. Wittke versprach ihm, die örtliche Lage auf zu klären, damit er schon heute nachmittags Bescheid darüber sagen konnte. Sonst ließe Karsten sich den Kopf zerbrechen, was Markus mit ihm diskutieren wollte. Tatsächlich war Karsten schon in drei Stunden bereit, sich den UNESCO-Mann zurückzurufen. Denn er erkannte, dass es keine dringende Leistung im Unternehmen gab, die seine Beteiligung verlangen konnte. Außerdem sprach er telefonisch mit dem Vorstand, der nichts gegen seine Reise nach Bonn widersprechen konnte. Deswegen teilte er noch in einer Viertelstunde Dr. Krieger mit, dass er Morgen früh bei ihm sein könnte. Der kommende Tag sollte für Wittke sehr angespannt werden. So wachte er sich um fünf Uhr Morgen auf, machte alle benötigten Sache fertig und fuhr mit dem Wagen nach München Flughafen, wo er fast ohne Zögerung das Ticket nach Köln-Bonn abgekauft. Der Flug sollte schon in anderthalb Stunde nach dem Ziel fliegen. Markus empfang ihn dienstbeflissen, indem er sich sogar um das köstliche Frühstück kümmerte. Schon beim Essen erzählte er dem Gast, worum es sich handelte. Es stellte sich heraus, dass Dr. Krieger vor kurzem einen Brief aus der UNESCO Hauptquartier in Paris bekam, den er jetzt höfflich Dr. Wittke zeigte. Der Inhalt des Textes sollte verraten, dass die Pariser Führung der Weltorganisation ihre Kollegen in Bonn inständig darum baten, einen erfahrenen Sachkundigen mit dem Vorlesungszyklus nach einigen Staaten Südamerikas zu senden. Der Gegenstand des Zyklus sollte mit der Behandlung der Bioreservate verbinden werden. Die ganze Maßnahme sollte 2-3 Wochen dauern. Da der Gesichtsausdruck des Besuchers nach der Lektüre des Textes das Erstaunen zeigen konnte, versuchte der Gastgeber alles so schnell wie möglich aufzuklären:
„Wissen Sie, Kollege Wittke, ich habe noch frisch in meinem Verstand unsere Unterhaltung vor vier Jahren gespeichert, wo Sie mich über die Beschäftigung im Bioreservat irgendwo in ähnlicher Region ausforschten. Nachdem ich den Brief bekam, erinnerte ich mich gerade daran, dass es Ihnen vielleicht hilfreich wäre, diese Aufgabe zu übernehmen. Einerseits würden Sie sich mit den Klima- und Umweltbedingungen der Gegend bekanntmachen. Andererseits könnten

Sie die notwendigen Kontakte verknüpfen sowie die Sachlage erkunden. Ich bin der Auffassung, dass Sie nämlich die Person sind, die für die aktuelle Funktion passt. Ich meine Ihre Fach Kenntnisse, Erfahrung usw. Oder änderte Sie Ihre künftigen Pläne?"

Nun konnte Karsten begreifen, wie einsichtig Dr. Krieger die Situation erörterte. Es gab eine verborgene Offerte in dessen Gedankenablauf versteckt. Auf diesen Grund reagierte er nun sogar unbekümmert:

„Ich finde, Dr. Krieger, Ihre Begründung vernünftig und logisch. Darüber hinaus muss ich eingestehen, dass meine Pläne vor vier Jahren kaum eine Veränderung erfahren sollten. Jetzt bin ich nicht so krankhaft wie damals, ich meine die Zeit nach meinem Herzinfarkt. Ich bin Ihnen herzlich dankbar, für Ihre Vorstellung und die Tatsache, dass Sie meine Person in Betracht zu nehmen vorzogen. Ich bin bereit, Ihren Vorschlag entgegenzunehmen. Wenn alles klappt, bleibt mir, die Sache mit meinem Vorstand zu vereinbaren".

Der Gastgeber war aber anderer Absicht:

„Eher versuche ich selbst, Ihre Reise im Auftrag der UNESCO ein zu stimmen".

Es wäre nach der Meinung Karsten sehr liebenswürdig von Markus.

Dr. Krieger zeigte sich nochmals wie eine Person, auf die man sich immer verlassen konnte: Schon in zwei Tagen lag ein dicker Brief aus der Europäischen Zentrale in Paris auf dem Schreibtisch des Vorstandes Paschke, über das Dr. Wittke sofort benachrichtigt wurde. Noch in einer Stunde saß Karsten im Arbeitszimmer des Bosses und konnte die Lobwörter über sich anhören. Wahrscheinlich stellte ihn Markus den französischen Kollegen so bildhaft vor, dass auch die letzten ihn in bunten Farben darstellen sollten. Unter solchen günstigen Umständen konnte auch sein Chef keine Erwiderung gegen seine Fernreise erheben. So sagte Paschke schließlich:

„Ich bin der Ansicht, lieber Dr. Wittke, dass diese ausländische Reise Ihnen allerseits nutzbringend werden sollte. Ich wünsche Ihnen viel Spaß dabei".

Obwohl ein nörglerisches Ohr in diesem Satz einen Anflug des Spottes verspüren konnte, dankte Wittke dem Boss und verließ dessen Arbeitszimmer.

Das transatlantische Abenteuer

Die zwei nächsten Tage wurden besonders der Vorbereitung dieser Maßnahme gewidmet, indem auch Frau Mast eine unablässige Hilfe leistete. In der Tat verfügte sie wohl über alle Bagatellen der Kanzleiweisheiten, die für Karsten wie chinesische Sprache klingen sollte. Nadine fand sich leicht zurecht auch in einer Menge von Verwaltungsfragen, die bei der Ausgestattung der mehreren Bescheinigungen unersetzlich sein sollten. Wittke war es peinlich, dass er selbst nur in der Lage war, sich um Flugkarten und anderen nebensachlichen Dingen zu kümmern. Außerdem sollte er aufklären, welche Behörde in Brasilien, wo die UNESCO seine Maßnahme durchführen, plante, für sie zuständig sein sollte. Nach einer stündigen Suche wurde es festgestellt, dass es das Staatsmuseum der Biologischen Mannigfaltigkeit und des Artenschutzes in Rio-De-Janeiro sein sollte, das nach einer zusätzlichen Anfrage unmittelbar bei diesem Museum bestätigt wurde. Noch erfreulicher erfand er sich nach der vorläufigen Bekanntschaft mit dem Museumsdirektor, Professor Ricardo Carvalho, der als Vorlesungszyklusvorsteher ernannt worden war. Nun wusste Karsten alles, was ihm den Weg nach Südamerika ebnen sollte. Im Grunde war es eine wichtige Kenntnis, die auch bei der Erkundigung übers Flugziel behilflich sein konnte. Als alle diese großen und kleinen Angelegenheiten in Ordnung gebracht werden konnten fühlte sich Dr. Wittke beruhigt genug, um sich der sachlichen Seite des Vorlesungszyklus zu ergeben. Offen gesagt brachte er seine Hoffnungen bezüglich dieser Maßnahme nicht nur in Verbindung mit der Aufklärungstätigkeit auf dem Internationalen Niveau, sondern auch mit der Chance, die jüngste Erfahrung seines Unternehmens im Bereich des Betreibens Bioreservate für das weltweite Publikum zu verbreiten. Er verfolgte damit kaum die Absicht hohes Ansehen zu erlangen oder genauer gesagt war es keineswegs sein Hauptziel. Denn es sah wie eine viel wertvollere Belohnung aus, die Erkennung von der Menschheit des Bedürfnisses, dem Aussterben der Tier- und Pflanzenarten zu Ende zu bringen. Seinem beschädigten Herz war es heilkräftig zu begreifen, dass es mehrere Möglichkeiten gab, eine gemeinsame Sprache mit den wilden Tieren und Pflanzen hin auszusuchen, die für alle beteiligten verständlich und nützlich sein sollte. Es war sicher nicht die vage Aufgabe der künftigen Generationen, sondern ein lebensnotwendiges Problem heutiger Gesellschaft. Das neue Millennium wurde mit den bahnbrechenden

Erlebnissen und Technologien begonnen, die unseren Verstand stark umgestalten sollten. Eigentlich durften wir nicht mehr als gleichgültige Beobachter die Natur zerstörerischen Vorgänge betrachten. Im Gegenteil müssen wir alle Hebel in Gang setzen, damit die Bedrohung des Weltuntergangs in rückwärtige Richtung gebracht werden könnte. Viel versprechend dabei schien die enge Mitwirkung mit der KI zu sein. Das Team ihres «Natur schonenden" Unternehmens führte letzte Jahre mehrere Richtungen durch, die eine deutliche Verbesserung der gemeinsamen Verhältnisse der lebenden Organismen zeigen konnte. Darüber sollte Karsten jetzt mit seinen brasilianischen Kollegen sprechen, die viel Kraft in die Rettung des Regenwaldes mitsamt dessen zahlreichen Bewohner hineinlegen sollten. Jetzt war es die höchste Zeit, alle Themen seiner kommenden Diskussionen mit ihnen durchzudenken. Wünschenswert wäre es, in der Person von Professor Carvalho einen Gleichgesinnten zu finden. Einerseits konnte dieser Umstand für den Erfolg seiner „Mission" sorgen, andererseits würde es nicht belanglos vorzustellen, dass sie beide auch in der Zukunft den Beschluss zu fassen wissen, ihre schöpferische Zusammenarbeit fortzusetzen. Wer weiß, was der Himmel uns vorbereiten konnte?

Außerdem konnte Wittke nicht auf seine Idee verzichten, diese Reise auch damit auszuforschen, Schützenmaßnamen für die indigenen Völker zu fördern. Einen neuen Antrieb dafür bekam er nach einem kurzen Gespräch mit Betti, die ihm unerwartet den Rücken stärkte, indem sie sich wie eine echte Befürworterin solcher humanen Aktion zeigte. Von diesem Augenblick an verfolgte ihm dieser Denkweise wie einer Zwangsvorstellung. Denn diese Ansicht war unmittelbar mit den ältesten Kulturen der Menschheit verbunden, die nach Karsten Überzeugung eine besondere Aufmerksamkeit der Archäologe und Geschichtssachkundigen verlangte. Diese ersten vorklassischen Kulturen des Mittelamerikas entwickelten schon seit dem 12 Jh. v. Chr. den olmekischen Stil, erste Kultplätze und politisch-religiöse Zentren, die später zu vielen großen Entdeckungen der menschlichen Vernunft führen sollten. Der Verlust dieser Etappe der Weltgeschichte fand Wittke wie eine unersetzliche Erscheinung unserer Sippe.

Selbstverständlich hatte Dr. Wittke kein sittliches Recht, solche ferne überseeische Reise zu unternehmen ohne seine Familie zu besuchen. Da es inzwischen eine Reihe von Dingen gesammelt worden war, die eine gemeinsame Erörterung brauchte, war diese Fahrt doppelt so wichtig gewesen. Bemerkenswert war meist Verlegenheit schon im Laufe des gemeinsamen Abendessens aufgelöst, indem jede Meinung in Betracht genommen worden war. So begab sich Karsten auf den Weg mit dem erfüllten Pflichtgefühl. Nun stand ihm einen vierzehnstündigen Flug bevor.

Diese lange Strecke durfte er sicher nicht faulenzen. Im Gegenteil schalte er gerade nachdem das Flugzeug Höhe gewann sein Laptop ein und vertiefte sich in verschiedene Aufgaben, die mit dem Redigieren seiner Vorlesungen in Rio-De-Janeiro sowie mit der Suche im Internet der letzten Ergebnissen der Forschung im Gebiet der Bioreservate verbunden worden waren. Nach sechs Stunden des Fluges bedauerte er darüber, dass er aus Versehen auf Bordmittagessen verzichtete oder genauer gesagt hatte er damals keinen Hunger. Jetzt habe er ihn doch und musste etwas exklusiv bestellen. Dank der jungen Stewardess bekam er in zehn Minuten ein nahrhaftes Gericht, so dass er in einer Viertelstunde seine Arbeit fortsetzen konnte.
Er ertappte sich dabei, dass seine Schaffensleistung am Bord viel größer sein sollte als am Boden. Wieso es passieren wurde, konnte er nur vermuten. Vielleicht deswegen, weil ihn kein Mitreisender zu stören beabsichtigte. Wichtiger als diese Mutmaßung fand er aber die Tatsache, dass er während diesen Stunden alles gemacht hatte, was er zu planen wusste. Es war ein Zeichen dafür, dass er die letzten zwei Stunden des Fliegens der Muße gewidmet habe, indem er gerne die seiner Lieblingsgruppen anhörte. Das heißt, die Mitteilung des Kapitäns über die kommende Landung ihn bei dieser Sache antraf. In einer Halbestunde beendete sich in der Tat diese angenehme Reise.

Nach den notwendigen Zollformalitäten befand sich Wittke im Wartesaal, wo sich zu diesem Zeitpunkt hunderte Menschen anhäuften, unter denen er nun jemanden aussuchen sollte, der einen Schild mit seinem Namen zu tragen vermutete. Mit dem ziemlichen Durcheinander zeigte es sich wie eine nicht einfache Sache, diese Person zu entdecken. Schließlich prallte er gerade auf den jungen Kerl, der den genannten Schild in der Hand hielt. Eine plötzliche Bekanntmachung ließ dem Gast erkennen, dass der Mann Claudio Arruda hieß, er war ein naherstehender Mitarbeiter Professor Carvalho, der ihn bat, Dr. Wittke im Flughafen zu empfangen. Draußen wurde dessen Auto geparkt, das den Gast nach dem Hotel Santa Teresa an Rua Almiralte Alexandrino im Stadtzentrum bringen sollte. Claudio war ein gutaussehender Mann um dreißig Jahren, der ihm durch Ähnlichkeit an jungen Mario Adorf erinnerte. Wenn Karsten über diesen Detail Bescheid wusste, konnte er die Suchzeit stark reduzieren lassen. Er zeigte sich von Anfang an wie ein gutmütiger geselliger Bursche, dessen English alle Sehenswürdigkeiten der Stadt bildhaft zu beschreiben ermöglichte. Außerdem reichte ihm die Fahrtzeit völlig aus, um die bedeutenden Resultate der Forschung des Teams Carvalho zu erzählen. Unbedingt konnten diese Angaben für Wittke nicht belanglos klingen: Umgekehrt nahm sie sein Verstand in sich gierig auf und forderte sogar, einige Abschnitte seiner Vorlesungen unter einem anderen Gesichtswinkel auszulegen. Mit anderen Worten bekam er aus der Äußerung Claudios die neue Nahrung zum Nachdenken, was er schon heute Abend machen sollte. Darüber hinaus war der junge Kerl zu ihm sehr liebenswürdig, indem er auch im Hotel beim Einquartieren Hilfe zu leisten suchte und verließ sein Zimmer nur dann, als Tüpfelchen aufs i gesetzt worden war. Da dies provisorisches Domizil dem Gast gleich gefiel, denn es besaß alle wichtige Ausrüstung und Bequemlichkeit, die ein moderner Mensch brauchte, nahm Dr. Wittke nach dem Mittagessen im Restaurant den Platz am Schreibtisch und begann, die essenzielle Verbesserung in seine künftigen Vorlesungen hinein zu bringen. Für den letzten sollte er sicher diesem Claudio dankbar sein. Bis zum Abendbrot gelang es ihm, alle Änderungen zu Ende zu führen. Morgen um halb neun versprach ihm Claudio, ihn neben dem Hoteleingang abzuholen, damit die beiden nach dem Staatsmuseum fahren konnten. Deswegen war der Gast schon viertel nach acht mit allen Morgenprozeduren fertig und erwartete den jungen Kollegen draußen. Es gab einen wunderschönen sonnigen Tag, wo der vielstimmige Vogelgesang von dem Blumen- und Pflanzenduft begleitet wurde. Die bunte saftige Vegetation allerseits sollte bestimmt um eine freudige Stimmung kümmern, und es schien unglaublich zu sein, dass die Einwohner sich auch unter diesen fast „himmlischen" Bedingungen reizen, zürnen, schimpfen und hassen konnten. Das Land war anscheinend fürs Glück, den Frieden und die Liebe geschafft. Doch allein die kleine Einleitung Claudios in den hiesigen Alltag konnte ein verdorbenes Gefühl einflößen. Sicher war Karsten nicht dafür gestimmt, das Gespräch weiter in diese Richtung anzustrengen. Stattdessen wechselte er absichtlich das Thema und begann, über den großen Erfolg der

Fußball Nationalmannschaft Brasiliens zu reden. Seine Aussage machte einen wohltuenden Eindruck auf ihn. Nun konnte der Gast einen offenen Stolz auf die großen Errungenschaften des Sportteams aufs Gesicht des Mannes anschauen. Ihm stand die gute Laune viel besser. Mittlerweile näherte sich ihr Wagen zu Museumgebäude.

Professor Carvalho war ein großer Mann Mitte Fünfziger mit einem dicken grauwerdenden braunen Haarschopf, ausdrucksvollen dunklen Augen und gefälligen Gesichtszügen, der den Gast weichherzig begrüßte. Die Bekanntschaft fand in dessen Arbeitszimmer statt, nachdem Claudio sich wegen einer dringenden Tätigkeit verabschiedete. Die Ausstattung des Zimmerinterieurs war eigenartig mit einer Vielfalt seltsamen Exponaten aus dem Bereich der Botanik, Zoologie und Volkskunde geschafft. Zum Karsten Erstaunen sprach Ricardo sehr gut Deutsch, was er gerne zu erklären bereit war. So stellte es sich dann heraus, dass er diese sprachliche Qualität im Laufe seiner Promotion im Zoologischen Institut Uni Heidelberg erwarb, wo er zwei Jahre verbrachte. Mit diesen Worten des Forschers empfand der Besucher ein schönes Glücksgefühl, denn nun konnte er alle Nuancen beruflicher Seite unmittelbar mit dem Gelehrten diskutieren lassen. Nach den kurzen Angaben über seine Doktorarbeit ging Ricardo zum Vorlesungszyklus des Gastes, indem er einige zusätzlichen Probleme des Bioreservatbetreibens betonen wollte. Zum Schluss wünschte er Dr. Wittke viel Erfolg, was Karsten wie ein höfliches Zeichen begreifen konnte, dass Professor noch mehrere anderen Aufgaben erfüllen musste. Zum Abschied gab er dem Gast ein genehmigtes Programm des Zyklus mit allen Terminen und Erläuterungen. Die Sekretärin namens Gaia Ambrosio zeigte ihm gerne sein Arbeitszimmer und erklärte die wichtigsten Umstände des Museumsalltages. Sie äußerte auch ihre aufrichtige Bereitschaft, ihm fernerhin sachlich behilflich zu sein. Die letzte Mitteilung nahm Karsten dankend entgegen. Jetzt konnte er sich bequem in seinem eigenen Zimmer zur Vorlesung vorbereiten und mit benötigten Kollegen Gespräche führen. Aus dem Programm erkannte er, dass seine erste Vorlesung Morgen um zehn gehalten musste. Außerdem gab es eine Reihe von Seminaren und Diskussionen, die er auch leiten sollte. Diese Auskunft erregte bei dem Deutschen einen Sinn der hohen Verantwortung, den er zuvor kaum vorstellen konnte. Auf diesen Grund betätigte er sich erneut mit dem ersten Thema des morgigen Tages. Dabei wurde es ihm klargeworden, dass viel mehr Aufmerksamkeit der Sachlage in den örtlichen Gebieten Brasilien widmen sollte als er zuvor machen wollte. Mit diesem Gedanken begann er die neuen Recherchen im Internet zu machen, die unmittelbar diese Angelegenheit betreffen konnte. In den folgenden Stunden half ihm sein Laptop wie ein echter Freund, indem dieser bescheidene Vertreter der KI die für Karsten absolut unbekannte Daten herausgefunden habe. Mit den letzten konnte sich Wittke Morgen viel gelassener vor dem Publikum empfinden. Karsten konzentrierte sich so heftig auf sein Debüt, als sollte es sein künftiges Geschick bestimmen. Aus diesem Anlass vergaß er vollständig die Tatsache, dass er das Programm nur oberflächlich durchlas. Es war ein großer Fehler, den er sofort beseitigen sollte. So machte er es nun ruhig und beharrlich. Das erste Ding, das ihm in wenigen Minuten ins Auge fiel, bestand darin, dass das Reglement eigenartig geplant worden war: Das erste Seminar und Diskussion sollten nur nach fünf ersten Vorlesungen stattfinden. Der Gast zweifelte daran, dass solches Detail zufällig zustande kommen konnte. Jedenfalls war es nicht ausgeschlossen, dass darin eine durchgedachte Hinterlist versteckt werden konnte.

„Trotz guter Verhältnisse mit Ricardo", überlegte er sich, „muss ich fernerhin auf der Hut sein. Die Vorsicht ließ noch keinen schädigen".

Sein Verdacht lag aber in seiner Besinnung wie eine unangenehme Last. Ungeachtet dieser Bagatelle war alles im Kopf des Referenten klipp und klar. Er genoss weiter das schöne Klima Brasiliens und die ganze Umgebung, die ihn gastfreundlich zu begegnen schien. Schon an diesem Nachmittag verzichtete er auf die Dienstfertigkeit Claudio, der ihm als persönlicher Chauffeur zu helfen bereit war. Stattdessen bat er den jungen Kerl, wegen sprachlicher Schwierigkeiten eine Unterstützung bei der Wagenverleih zu leisten. Der junge Mann machte es gerne gleich nach der Beendung der Pflichtarbeitszeit, indem Karsten sich auch bezüglich des Stadtverkehrs unabhängig fühlen konnte. Jetzt freute er sich dem Umstand, dass er gleiches Auto wie zuhause fahren konnte.

„Unser Alltag", dachte er sich, „wäre in der Lage sein, mit kleinem Vergnügen stark verbessert zu werden. Bedauerlicherweise nutzen wir solche Möglichkeit sehr selten. Anstatt beunruhigen wir uns mit belanglosen Sachen bis einen gemeinen Herzinfarkt uns den Garaus zu machen droht".

Unparteiisch gesehen hatte Karsten bestimmt Recht, obwohl er nach der Empfehlung seines Kardiologen nicht mehr das Thema berühren wollte. Der erste aktive Tag seiner Reise ging allmählich zu Ende und morgen stand ihm eine spannende Beschäftigung bevor.

Zu seinen erworbenen Eigenschaften konnte Dr. Wittke ein gutes Sehgedächtnis zählen. Gestern betrachtete er aufmerksam den Weg nach Staatsmuseum als Beifahrer Claudios, der ihm zugleich die Stadt zeigte. Das heißt, er konnte im Prinzip selbst die Zielrichtung erkennen. Für die Sicherheit vorzog er aber, die Hilfe des GPS-Navigators auszunutzen. Es war keine unnötige Verhaltensweise, denn einige Stelle der Strecke waren momentan gesperrt und durch Umleitungen ersetzt. Schließlich waren alle Straßenanordnungen erfüllt und der Gast war Viertelstunde vor der genannten Frist am Platz. Als er die Aula betrat, gab es dort eine große Menge Leute, die er ungefähr für drei Hundert schätzen konnte. Das Alter des Publikums war sehr unterschiedlich, von würdevollen Greisen bis zu späterem Teenager. Einerseits konnte ihn solche Begleiterscheinung freuen, denn sie zeigte wie Neugier erregend seine Vorlesungen werden sollten, andererseits konnte sie ihn davor warnen, dass die verschiedenen Generationen deutlich ungleiche Ansichten und Einstellungen haben sollten. Mit dieser Bemerkung konnte er aber nichts anfangen. Gerade in dem Augenblick wurde Karsten Denkweise von Professor Carvalho unterbrochen, der ihm über den Auftakt der Vorlesung mitteilte. Der Saal war schon voll, so dass der Museumdirektor mit einem Einleitungswort die Maßnahme eröffnet konnte. Nach wenigen Sätzen übers Reglement erteilte er Dr. Wittke das Wort.
Der Redner schaffte seinen ersten Vortrag so, dass er alle Abschnitte des Zyklus ankündigte, um darauf zum Hauptthema zu gehen. Er sprach über zwei Stunden mit einer halbstündigen Kaffeepause.
Als er zu Ende kam, wurde es im Saal sehr lärmend geworden. Ricardo wurde gezwungen, die Ruhe zu verlangen, was sofort gemacht worden war. Dann folgten unterschiedliche Fragen, die vor allem mit den wissenschaftlichen Fachworten verbunden werden sollten. Mehrere Teilnehmer benutzten ihre eigenen Vorstellungen, die letzte Zeit wohl starke Veränderungen erfahren sollten. Nach einer Reihe solcher Fragen mischte sich Professor erneut ein und schlug vor, alle Unklarheiten der Sachsprache später mit Dr. Wittke zu erörtern. Danach folgten mehrere zweifelvolle Fragen von jüngeren Personen, die wahrscheinlich anderen Meinungen als der Redner werden sollt-

147

en. Karsten versuchte, geduldig jeden nicht genau ausgedrückten Begriff zu präzisieren oder auf deutliche Verirrung des Fragenden hin zu weisen. Manche von ihnen waren damit einverstanden während die anderen ihre eigene Überzeugung zu beweisen suchten. Die widerliche Streitigkeit forderte eine neue Einmischung des Professors, der einsichtig vorstellte, alle solchen Problemen für sie Seminare und Diskussionen zu überlassen.

Nachmittag lud Ricardo Dr. Wittke in sein Arbeitszimmer ein. Der Gast war in diesem Moment mit der Vorbereitung zu zweiter Vorlesung beschäftigt. Da die Reaktion des Publikums bei seinem Debüt kaum vorläufigen Hoffnungen entsprach, sollte er dringlich gewisse Korrekturen hineinbringen, damit eine unerwartete Uneinigkeit abzuwenden probieren. Gleichzeitig wäre es kaum einsichtsvoll, auf die Einladung des Professors zu verzichten. Also befand er sich erneut beim Museumsdirektor. Carvalho zeigte sich wieder wie ein feinfühliger Mensch, indem er seine Entschuldigung für die Verhaltensweise seiner Leute äußerte, als würde er verantwortlich dafür sein sollte. Wittke war bereit, zugunsten ihrer guten Verbindung die Schuld für den zufälligen Wirrwarr auf sich zu nehmen, was zu gegenseitiger Höflichkeit führen sollte. Allmählich erwarb die Unterhaltung einen sachkundigen Ton und die beiden berührten die Dinge, die ihr gemeinsames Interesse erwecken konnten. Das Hauptthema war aber mit dem optimalen Betreiben der Bioreservaten verknüpft, obwohl er rasante Unterschiede für die meisten europäischen Zonen und tropischen Südamerikanischen Regionen gab. Dabei empfand der Gast einen zwiespältigen Sinn, denn er war einerseits ein Vertreter der alten europäischen Tradition und andererseits konnte er nun seine lateinamerikanische Zukunft nicht ausschließen. Dieser heikle Umstand brachte gewisses Gepräge auch bei ihrem Gespräch. Professor ließ sich zahlreiche Beispiele, die er selbst als Zoologe seit Jahren gesammelt hatte. Unter anderen erzählte er seinem deutschen Kollegen, wie verderblich die Fehlschläge bei der Betreuung der Tiere und Pflanzen das Gleichgewicht in deren Zusammenleben beeinflussen konnte. Er kannte wohl auch die Rolle der Mikroorganismen, die nach seiner Auffassung manchmal die ganze Biozönose zu retten halfen. Der Meinungsaustausch war sehr hilfreich für die beiden, was sie einstimmig bestätigen konnten. Es gab aber noch einen Schwerpunkt, den Karsten mit seinem Kollegen diskutieren wollte, wusste aber nicht, ob es rechtzeitig sein sollte. Nach der zweistündigen Unschlüssigkeit zwang er sich, darüber zu reden, was sein Verstand letzte Monate beschäftigte. Er begann mit einem Vergleich: „Lieber Herr Professor, wie Sie verstehen könnten, bin ich bis ins Mark ein überzeugender Naturschützer. Vor kurzen wurde ich mit dem Gedanken vertraut, dass wir auch die kleine Völkerreste, die früher in großen Mengen unterschiedliche Gebiete unseres Planeten besiedelten, vorsorgen und schützen müssen. Denn sie sind nicht nur ein Zeitabschnitt unserer Geschichte, sondern ein wichtiger Bestandteil unserer Kultur. In der Tat können wir ihre Vorfahren zu Kulturerbe der Menschheit zählen. Ich meine vor allen indigene Völker des Zentralen- und Südamerikas, die bis dato in großem Jammer und Elend leben müssen. Meines Erachtens ist es eine Schande unserer Zeit".

Ricardo erwiderte so schnell, als wäre seine Antwort schon im Voraus ausbereitet:

„Lieber Kollege Wittke, Sie haben gerade meine Gedanken geäußert. Natürlich würde es wünschenswert, wenn die führenden Mächte der Welt einstimmig den Beschluss fassen, die Nachkommen der alten Ethnien als Kulturerbe der Erde zu retten. Wir, Wissenschaftler und Geschäftsleute können unseren eigenen angemessenen Beitrag dazu leisten, der aber ziemlich beschränkt wird. Ich bin der Ansicht, dass jede berufliche und sachliche Gemeinschaft eine bestimmte Palette von Aufgaben übernehmen könnte. Es ist unmöglich, die riesigen Möglichkeiten der Weltmächte zu ersetzen. Leider Gottes sorgte unser Zeitalter dafür, dass die Machthaber mehreren reichen Staaten selbstsüchtig oder sogar korrumpiert sind. Mit anderen Worten vorzogen sie, ihr eigenes Kapital zu vielfachen als menschenfreundlichen Vorhaben zu fördern. Deswegen bin ich der Überzeugung, dass wir unsere bescheidene Arbeit weitermachen müssen".

Karsten fand in Ricardos Worten einen richtigen Sinn, der auch für die folgenden Diskussionen einen Platz übriglie013. Nachdem er das Arbeitszimmer des Direktors verließ, empfand er eine deutliche Gedankenklärung. Diese Tatsache betraf sowohl die nächsten Vorlesungen als auch die Aussichten für die künftige Forschung bezüglich indigenen Völker. Er konnte noch nicht vermuten, zu welchen Ergebnissen diese geistige Erläuterung ihn führen konnte, doch etwas Günstiges konnte nach seiner Vorahnung mit ihm im Kurzen passieren.

In der Tat gab es einen merkbaren Unterschied zwischen des ersten und den folgenden Vorträgen als gäben ihm überirdische Kräfte einen neuen Aufschwung. Unbedingt machte er selbst alles, was er für einsichtig hielt, um den Stil und die Art und Weise der Vorlesungen zu verbessern. Zugleich war er bereit (nach den weisen Empfehlungen Carvalhos) entschlossen die unbegründeten Widersprüche der jungen Zuschauer zu bekämpfen. Sonst konnte der Himmel dessen Einfluss auf alle Begebenheiten darunter haben.

Solch einfacher Hinweis begann schon bei der zweiten Vorlesung zu wirken, damit Dr. Wittke sich stark und gelassen als die Hauptfigur des Zyklus zu fühlen wusste. Ihm schien dabei, dass er einigermaßen, wie ein Dirigent des großen Symphonieorchesters von seinem Pult die Tonfeinheiten seiner Absichten überträgt. Und wenn man diese musikalische Analogie fortsetzen durfte, reagierten sein Publikum ganz angemessen darauf. Es war eine unerwartete Entdeckung, die seltsamerweise durch die Ausführung seiner vertragsmäßigen Verpflichtungen machen sollte. Ein Denkstrahl bohrte nun seinen Kopf, dass er fernerhin auch die verfeinerte Körpersprache des Dirigenten bewusst aufnehmen konnte. Aber im nächsten Augenblick war sein Verstand mit anderen Gedanken beschäftigt, denn er spürte eine Abschwächung der Publikum Aufmerksamkeit. Das beste Mittel dagegen fand er im Jazztempo darin, ein gutes Beispiel hinzufügen, das in seinem Bioreservat stattfand. Der klimatische Unterschied spielte nach seiner Meinung nicht die entscheidende Rolle. Viel bedeutsamer war die gemeinsamen Wechselwirkungen mehreren großen und kleinen Lebewesen. Anscheinend war ein Beispiel ausreichend, um die Zuschauer auf seine Seite zurückzubringen. Als den Anwesenden Fragen zu stellen angeboten wurde, konnte Karsten begreifen, wie sich die Situation im Saal geändert habe. Obwohl sich die Zahl der Neugierigen kaum vermindert wurde, der bei der ersten Vorlesung stattfand, vorzogen sie, nicht aus dem Rahmen des Themas auszugehen. Mit anderen Worten war alles anständig und großzügig gewesen. Da diesmal Professor Carvalho nicht zugegen war, konnte man daran zweifeln, ob er wirklich um die Ruhe kümmern sollte. Am ehesten war die Persönlichkeit Dr. Wittke allein in der Lage, eine günstige Atmosphäre der Vorlesung zu schaffen. Stunden später erkannte der Vertragene, dass es in der Aula einige gab, die dem Chef einen ausführlichen Bericht darüber erstatten sollten. Solche deutliche Schlussfolgerung konnte der Gast aus dessen Unterhaltung mit Herrn Direktor am Feierabend ziehen. Denn Ricardo wusste Bescheid über die Besonderheiten, die nur ein Zeuge sehen und hören konnte. Sicher sagte der Chef alle Bagatelle nicht, um zu betonen, dass er im Museum viele Informanten haben sollte. Nein, solchen Zweck wollte er keinesfalls verfolgen. Wahrscheinlich wollte er lediglich, seine Gewogenheit dem Gast gegenüber zeigen. Im Prinzip war ein ähnliches Benehmen fast selbstverständlich. Karsten selbst konnte sich genauso verhalten. Übrigens sorgte dieser Umstand dafür, dass die beiden sich in guter Gemütsverfassung verabschiedeten.

Im Hotelzimmer empfand Wittke eine Müdigkeit, die er sonst nach einer stündigen Fitnessübung verspüren konnte. Es war ein guter Anlass dafür, irgendwohin aufs Land zu fahren. Er kaufte beizeiten eine gute Landkarte ab, in die er sich jetzt vertiefen konnte. Die bewunderungswerte Richtung sah er nun nach dem Guanabara-Buchts, weil sie eine Zusammenstellung der Wasserquelle und der üppigen Vegetation versprach. Schon nach einer Viertelstunde war der Gast mit der Aufbereitung fertig und ging zu seinem Auto. Diesmal gelang es ihm, mithilfe GPS-Navigators und der Landkarte den Weg maximal zu kürzen. Die Klimaanlage schaffte gemütliche innere Bedingungen, so dass fünfunddreißig Grad draußen ihn vorübergehend nicht stören konnten. In einer Stunde war er schon am Ziel und sollte eingestehen, dass die Realität seine Hoffnungen übertraf. Die tropischen Pflanzen schien ihm nun frappierend zu sein mit deren bunten Farben und bizarren Formen. Das Flusswasser warf das Sonnenlicht mit allen möglichen Regenbogenschattierungen zurück, kleine und große Fische waren deutlich bemerkbar, weil ihre Widerspiegelung als einem eigenartigen Schimmer auf dem Wassergrundton strahlte. Es war eine göttliche Erholung für die Seele und den Leib zugleich. Der Gast konnte sich nicht das Vergnügen entziehen, im Strom zu schwimmen. Schon in wenigen Minuten begriff er den Ausdruck „von neuem geboren zu werden". In diesem Naturparadies stimmte er überein. Zwei Stunden, die er dort verbrachte, fliegen sehr schnell vorüber, was er wie ein Zeichen aufnahm, die Rückfahrt zu beginnen. Er fand sich Spätabend im Hotel.

Im Grunde konnte Dr. Wittke nicht sagen, welche Rolle diese selbstständige Buchtreise in seiner südamerikanischen „Mission" spielen konnte, vielleicht gab es nur eine zeitliche Abhängigkeit, doch danach sollte der Vorlesungszyklus wie geschliert weiterlaufen. auch seine Verhältnisse mit Ricardo wurden immer freundlicher, indem sie sich jede zwei-drei Tage eine Unterredung ließen. Etwas Bemerkenswertes zeigten wohl die Seminare und Diskussionen, die nach der fünften Vorlesung regelmäßig vonstattengingen. Es tauchte sich gewöhnlich ein Querulant auf, der in den Worten des Redners (das heißt Dr. Wittke) eine Ungereimtheit herauszusuchen wussten. Z.B. passierte es, als der Gast eine unentbehrliche Bedeutung bei dem Bioreservatbetreiben der künstlichen Intelligenz betonen wollte. Ein junger Zuschauer namens Murilo Villar war entschieden damit nicht einverstanden. So äußerte er kategorisch das Folgende:

„Verehrter Herr Dr. Wittke, im Unterschied zu Ihnen kann ich Ihre Begeisterung der KI gegenüber nicht teilen. Umgekehrt, bin ich der Meinung, dass unsere bisherige Erfahrung im Umgang mit dieser Substanz zweifelhaft sein sollte. Gleichzeitig zielt sie sich immer stärker ab, unabhängig und souverän von Menschen zu werden. Ich wollte kurz Ihre Aufmerksamkeit zu der Sachlage mit dem Internet hinziehen. Es wurde wie ein Verständigungsmittel für jede Person der Erde durchgedacht. Und es entwickelte sich in diese Richtung das erste Jahrzehnt unbedingt. Ich glaube, es dauerte bis die einsichtigen gewandten Geschäftemacher sowie die korrumpierten Politiker riesige Gelder davon herauszufischen wussten. Von diesem Zeitabschnitt an verderbte sich das Welt Netz dramatisch. Dann folgten ihm die sozialen Plattformen nach, die zuerst eine völlige Durchsichtigkeit und Offenheit aller Beteiligten versprochen hatten. Noch später stellte es sich heraus, dass die enge Zusammenarbeit der genialen IT-Sachkundigen und kriminellen Betrüger zu „guten" Ergebnissen führen konnte, indem die beiden Seiten ihre finanziellen Verhältnisse enorm hoch verbessern konnten. Und der genannte Zeitabstand wurde auch dadurch unterscheidet, dass die IT-Hirne intensiv begannen, die superkluge KI zu schöpfen. Schon heute wurde die KI so perfekt fortgeschritten, dass sie von selbst die kompliziertesten Algorithmen und Programme schaffen können. Die weltbekannte Big Data ist ein rasantes Beispiel davon. Für die nicht bewanderten kann ich erläutern, dass die Big Data Algorithmen über eine ausreichende Information von jedem Bewohner des Planeten verfügt, ich meine darin dessen Interesse, Vermögen, Neigungen, persönliche Eigenschaften usw., über die der Mensch selbst nicht bereit ist, zu wissen. Mithilfe solcher zauberhaften Software wird es nicht schwierig, den menschlichen Verstand zu steuern und sogar manipulieren. Es gibt schon grandiose Fortschritte in dieser Richtung. Jetzt näherte ich mich den Schluss und wollte einer Diskussion Anstoß geben, und zwar, ob wir der KI soweit vertrauen könnten, um uns beim Betreiben des Bioreservats eine Unterstützung zu leisten. Mir scheint es aber nicht nur leichtfertig, sondern gefährlich zu sein".

Mit dieser Finaläußerung verschwieg Murilo und es herrschte eine Weile die Geräuschlosigkeit in der Aula. Der erste, der diese Pause unterbrach, war Wittke selbst. Obwohl er sich noch nicht zu solchen Ausschweifungen angewöhnt hatte, verlangte sein Ruf eine schnelle Erwiderung. So zwang er sich zum Wort:

„Lieber Murilo, ich finde in Ihrer prinzipiellen Position in Verhältnissen mit der KI vernünftige Beweggründe. Denn die Geschichte des Schaffens der KI im Überfluss Entstellungen und Missbräuche haben konnte. Es war übrigens mit allen großen menschlichen Erfindungen der Fall. Erinnern wir uns an die Kernstrahlung oder Chemie, die schließlich zu Massenvernichtungswaffen führen sollte. Wäre es nach ihrer Auffassung, Murilo, sinnvoll, auf diesen Grund, vollständig auf die Entdeckung selbst zu verzichten? Ich vermute, nein. Natürlich muss die Menschheit immer vorsichtig handeln, um die Gefahr zu vermeiden, aber ein ständiger Argwohn könnte kaum ein guter Ratgeber sein, jedenfalls nicht für solchen globalen Erscheinungen wie KI. Andererseits sind wir heute in der Lage, die Folgen der KI-Handlungen mehr oder weniger kontrollieren zu lassen. Denn es gibt schon eine Reihe von so genannten biologischen Indikatoren, die eine zuverlässige Schlussfolgerung über den aktuellen Zustand der ganzen Biozönose zu ziehen ermöglichte".

Der Vertragende konnte nach dem Gesichtsausdruck des Publikums beurteilen, wie beruhigend seine Erklärung wirken sollte. Einige Teilnehmer schauten sogar unzufrieden in Richtung Villar an. Karsten fühlte sich wieder gemütlich in diesem erstmal fremden Saal. Nun war es ihm nicht gleichgültig, was Carvalho über sein Wortgefecht mit Villar denken konnte. Direkt solche Frage zu stellen wäre es keine höfliche Verhaltensweise. Gott sei Dank gaben es einige anderen Indizien der persönlichen Reaktion, die er bei dem nächsten Treffen mit Ricardo nach zwei Tagen erfahren konnte. zu diesem Zeitpunkt wusste er schon eindeutig, dass der Chef über den genannten Fall erkannte. Also konnte er diesmal bemerken, dass der Professor eine Reden Art zu nutzen vorzog, die er zuvor nicht ausübte. Mit anderen Worten sprach er etwas entfremdet als wäre es ihm misslich, eine offenkundige Schmeichelei zu erzeugen. Doch der

Sinn seiner Aussage deutete darauf hin, dass Wittke die entstandene Verlegenheit mit Murilo erfolgreich überwinden konnte. Nun sah Karsten darin edelhafte Manieren des Museumdirektors, die der Gast kaum zu vermuten vermochte.

Das andere Indiz, das Karsten beim Treffen mit dem Chef verspüren konnte, erweckte in dessen Verstand die Vorstellung, dass Professor dringend eine positive Botschaft über seine Seminare und Diskussionen brauchte. Dieser Gedanke drang so tief in den Kopf Wittke ein, dass er ohne Umschweife fragte, ob es stimmte. Zu seinem Erstaunen erwiderte Carvalho sofort als würde er auf diese Frage warten:

„Lieber Dr. Wittke, es ist genau der Fall. Verzeihen Sie mir bitte meine Hastigkeit, aber nachdem Sie mir ihre Bereitschaft aufmachten, in unseren Gebieten zu arbeiten, wollte ich nicht mehr, solche Chance verpassen lassen. Momentan handelt es sich darum, dass unsere nationale UNESCO Filiale ständig eine souveräne Politik im Umweltschutz und Bioreservaten zu verfolgen pflegt. Ich bin aber der Auffassung, dass solche Absonderung Tür und Tor verschiedenen schmutzigen Machenschaften öffnen könnte. Deswegen verbinde ich jetzt Ihre mögliche Funktion als Vertreter der UNESCO-Zentrale mit der Hoffnung, bei uns alles wieder in Ordnung zu bringen. Selbstverständlich versuche ich auch meine Beste zu machen, damit Sie eine verlässige Unterstützung bekommen könnten. Im Rahmen dieser Denkweise wäre es vernünftig, Ihr Image als eine leitende Figur im Betreiben von Bioreservaten sowie als Forscher und Aufklärer zu erhöhen. Ihr Vorlesungszyklus können wir jetzt als einem Trumpf ausnutzen, um das Spiel uns zugunsten umzuwenden".

Die unerwartete Offenbarung Carvalhos sorgte dafür, dass der Besucher in ihm eine verwandte Seele zu erkennen begann. Im Augenblick verschwand in Karsten Geist etwas nicht aufgreifbares, das mit dem vererblichen und traditionellen Unterschied verbunden war. Plötzlich ertappte sich Karsten dabei, dass er eine Art der Lobrede anhören konnte, die allerdings nichts Schmeichelhaftes verbergen sollte. Sie ähnelte eher einer Anrede des starken Mentors an dessen Schüler, im dem er gerade einen gleichgesinnten verspürte. Wittke begriff momentan, dass nicht allein sein Gastgeber, sondern er selbst irgendwas Persönliches aufdecken sollte, um die Gemütslage des Professors nicht zu verderben. Das passendste Thema dafür wäre, die Schutzmaßnahmen bezüglich der indigenen Völker Süd-

amerikas zu erwähnen. Die Art und Weise, mit der Ricardo es aufgenommen hatte, sollte davon zeigen, dass Wittke es rechtzeitig machte. Denn der Zoologe schien diese Stunde begeistert zu sein. Nach der Erörterung der jüngsten Verordnungen der Regierung fand der Gast in sich Mut und sprach entschlossen aus:
„Verehrte Herr Professor, jetzt hätte ich Ihnen gerne, meinen persönlicher. Wunsch erzählen. Nachdem ich die Möglichkeit meiner Arbeit auf dem südamerikanischen Kontinent erkannte, wurde ich neugierig darüber, ob ich irgendwelche indigene Gruppen besuchen und kennenlernen könnte. Am meisten interessierte mich solche, die in Zentralamerika besiedelt worden waren. Ich meine die Region von Costa-Rica und anderen nahliegenden Staaten".
Auf dieser Stelle unterbrach ihn Carvalho mit Aufschrei:
„Da haben Sie mit Ihrem Wunsch Glück gehabt".

Die Augen Wittke machten nach diesen Worten solchen Ausdruck der Überraschung, dass der Museumchef vorzog, schnelle Aufklärung zu geben:
„Es handelt sich darum, dass bei mir ein Kollege namens Sergio Vargas arbeitet, der aus der Costa-Rica stammt. Außerdem spricht er ein Bisschen die zwei meist in Umlauf verwendete Sprachen von Indigenen in Costa-Rica, die Huetar und Chiba. Ungeachtet dessen, dass einige Forscher diese Sprache zu verstorbenen zählen, erlebten sie teilweise eine Wiedergeburt. Ich bin der Ansicht, dass wir uns gemeinsam an Dr. Vargas wenden können mit der Bitte, Sie bei dieser abenteuerlichen Reise zu begleiten. Glauben Sie mir, ich kann wohl vorstellen, was es wäre, wenn Sie solch gefährliches Unternehmen allein und ohne benötigte Sprachkenntnisse zu schaffen wagen. Es wäre katastrophal gewesen".
Jetzt hörte Karsten seinen Gastgeber zu mit dem Gefühl als könnte er in einer Wüste den einzigen Wanderer getroffen hätte, der den Ausweg für ihn wusste. Von diesem Augenblick an war der Professor nicht nur sein Kollege und Freund, er war sein Schutzengel. Der Gast versuchte aber zuerst, sich zu beruhigen, damit seine Erregung nicht ins Auge springen konnte. Dann ergriff er das Wort:
„Lieber Herr Carvalho, Sie sind unbedingt nicht imstande, vor zu stellen, wie dankbar ich Ihnen für Ihre Vorsorge und unschätzbare Unterstützung sein werde. Ich bin der Überzeugung, dass ohne Sie alle meine Absichten für Katz wären".

Dieser Liebenswürdigkeiten Umtausch kam schon zu Ende und in wenigen Minuten darauf saß Karsten im Wagen. Jetzt konnte er sich offen zugestehen, welche Förderung er in der Gestalt Carvalhos bekommen habe, sein Schicksal brachte ihm wieder einen Glückfall mit, auf den er nie hoffen konnte. Darüber hinaus entstand plötzlich die Persönlichkeit Dr. Vargas, den er vielmals getroffen und vielleicht auch zufällig kurz gesprochen habe, konnte aber im Augenschein nicht daran erinnern. Jetzt gab es einen direkten Anlass, mehr über ihn zu erfahren. Seine Neugier diesem Menschen gegenüber war so allumfassend, dass er bei Recherchen völlig das Abendbrot vergas. Nur das Hungergefühl, das Stunden später über sich Bescheid sagte. Aber solche „Kleinigkeit" war belanglos im Vergleich mit der einseitigen Bekanntschaft mit dem Schaffen Sergios gewesen. Ungeachtet dessen Alter (er war nur achtunddreißig Jahre jung) hatte Vargas schon in mehreren Richtungen erfolgreich gearbeitet, die mit der Zoologie, Wechselwirkungen von Tieren und Pflanzen, Mikrobiologie und dem Artenschutz verbunden worden waren. er zeigte sich nicht nur als ein unabhängiger Wissenschaftler, sondern auch wie ein Denker und Wegbereiter. Nun sollte Wittke ungeduldig auf die Vermittlung des Professors warten, die der letzte ihm versprach, um diesen außerordentlichen Kerl kennen zulernen. Natürlich wäre es wunderbar, wenn der Chef alles ohne zusätzliche Bitte Karsten machen könnte. Sonst war der Gast bereit, den Direktor zur Eile anzutreiben. Diese Nacht schlief der Deutsche ganz ohne Träume durch und wurde vom Armbanduhrwecker aufgeweckt. Er fühlte sich topfit und auch der Wolfshunger ließ ihn los. Das heißt, er habe nach den Morgenprozeduren gefrühstückt, was er ehrlich gesagt problemlos versäumen konnte. Dann fuhr er nachdenklich nach dem Museum, wo seine nächste Vorlesung stattfinden sollte. Innerlich war er weiter ins Werk Sergios vertieft als wäre es für ihn aktuell ein vorherrschendes Merkmal. Jetzt war es nicht ausgeschlossen, dass er auch einige Änderungen in seinen letzten Vorträgen und Seminare im Lichte der Gedanken Vargas machen konnte. Warum denn nicht: Der junge Mann war ein aktiver Beteiligte des Fortschritts, dessen Leistungen für alle zugänglich sein sollten. Dieser ungekünstelte Denk Lauf beruhigte ihn und sorgte zugleich für eine neue Idee, die er wahrscheinlich mithilfe dieses einsichtigen Kerls verwirklichen konnte. Da sie mit der vermutlichen Reise nach Costa-Rica verknüpft worden war, über die Sergio bis Dato keine Ahnung haben konnte, bedeutete sein Anblick, dass es alles noch in den Sternen stand. Auf dieser Stelle sollte sich der Fahrer eine Rüge erteilen, denn er versuchte, die künftigen Ereignisse überholen. Es wäre aber unverhohlen schlimm und sinnlos, sich solche Verwirrung zu leisten. Stattdessen sollte er sich mit den reellen Begebenheiten beschäftigen. Und noch einen Schluss von hohem Rang konnte Karsten nach der Lektüre von Veröffentlichungen Sergios fassen: Der Existenzsinn eines großen Gelehrten überschritt stark dessen Wert als einem vernünftigen Lebewesen, denn man kann mit ihm nicht nur persönlich, sondern durch dessen Publikationen in Verbindung stehen. Diese Möglichkeit machte tausende hervorragenden Menschen zur globalen Erscheinung. Die Person selbst konnte schon längst nicht mehr leben, doch ihre Gestalt wurde von ihrem Werk gerecht vertreten. Die letzte Denkweise spielte auch eine gewisse Rolle bei der geistigen Ausgestaltung der heutigen Vorlesung, die Wittke sogar selbst von den früheren absondern konnte: Sie war äußerlich einfacher und bildhafter als ihre Vorgängerinnen.

Er begegnete später absichtslos Carvalho, der ihm vorschlug, gerade nach dem Mittagessen Dr. Vargas zu besuchen. Merkwürdigerweise dachte Karsten wenige Minuten zuvor darüber nach. Also es war eine glückliche Übereinstimmung. Der Professor war dabei der Meinung, die beiden jüngeren Kollegen in Kontakt zu bringen, weil er den Nachmittag sehr beschäftigt war. Mit anderen Worten verließ er sie, damit sie vertraulich sprechen konnten.
Der Deutsche erklärte ohne Umschweife seinen Wunsch, irgendwelche indigene Gruppe Costa-Ricos zu besuchen und berief sich auf Ricardo, der ihm über Sergio und dessen Leistungen Bescheid sagte. Der gebürtige Costa-Ricaner zeigte sich von Anfang an wie ein gutmutiger Kerl. Er war nicht groß, breitschultrig mit langem braunem Haar, ausdrucksvollen kastanienfarbigen Augen und makellosen Gesichtszügen. Seine Eigenart, sich zu benehmen, schien sofort, anlockend zu sein. Die beiden wechselten flüchtig gegenseitig den Forschungsgebieten, mit denen sie betätig waren, und gingen zu indigenen Volksgruppen über. Dieser Übergang spiegelte sich deutlich in den Augen Vargas wider als würde er im Augenblick umgestaltet geworden. Dann begann er zu reden:
„Ich zähle mich zu Verfechter der Renaissance der großen alten Kulturen, die nach meiner Auffassung eine moderne Erneuerung verdient haben. Die Ethnologie, das heißt die Völkerkunde, wurde von selbst mit Sozialstruktur und Kultur der primitiven Gesellschaften

beschäftigt. Wenn die Rede aber von Azteken oder Maia ist, sollte ich sehr vorsichtig das Wort „primitive" anwenden, weil sie ein erhabenes religiös-politisch-kulturelles Niveau erreichten. Die dauerhaften Diskussionen über die Entstehung der ersten indigenen Gruppen auf den beiden amerikanischen Kontinenten konnten mit der Feststellung beendet worden, dass die vermutliche Quelle dieser Erscheinung entweder in östlichen Regionen Asiens oder in den nahöstlichen Mesopotamien liegen konnte. Jetzt verfügen wir über die Daten, die den Schluss mit allen Hypothesen machen sollten. Der Grund dafür war der Fund der Überreste eines ca. 1-1,5-jährigen vor ca. 12600 Jahren verstorbenen Kleinjungen. Die letzten Errungenschaften der Gentechnik ließen aus diesem prähistorischen Material aus der späten Eisperiode die weitgehende Schlussfolgerung ziehen, dass ca. achtzig Prozent der gesamten Urbevölkerung Amerikas aus der Familie dieses Jungen stammte. Diese Bahnbrechende Studien bewiesen endgültig die Tatsache, dass die indigenen Völkergruppen Amerikas ausschließlich aus den Ostasienregionen vorkamen. Für die hohe Wahrscheinlichkeit dieser Wanderung spricht auch der Umstand, dass zu Zeiten der späteren Eisperiode das Beringmeer noch nicht vorhanden sein sollte. Das heißt, es gab damals ein leichtpassierbares Festland, das sehr anziehend für die uralten Glückssucher aussehen konnte.

Nach solch großartiger Entdeckung der Genforscher waren auch die führenden Archäologen der Welt imstande zu behaupten, dass der Junge selbst und wiederum alle seinen Verwandten zur sogenannten Clovis-Kultur gehörten, die gerade in dieser Zeitspanne in mehreren Gebieten Amerikas gedeihen konnte. Ihr wurde sowohl jägerliche als auch Früchten-, Samen- und Kräutersammlungen eigentümlich. Die Jägerkunst konnte wahrscheinlich auf den früheren Stadien der Eiszeit, wenn Mammuten vor dem Kälteaussterben noch lebten und von ihrem Fleisch Urmenschen ernähren konnten. Das Ende der Eiszeit bedeutete einerseits die Beendigung des Jagdbetriebs und andererseits den Beginn der Beschäftigung als Sammler und Ackerbauer, die immer größere Ernte versprochen. Die Clovis-Kultur wurde von mehreren hochwertigen Feuerstein, Chalcedon und anderen Steinbrüchen geprägt, die meisterhaft beidseitig wie Dolch und Lanze bis zu höchstem Schärfegrad geschleift werden konnten. Die jüngsten Aufgrabungen auf der Erstreckung zwischen dem Canadian River im Norden des heutigen Texas und Yellowstone-Nationalpark im US-

Bundesstaat Wisconsin ließen die ähnlichen Funden machen sowie die Werkzeuge aus dem vulkanischen Gestein Glas Obsidian, das den prähistorischen Einwanderer für gleiche Zwecke diente".
Mit dieser atemberaubenden Auskunft beendete der Gelehrte dessen Aussage.

Abenteuer im Regenwald

Eine offene Gewogenheit Sergios spornte Karsten an, dessen Meinung über die gemeinsame Reise nach Costa-Rica zu erfragen. Carvalho habe bestimmt Recht, wenn er Vargas wie einem geselligen Menschen zu beschreiben wusste. So war der Gast darüber erstaunt, wie ungekünstelt der begabte Forscher diese zweifelfrei nicht simple Sache aufnehmen konnte. Umgekehrt begann er nach einer kurzen Überlegung solche Details erörtern, die man gewöhnlich beim Planen des genehmigten Vorhabens machen konnte. Selbstverständlich sollte ähnliches Unternehmen viel körperliche und geistige Kraft fordern, die Wittke allein kaum leisten konnte. Die laute Denkweise Sergios sah äußerlich so aus, als wollte er sich von der eigenen Bereitschaft dazu überzeugen. Danach bemerkte er angeblich unter anderem, dass die Begebenheit mit dem Museumsdirektor besprechen werden sollte. Dieser Hinweis wirkte auf Karsten wie ein Startsignal des Schiedsrichters beim Sprintläufer:
„Lieber Herr Vargas, die Kleinigkeit kann ich gerne übernehmen".
Obwohl der Vorschlag Wittke seltsam für den Museummitarbeiter klingen sollte, sprach der letzte nichts dagegen.

Schon am nächsten Vormittag nachdem Dr. Wittke sein vorletztes Seminar beschloss, besuchte er Ricardo in dessen Arbeitszimmer, um die Reaktion Vargas auf die Bitte des Gastes, ihn auf der Reise nach Costa-Rica zu begleiten, zu schildern. Die Aussage Karsten kümmerte darum, dass die Augen des Professors zu blitzen begannen:
„Sehen Sie, lieber Dr. Wittke, ich zweifelte mich daran, dass Dr. Vargas sich anders verhalten könnte. Also wann wollen Sie nach Costa-Rica fliegen?"
„Ich bin der Meinung, in zwei Tagen das Programm des Zyklus abzuschließen. Darauf konnte ich jeden Tag nach diesem Ziel fliegen. Das heißt, wann Dr. Vargas es möglich wäre".

Da die nächste Woche für Sergio am passendste worden war, wurden die Tickets schon für den kommenden Sonntag bestellt. Die Traumreise nach solcher eigenartigen Region der Erde konnte Wittke mit den wichtigsten Erfahrungen seines Lebens vergleichen. Schon bei der Vorbereitung empfahl Sergio umsichtig, sich mit den nützlichen Andenkensachen zu versehen, die für den örtlichen indigenen sehr wertvoll sein sollten. Er meinte dabei eher verschiedene Taschenmesser, Feuerzeuge usw., die man im Dschungel kaum finden konnte. Diese kleinen Sachen kauften die beiden an nächsten Tagen ab. Eigentlich fühlte sich der Deutsche wie einem Glückpilz, dem es gelang, einen Traum zu verwirklichen.

Es wäre sicher lächerlich, die Unterstützung Vargas zu dessen Begleitungsrolle herabzusetzen. Im Gegenteil spielte er in allen großen und kleinen „Passagen" die erste Geige, so dass Karsten sich wie einem Anhängsel fühlte. Das junge Talent zeigte sich wie ein vielseitiger Kenner: Wegführer, Historiker, Volkskundler, Geograf und Übersetzer. Er schien tatsächlich so begabt zu sein, dass eine komplizierte Sachlage sein Gehirn noch effizienter zu funktionieren vermochte. Karsten ertappte sich dabei, dass er selbst, kein Dummkopf, sondern eher ein erfinderischer Ingenieur und Techniker, kam neben diesem Kerl vollständig abhanden, als wäre er ein Neuling, den Sergio in mehreren Gebieten der Forschung und des Alltags belehren konnte. Noch stärker war diese Empfindung des Deutscher, wenn sie sich den Dschungel näherten. Die unendliche Mannigfaltigkeit der Tier- und Pflanzenarten gab ein zwiespältiges Gefühl, das einerseits für tiefe Freude und andererseits für die Angst vor der Gefahr sorgte. Neben rein geistigen Vorzügen war Dr. Vargas ein Humanwesen mit einer auffallenden Fähigkeit, die freie Natur außersinnlich aufzunehmen. Zwei-dreimal spielte diese Beschaffenheit eine lebensrettende Rolle für die beiden, wenn die tödliche Bedrohung in der Nähe auftauchte und die nur dank ihm die Wanderer am Leben zu bleiben genossen. Dies ahnendes Erfassen konnte Karsten wie eine Fortsetzung dessen Talente kapieren, obwohl es darin etwas ganz Andersartiges versteckt werden konnte. Beneidenswert war bestimmt dessen Spürsinn, den der Deutsche zuvor ausschließlich den wilden Tieren zuzuschreiben wusste. Es ging über Wittkes Kraft, Sergio danach, nicht zu fragen. Die Reaktion des Kerls klang eher enttäuschend:

„Nein, Karsten, ich konnte bis heute solche Absonderlichkeiten bei mir nicht bemerken. Vielleicht konnten Sie sich über mich täuschen".

Trotz dieser Erwiderung Vargas beharrte Wittke auf seiner Meinung, und die folgenden Ereignisse konnte seine Vermutung bekräftigen. Denn sein Wegführer richtete sich weiter nach dessen eigenen Raumgefühlen und machte sehr wenig Fehlschläge, obwohl die Gegend, wo sie sich befanden, ihm absolut unbekannt war. Welcher sechste Sinn ihn nach dem Pfad zu kleiner Siedlung bringen, wo ein paar Familien lebten, die dort ständig einen schweren Kampf um ihr Überleben führen sollten. Natürlich war es eine ungeheure Aufgabe für einen Stadtbewohner, diese ungeselligen Leute herauszufinden. Auch aus einem gelegentlichen Gerede war es eher unmöglich, irgendwelche Vorstellung über ihren Aufenthaltsort zu bilden. Trotzdem benahm sich Sergio unbedingt nicht aufs Geratewohl, weil seine Suche äußerst einsichtige Art und Weise besitzen sollte. natürlich wusste er Bescheid darüber, dass November fürs Unternehmen am besten passten. Denn sonst riskierte man in die Periode des Platzregens und unpassierbaren Wege zu geraten. Wahrscheinlich war es ihm im Voraus bekannt, dass die einzelne schweizerische Charterfluglinie, die „Edelweiß" hieß, für das Ziel geeignet war. Danach am Flugziel benutzte Sergio seine Sprachkenntnisse, damit er von seltenen hiesigen Passanten die notwendigen Angaben über die indigenen Wohnplätze erkennen konnte. Unter dessen zufälligen Gesprächspartner gab es einen kleinen Burschen, den Karsten erst aus Versehen für einen Jungen hielte. Einige Minuten später kapierte der Deutsche seinen Fehler: Der Mann war ca. Mitte Dreißiger, er gab den Fremden eine wertvolle Empfehlung, den Wagen zu mieten, denn es war der letzte bevölkerte Stelle, wo man solchen Dienst bekommen konnte. Mit dem Auto fuhren sie weiter behaglich und sparten dabei viel Zeit. Wie ihm Sergio, der am Steuer saß, unterwegs erklärte, bewegten sie sich nach Osten in Richtung der karibischen Küste, was die kürzeste Strecke werden sollte. Praktisch bedeutete es bis zur Wegelosigkeit. Weiter musste man nur mit dem örtlichen Mittler durch den Regenwald zu Fuß gehen. Der anpassbare Dschungel ließ nicht allein dem Neuling, sondern auch dem erfahrenen Forschungsreisenden keine Chance übrig, eine benötigte Richtung zu raten. So begriff Wittke sehr bald, dass jene Hilfe dem örtlichen Regenwald schmalen Fußwege Kenner Goldwert sein sollte. Dr. Vargas fand sich aber schon aufrecht und dachte vielleicht die nächsten Handlungen durch. Sein Umgang mit einigen örtlichen ließ ihm eine wichtige Auskunft bekommen, dass es ein beachtenswertes Gemeindemitglied gab, das für dessen eigentümliche Kenntnisse und Fähigkeiten die allgemeine Ehre verdient hatte.

Der Mann hieß Sam Quide, er war ständig unterwegs und es schien für den fremden unmöglich zu sein, ihn herauszusuchen. Auch ein hiesiger musste ein Problem mit vielen Unbekannten zu lösen versuchen, um seinen aktuellen Aufenthaltsort sehr grob zu vermuten. Bemerkenswert hielt sich Sergio mit dem Eifer an diese Person, indem er unbedingt Sam kennenlernen wollte. Die hiesigen begannen, etwas unter sich zu besprechen. Als ein Ergebnis stellte es sich heraus, dass ein von ihnen seine Bereitschaft zeigte, einen Probegang mit den Gästen zu machen. Er sagte, was dieser Dienst kosten sollte. Nun zweifelten die beiden Besucher keine Sekunde und gaben im Voraus das Geld aus. Für einem Laien wäre es vielleicht ein übereilter Schritt als würde man sich ohne Zögerung in den Wasserwirbel stürzen. Doch für die echten Forscher, zu denen auch die Gäste gehörten, war es eine gewöhnliche Sache. Die drei setzten sich sofort in Bewegung, wie erfahrene Sportgeher nach dem Startsignal. Der dürre Kerl war sicher nicht mehr jung, obgleich dessen Alter innerhalb vierzig und sechzig geschätzt werden konnte. Er schleichet sich hurtig durchs Dickicht des Regenwaldes ein und machte es sehr überzeugt wie jemand, der hundertmal es wiederholte. Wittke hatte keine Ahnung, wie sich Sergio fühlen konnte, doch er selbst war nach einer Stunde wegen der hohen Lufttemperatur und -feuchtigkeit schier erschöpft. Also bewegte er sich mühsam fort und überlegte, wie lange noch diese Qual dauern konnte.

„Mein Herz zeigte sich in mehreren Fällen", dachte er sich, „seine Zähigkeit und Kraft. Doch diese Belastungen waren Kinderspiele im Vergleich mit heutiger Heimsuchung".

Wenn in der folgenden Halbstunde der gesuchte Sam sich in der unmittelbaren Nähe nicht auftauchte, würde Karsten nicht ganz bestimmt, ob er am Leben blieb. Allerdings ereignete sich Sam wie einem glücklichen Zufall, der wohl einmalig zu erwarten war.

Ungeachtet dessen lebte Karsten weiter und es war wunderbar ganz von selbst gewesen. Überraschend von dieser plötzlichen Begegnung war auch ihr Wegführer, der anscheinend damit nicht rechnen konnte. Als der silberne Glanz des Flusswassers sichtbar wurde, schrien er mit der schrillen Stimme etwas, was den Gästen an Kraniche erinnerte.

Seltsamerweise reagierte Sam auf dieses Signal sehr empfindlich, obwohl der Abstand zwischen beiden nicht weniger als zweihindert Meter werden konnte. Es war unbedingt ein freudiges Ereignis, denn Sam brauchte viel weniger Zeit, um den Einbaum ans Wasser zu bringen als die Fußgänger, die sich zu ihm beeilten. Dank dem „Vogelsignal" wurde der Bootfahrer angehalten. Seltsamerweise reagierte Sam auf dieses Signal sehr empfindlich, obwohl der Abstand zwischen beiden nicht weniger als zweihindert Meter werden konnte. Es war unbedingt ein freudiges Ereignis, denn Sam brauchte viel weniger Zeit, um den Einbaum ans Wasser zu bringen als die Fußgänger, die sich zu ihm beeilten. Nun wartete er geduldig auf sie.

Nach einem kurzen Wortwechsel zwischen dem Begleiter und Vargas erkannte der letzte, dass der Gesuchte gerade seinen Einbaum an den Fluss geschleppt haben sollte. Nach drei Minuten waren die drei am Ufer. Der wissensdurstige Anblick Dr. Vargas ließ ihm gleich die große Geschwindigkeit des Flusswassers bemerken, damit er abzuschätzen vermochte, wieweit das Boot sich in drei Minuten entfernen konnte. Halbkilometer bestimmt. Das hieß, an diesem Tag konnte das Treffen sicher nicht stattfinden.
Der erste Eindruck, der das Äußere des Gesuchten auf die Fremden schirdete, war dessen sparsame Kleidung.
Wenn seine Beine unter den langen Hosen aus dem Rohleder bedeckt worden waren, blieb sein Rumpf nackt. Dieser Umstand ließ den Fremden in aller Ausführlichkeit, dessen Leib anschauen. Als wohlerzogenen Menschen machten es die beiden unauffällig, um das wachsame Auge des örtlichen nicht zu beleidigen. Doch sogar ein flüchtiger Blick konnte verraten, dass der Mann mittleren Alters war, mit langen schwarzen Haaren, die von Stirn nach hinten mit einem roten Band verbunden waren. Seine großen braunen Augen äußerten aber gewisse Enttäuschung, die vielleicht etwas mit der verlorenen Zeit zu tun habe. Sam war sehnig, mit hervorstellenden Muskeln und Adern, die die Aufmerksamkeit der Besucher sofort anlocken konnten.
„Der Kerl gehört wohl der Mutternatur", huschte in den Verstand des Deutschen vorbei, „es gibt solche nicht mehr im alten Land". Nun empfand sich auch Wittke verpflichtet, eher mit der Mimik und Körpersprache seine Entschuldigung zu zeigen, was nach seiner Sicht als eine schwache Ergänzung des kargen Lexikons Chibas von Dr. Vargas dienen konnte. Die beidseitigen Bemühungen von Gästen

sorgten vielleicht dafür, dass der Gesichtsausdruck des Bootsinhabers jetzt von dessen Zustimmung zeugen sollte, was den beiden die Chance versprach, eine Halbestunde mit ihm zu reden. Jedenfalls änderte Sam Quide mittlerweile seine Pläne, indem er sich ungerne den Einbaum zurück ans Ufer zu schleppen entschloss. Nun konnte man aus dessen Gesichtsausdruck die Verzeihung lesen. Sein leichtes Lächeln sollte den Fremden Bescheid darüber sagen, dass die Verlegenheit schon vergessen worden war. Außerdem war er wahrscheinlich der Absicht, das Essen den Strom runter am Ziel seiner Fahrt zu speisen. Jetzt zeigte er den Gästen seinen Wunsch, diese Sache gemeinsam zu machen. So breitete er flink ein Tuch auf den Sand aus und nahm aus seinem Reisesack einige Lebensmittel aus, die anscheinend Obst und Gemüse aus dem Dschungel sein sollten. Unter anderen, die Wittke nicht bekannt waren, gab es auf dessen improvisiertem Tisch Papaye, Avocado und Banane sowie Kräuter und Gewürze, die schon im Voraus zerkleinert worden waren. Auch der Begleiter wurde zum Tisch herzlich eingeladen. Das unerwartete Entstehen des Essens bewegte die beiden, die ganze Menge Andenken und Geschenke aus ihren Reisetaschen heraus zu nehmen, um den Gastgeber zu danken. Darunter gab es einige, z.B. LED-Taschenlampe oder den Schweizermesser, die Karsten bei den Herstellern gekauft hatte. Jetzt kauerten sich die vier, indem die beiden Gäste die Chance bekamen, alle Fragen, die sie bei der Autofahrt vorbereitete, zu stellen. Natürlich wollten sie so viel wie möglich übers Leben der Indigenen anhören. Sam schien nichts zu verbergen zu sein. So erklärte er, dass obwohl der Dschungel eine unzählige Vielfalt an wertvollen Früchten und Kräuter besitzts, sollte seine Familie auch andere wertvollen Nährstoffe sowie die tagtäglichen Konsumsachen brauchen, die in Haushalt unentbehrlich sein konnten. Diese mochte er nur in Dörfern erwerben, die den Fluss hinunter lagen. Aus diesem Grund unternahm er regelmäßig die harten Wasserreisen von unterschiedlichen Flussorten hin und zurück. Wenn die erste ihm Spaß bringen konnte, sollte das Rudern aufwärts eine Knochenarbeit werden.

Auf dieser Stelle konnten sich die Gäste einbilden, was in der Tat fünf Kilometer mit den Rudern gegen Strom bedeuten sollte. Man musste unbedingt den Körperbau von Sam besitzen. Wenn diese schwere Leistung Tag für Tag schaffen sollte, brauchte man kein Bodybuilding mehr, um eine gute körperliche Form aufrecht zu erhalten. Dieser Gedankenblitz der beiden flog vorüber und sie hörten weiter die Rede des hiesigen zu.

„Ich versuche, meinen drei Söhne alle meine Fertigkeiten zu übergeben, damit sie mir im Alter zu helfen vermochten. Unser Leben ist hart und unsere Existenzräume schrumpfen ständig, was uns den Anlass erteilt, sich standhaft und widerstandsfähig zu erziehen. Auch geistig mussten sie sich ständig entwickeln. Dabei konnte ihnen die völkische Weisheit behilflich sein. Sonst wird unser armes Volk dem Untergang und Aussterben geweiht".

Mit diesen Worten kuckte Sam Quide wehmütig die Gäste an und schwieg. Es herrschte eine Weile die Stille auf dem Ufer. Die folgende Unterhaltung stellte sich aus vereinzelten Aussagen zusammen. Noch in einer Stunde wurde es so weit gekommen, dass die Besucher Abschied nehmen sollten. Die Gäste und ihr Begleiter trennten sich von Sam gutherzig und bewegten sich in Rückrichtung. In wenigen Minuten war auch der Einbaum Sam zur Fahrt bereit. Der Durchgang über schmalen Pfaden rückwärts war kaum angenehmer als zuvor. Es wurde noch heißer und feuchter geworden. Doch der Eindruck vom Treffen mit einem bezaubernden Vertreter des indigenen Volkes gab den beiden den Schwung, den Weg zu überwinden. Am Ende wartete ihr Wagen aus sie. Als Dr. Vargas den Fahrersitz wieder genommen hatte und die Klimaanlage in vollem Gang wurde, wollte er etwas Interessantes über die Indigenen erwähnen:

„Ich bin der Auffassung, dass eine riesige Schicht der Geschichte mit indigener Kultur und Traditionen verbunden wurde, die noch nicht ausreichend untersucht und bewertet werden konnte. Man sollte aber dringend diese Lücke erfüllen, damit sich die gemeinsame Menschheitsseele bereichert werden konnte.

Die Begegnung mit Sam Quide zeigte uns. wie fest sich die alten Bräuche und Sitten in der völkischen Seele und dem Gedächtnis eingeprägt werden konnte. Anscheinend ist er ein wertvoller Träger der uralten Kultur, der in der Tat viel kluger und weiser ist als man auf ersten Blick vermuten könnte. Ich zweifelte mich nicht daran, dass er tiefe Kenntnisse über die uralte Medizin besitzt, die unsere Zeitgenossen immer wieder zu erfinden suchen. Ich kann auch nicht ausschließen, dass er auch etwas Wichtiges über die Philosophie seiner fernen Vorfahren wissen sollte. Übrigens, ich besuchte vor einigen Jahren seine verwandten Völkergruppen in Ecuador, um mehr übers Leben der einheimischen Indigenen zu erfahren. Jetzt kann ich Ihnen eingestehen, dass meine Auswahl war bestimmt nicht zufällig bestimmt worden. Im Gegenteil war sie deswegen gemacht, weil diese Volksgruppen dort über 40 Prozent der Bevölkerung erweisen sollten. Zu Besonderheiten der 13 solchen Gemeinschaften gehörte ein deutlicher Unterschied der Sprache, jede von denen man als einzelne Nationalitäten anerkennen ließ. Der größte Anteil zwischen diesen Gruppen erweisen die im Hochland lebende Kichwa (etwa 160 tausend) und in Amazonien lebende Shuar (etwa 110 tausend). Die anderen sind enorm zahlärmer gewesen".

In diesem Augenblick zerstreute sich wahrscheinlich wegen der Müdigkeit die Aufmerksamkeit Karsten, indem er daran erinnerte, wie begeistert er in seiner Jugend die fesselnden Erzählungen über den spanischen Leutnant Francisco de Orellana, der im Jahre 1541 mit 57 Soldaten in einem selbstgebauten Segelschiff nach dem märchenhaften Goldland Eldorado suchte. Seine fast jährigen Bemühungen sorgten dafür, dass er über 6000 Kilometer hinter sich nach Osten ließ, um schließlich das Delta des Flusses zu erreichen, den er Amazonas nannte. Die letzte Bezeichnung wurde später bei allen Weltbewohnern übernommen. Als Wittke wieder zu sich kam, hörte er Dr. Vargas Rede weiter zu:

„Die Indigenen, die mir damals zu treffen gelang, schienen mir sehr abziehend zu sein. Diese bescheidenen Menschen wirkten arm und abgehängt. Zugleich waren sie die Nachfahren der ältesten Bewohnern Nord- und Südamerikas, die eine hohe und vielseitige Kultur zu schaffen vermochten. Ihre Märchen und Erzählungen waren hell und gutmütig, sie hatten im Überfluss die tiefen Weisheiten, die man wie die wichtigsten Bestandteile der Steinzeitalter-Philosophie verstehen konnte. Einigermaßen kümmern sie sich darum, dass ihr Körper und Geist ständig den schweren Aufgaben anpassen konnten. Tausende von Jahren vor unserer modernen Zivilisation erkannten sie eine vernünftige Art der Ernährung, die entweder eine kluge Verbindung von tierischen und pflanzlichen Lebensmitteln in Betracht zog oder vollständig vegetarisch war. Ihnen waren mehrere Arzneien bekannt, die bis zur Gegenwart im Hintergrund stehen sollten. Sie entwickelten ein verlässiges System der körperlichen Übungen, die sowohl für die benötigte Arbeitsfähigkeit als auch für die harten sportlichen Leistungen zu sorgen pflegten. Aus den alten schriftlichen Quellen bekamen Historiker die Angaben davon, dass manche Vertreter dieser Volksgruppen sogar im Vergleich mit den heutigen Olympiasiegern viel stärker sein konnten. Auf jeden Fall wäre es nicht vorstellbar, dass jemand von unseren Hochleistungssportlern die Volkskrankheiten unserer Epoche wie Diabetes, Übergewicht, Herzinfarkt usw. auslachen wollte. Für die alten würden diese körperlichen Umgestaltungen unmöglich. Sie waren seit jeher Landbauer und fanden die Günstigen Bedingungen, um die reiche Ernte zu sammeln. Sie brauchten kaum, jene Menge Kalorien zu berechnen, damit sie diese Erkrankungen zu vermeiden hofften. Denn die Bilanz zwischen Konsum und Ausgabe immer zugunsten des zweiten bleiben sollte. Nach den schriftlichen Funden der Archäologen waren die Alten in der Lage, über 700 Kilometer durch die von Hügeln und Schluchten durchgezogene Terrain pausenlos zu laufen. Sie hatten aus ihrer eigenen Lebenserfahrung nachgewiesen, dass ein gesunder Geist in einem gesunden Körper behausen konnte. Deswegen waren sie lebenslang gesund, begingen keine Verbrechen, vermieden alle Kriege und würden wahrscheinlich immer topfit und gelassen, was für heutige Weltbevölkerung kaum eigentümlich sein könnte. Nur seltene unseren Zeitgenossen besetzen solch erstaunliche Ausdauer, die allerdings ausschließlich durch die speziellen Übungen jahrelang zu trainieren pflegten. Im Unterschied zu ihnen beförderte der ganze Lebensstil der Indigenen im Laufe der Jahrhunderte ihre ständige körperliche und kognitive Aktivität, was zu einem unverrückbaren Bestandteil ihrer eigenen Natur geworden wurde. Tausende von Jahren danach reagierten deren Nachfahren erstaunen gleich auf die aggressive Gewalt der europäischen Ausbeuter, indem sie keinen Widerstand zu unternehmen wussten. Stattdessen entfernte sie sich immer weiter in Richtung des undurchdringlichen Dschungels, wo sie unerreichbar für ihre Verfolger sein konnten. Sie bauten unermüdlich unter sehr schweren Bedingungen ihre winzigen Häuschen und waren freudig davon. Sie dachten für ihre weißen Gegner gewisse beleidigende Beinamen aus, etwas „Menschen mit Spinnweben im Gesicht". Der Vater – Regenwald war anscheinend seit eh und je auf ihrer Seite und ernährte sie behutsam mit der nutzbaren Kost".

Nach dieser Neugier erregenden Aussage Dr. Vargas wollte sein Beifahrer wissen, was Sergio über die künftigen Aussichten dieser Völkergruppen denken könnte. Seine Frage wurde erst von Vargas mit einem Schweigen verfolgt. Dann ergriff er das Wort wieder:

„Die weltweite Erörterung der Rettungsmöglichkeit des Regenwaldes wurde nach dessen entsetzlichen Abholzen ausgelöst. Eigentlich

verfolgte der Gedanke, die riesigen Regenwaldfläche für das Anbau-
en von Soja und Mais angeblich für die Ernährung der Weltbevölkerung, eher andere Ziele, und zwar, den billigen Treibstoff aus dem
Alkohol für die Transportmittel herzustellen. Die Massenproteste der
Umwelt- und Klimaschützer führten zur Verzögerung dieser Pläne.
Bemerkenswert war dabei die Tatsache, dass mit der Vernichtung
des tropischen Waldes auch die Lebensbedingungen der indigenen
Völker stark herabgesetzt werden sollte. Mit anderen Worten bedeutete es ein langsames Aussterben dieser Ethnien. Meine vorige Reise
nach diesen Gebieten ließ mir selbst feststellen, dass das Ausbeuten
der genannten Waldflächen mitsamt Artenaussterben für die Indigen-
en einem Todesurteil gleichen konnten. Wenn wir zu diesem Elend
auch die Verschmutzung der Amazon Regionen mit dem Öl der Öl-
konzerne zuzählen, wird es klar, dass die Überlebenschance für diese
Menschen furchtbar niedrig sein sollte. Deswegen sind momentan
jene großen humanitären Initiativen gefragt, die für die Rettung der
Indigenen unentbehrlich werden".

Diese aufrichtige Äußerung Sergios zeugte davon, dass er eine tiefe
Teilnahme zu diesen armen Leuten empfand. Nichtsdestotrotz hörten
sich seine Worte eher düster an, denn alle voranstehenden Rettungs-
maßnahmen gehörten momentan zu unerfüllbaren Ereignissen. Die
beiden fahrenden konnten sich Rechenschaft darüber ablegen, dass
sie selbst kaum diese Situation zu beeinflussen vermochten. Nun
schwiegen sie, indem jeder mit seiner Denkweise betätigt worden
war. Je mehr sie sich die Hauptstadt San Jose näherten, desto klarer
die Tatsache war, dass der Weg wohl zu ihrer kommenden Trennung
führen sollte. Eine kurze Bekanntschaft zeigte eine Übereistimmung
in mehreren wissenschaftlichen und allgemein menschlichen Einstellungen. Doch alles in dieser Welt war vorübergehend gewesen.
Karsten war der erste, die das Schweigen unterbrach:
„Dr. Vargas, ich muss Ihnen Erkenntlichkeit äußern. Ohne Sie würde
diese Reise unbedingt zum Misserfolg verdammt. Denn der Umgang
mit den Indigenen wäre ohne Sprachkenntnisse eine Katastrophe
gewesen".
„Nein, lieber Kollege Wittke, es gibt keinen Sinn, mir zu danken. Ich
bekam auch Spaß bei dieser Reise, weil jedes Treffen mit Menschen
wie Sam Quide für mich ein Vergnügen bedeuten sollte. Außerdem
konnte ich dabei meine Datenbank über die Bräuche und Sitten dies-

es Volkes verbreiten. Übrigens, was wollen Sie weiter machen, gerade nach Deutschland zu fliegen?"

„Prinzipiell habe ich jetzt kein Hindernis, es gleich zu machen. Oder könnten Sie etwas Anderes vorschlagen?"

„Ich weiß nicht, ob Sie die Karibikregion, wo wir uns befinden, gut kennen. Waren Sie schon jemals da?"

„Nein, leider noch nicht"

„Wissen Sie, Karsten, ich bin ein Eiferer dieser Gegend, denn ich bin ein geborener Karibik Einwohner. Deswegen kann ich nicht besonders objektiv sein. Trotzdem bin ich der Überzeugung, dass die hiesige Kultur und Traditionen sehr eigenständig sein sollten. Nicht zuletzt gefällt mir sehr Kuba mit ihrer schönen Hauptstadt Havanna, wo die europäischen, amerikanischen, afrikanischen und indigenen Menschen und Geschichten vereint gesammelt worden waren. Mit anderen Worten wäre ich an Ihrer Stelle nicht so übereilt, um die Chance zu verpassen, jetzt dieses Land zu besuchen".

Ehrlich gesagt empfand Wittke schon Sehnsucht nach Zuhause und Familie. Allerdings klang die Empfehlung Sergios so anlockend, dass der Deutsche seine Flugstrecke zu ändern beschloss. Tatsächlich wendete er sich nach dem herzlich-innigen Abschied mit Dr. Vargas gerade an das nächste Reisebüro, um das Ticket nach Havanna zu bestellen. Das Wort dieses jungen Forschers war für ihn jetzt vollgültig. Diese Absicht gelang ihm ganz gut, damit er gleich an diesem Tag nach der Hauptstadt Kubas zu fliegen vermag.

Die Begegnung mit diesem Land sollte hoffentlich eine unvergessliche Begebenheit dieser zentralamerikanischen Zielrichtung werden. Und eine nützliche Ergänzung des gesamten Bildes der Karibik.

Kuba

In der vorigen Weltanschauung Dr. Wittke war ein ärgerlicher Fehler vorhanden, der vielleicht teilweise aus den Schulzeiten stammte. Die hinreißenden Romane von Karl May über die Indianer schindete bei ihm einen zwiespältigen Eindruck. Einerseits war dessen Hauptfigur Winnetou ein Gerechtigkeitskämpfer und Schützer der Armen und Schwachen. Andererseits begann er seinen Werdegang wie ein typischer Vertreter des grausamen und rückständigen Volkes, der üblicherweise seine Feinde skalpierte und Zigarrenstummel aß. Dies jugendliches Überbleibsel prägte sich unbewusst in seiner Besinnung alle folgenden Jahrzehnte. Eine angenehme Überraschung bereitet ihm die Begegnung mit Sam Quide vor, dessen klarer Verstand und tiefe Kenntnisse über die Menschen und Natur beneidenswert sein sollten. Nun stand ihm eine Bekanntschaft mit dem unbekannten Volk Kubas bevor, deren Vorfahren aus mehreren Gebieten der Erde stammen sollten.

Der ungeplante Besuch der „Freiheitsinsel" war ein nächstfolgendes Geschenk des Schicksals. Er nahm ein Taxi im Flughafen La Habana, damit er vollkommen die schönen Blickfelder der Vororte der Hauptstadt genießen konnte. Als der Wagen sich dem Zentrum näherte, sprang ihm sofort die fabelhafte Architektur Havannas der kolonialen Zeit in die Augen. Nach seinem Gesuch brachte ihn der Fahrer zum Hotel Sevilla in der Altstadt, wo er absteigen wollte. Nachdem er sich dort niederließ, bewegte er sich in diesen Stadtteil, um die Sehenswürdigkeiten der Metropole zu besichtigen. Später begriff er, dass die ständigen finanziellen Schwierigkeiten des kommunistischen Regimes ihm schwerlich ließen, den vorigen Glanz der Hauptstadt aufrechtzuerhalten. Allerdings führte die gezwungene Verwahrlosigkeit dazu, dass die alten Gebäude wie edelhaften Greisen ehrenhaft aussahen, mit einem eigenartigen „Edelrost". Die offensichtliche Geldknappheit spiegelte sich mit zahlreichen Flicklappen zum Ausbessern wider.

Wie es nicht selten mit Karsten passierte, begegnete er zufällig einen Reisenden aus der Schweiz, der nicht zum ersten Mal dort war. Er hieß Adrian Flach. Adrian war ein ordentlicher Kerl Mitte Sechziger mit kurzem grauem Haar, hellblauen Augen und milden Gesichtszügen. Er sollte eingestehen, dass die alte Havanna für ihn etwas Magisches besaß, was ihn nach dem Tod seiner Frau vor fünf Jahren schon dreimal nach dieser Insel heranzog. Eine Stunde darauf, als Flach ihm mehrere Kleinigkeiten über sich verriet, wendete er sich wieder an unlösbare Verlegenheit der kommunistischen Führung:
„Mein Wohlgefallen der alten Architektur und der Vergangenheit der Insel gegenüber zwingt mich aber auf keinen Fall, die auffälligen Fehlschläge der heutigen Führer des Landes nicht zu beachten. So muss ich feststellen, dass trotz der schwachen Versorgung viele alten

Häuser äußerst marode blieben. Darüber hinaus stürzen sie ab und zu ein, nicht selten mit menschlichen Opfern. Es gab dort vor 60-70 Jahren einen luxuriösen Zeitvertreib der steinreichen US-Amerikaner, die ihren hiesigen Urlaub den berühmten Kurorten Floridas vorzogen. Die Zeiten änderten sich doch drastisch. Später nach der proletarischen Revolution wurden immer weniger reiche Bürger aus den USA gewesen, weil der Ruf der neuen Regierung kein großes Vertrauen mehr haben konnte. Die seit Jahrzehnten entstandene Ruinen sind nicht in der Lage, für die frühere Begeisterung zu dienen.

Um ehrlich zu sein, reise ich hierher eher, um die Wehmut zu vertreiben, die bei den Alleinstehenden häufig stattfindet".

Adrian schwieg und dessen düstere Laune wurde mittlerweile Dr. Wittke übertragen. Der letzte brauchte danach Zeit, damit er seinen früheren Schwung wieder aufnehmen konnte.

Schon an diesem Nachmittag erwarb er das Ticket für den Ausflug durch die Altstadt, die ihm sehr gefiel. Nach den Angaben des Reiseführers gehörte dieser Stadtteil Havannas zu den ältesten spanischen Kolonialsiedlungen. Deren barocken und neoklassischen Monumente wurden unter das UNESCO Weltkulturerbe gestellt und tatsächlich stückweise restauriert. Insgesamt gab es mehr als 900 Bauwerke der historischen Relevanz. Die schönen Plätze aus den 18. und 19. Jh. wurden so standhaft mit dem Kopfsteinpflaster aufgebaut worden, dass sie bis heute keine Renovierung brauchten. Darüber hinaus waren sie miteinander verbunden und setzten ein gemeinsames Ensemble zusammen. Nicht weniger angenehmen Eindruck schindete das erhabene Gebäude der Altstadt mit dem spanischen Namen „Palacio de los Capitanes Generales", der ehemalige Gouverneurspalast sowie das „Castillo de la Real Fuerza", die älteste von Europäern gebaute Festung Amerikas. Der Gast besichtigte aufmerksam auch das Gebiet Vedado, das zum modernen Zentrum Havannas gehörte. Sein Aufbau begann in der zweiten Hälfte des 19. Jh. und erreichte die Blütezeit zwischen 20-er und 50-er Jahren des 20. Jh. stark unter dem Einfluss der US-amerikanischen Architektur mit dem Wolkenkratzer, Casinos und Nachtclubs. Die berühmtesten Personen aus der Politik, Kunst und Wirtschaft der USA bevorzugten, dort aufzuhalten.

Wegen der Zeitknappheit hatte Karsten keine Chance, mehrere anderen verlockenden Errichtungen dieser alten Stadtteile zu besuchen. Er fand es aber ausreichend für wenigen Tagen, um den deutlichen Unterschied mit den neuen Stadtgegenden zu erkennen. Gewiss war es ihm noch schwieriger, aus dieser flüchtigen Reise die weitgehenden Schlussfolgerungen über das Leben des Volkes Kubas zu ziehen. Was ihm aber nach seiner Ansicht zu ahnen gelang, konnte man folgendermaßen zusammenfassen.

Die regierende Partei versuchte immer härter, die Bevölkerung in Gehorsamkeit zu halten. Außerdem erleidet sie ständige Angst, vom Kapitalismus herabstürzt zu werden. Die Bewohner glauben schwerlich ans „heiligen" Traumbild des Sozialismus. Das Volk gewöhnte sich aber, der Gewalt des Staates zu fürchten, der bereit blieb, jene Opposition zu beseitigen. Als einem Ausgleich für die Treue dem Regime gegenüber bekamen Leute eine ruhige Existenz und nicht die Kräfte erschöpfende Arbeit. Solcher Alltag kann aber nicht ewig dauern. Irgendwann wird sich das Land jedoch wandeln müssen. Sonst gibt es keine aussichtsreiche Zukunft mehr. Natürlich macht die Partei alles Mögliches, um die Umgestaltung in Gang zu bringen. Ob es im Rahmen des sozialistischen Systems realistisch wird, blieb aber fragwürdig.

Ärztliche Versorgung in armen Ländern

In wenigen Tagen saß Wittke bequem in einem Flugzeug A-350 von Lufthansa, der ihn aus der Karibik nach München bringen sollte. Das warme und feuchte Klima dieser Region ließ ihm nun das Spüren im Gedächtnis übrig, das später vielleicht besonders angenehm werden könnte. Mehrere Gedanken drängten sich heftig zusammen, als gäbe es für sie alle keinen Platz mehr in seinem Kopf. Allmählich kamen sie auf ihre Stellen unter, damit der Reisender wieder zielstrebig denken konnte. Dabei wurde sein Hauptthema des letzten Jahrzehnten erneut aktualisiert.

Biosphärenreservate wurden unbedingt eine rechtzeitige Maßnahme, um die wertvollen Gebiete der Erde mit eigenartiger Flora und Fauna vor Aussterben zu retten. Auf diesem Hintergrund schien ihm jetzt auch die Lage mit der Gesundheit der Bevölkerung in meisten armen Ländern kritisch zu sein. Welt Gesundheitsorganisation (WHO) verfolgte ganz aufmerksam die Ausbrüche von Epidemien wie Malaria, Tuberkulose oder HIV in allen Entwicklungsstaaten. Es gab aber statistisch gesehen viel mehr Todesfälle infolge mangelnder Hygiene, infiziertes Trinkwasser oder Verkehrsunfälle als durch alle großen Epidemien zusammen. Ein katastrophales Manko an Ärzte machte auch die Behandlung der Betroffenen sehr fraglich. Im Unterschied zu industriellen Staaten wurden dort die chirurgischen Eingriffe unter weit fern von sterilen Bedingungen durchgeführt, was sogar bei einer gutgelungenen Operation zu akuten Infektionen mit oft letalen Konsequenzen bringen mussten. Auch eine ärgerliche Verspätung bei der Notwendigkeit einer dringenden Behandlung, die wegen des großen Abstands von nächster Klinik oft passiert, ist dort vorhanden. Um etwas Großartiges dagegen zu unternehmen, braucht man riesige Geldinvestitionen, was für einen gleichzeitigen Einsatz in mehreren armen Staaten unvorstellbar wäre.

Der andere Grund, warum die reichen Länder für die Bekämpfung der Epidemien stehen, ist eine rasche Verbreitung der Infektionen, was schon heute zu globalen Erscheinungen zu führen drohte. Nicht weniger bedeutsam wäre eine Massen Schulung der breiten Schichten der Bevölkerung in den Fragen der Hygiene im Haushalt und in Arbeit, in der Behandlung der Wunden und postoperationellen Vorbeugung von tödlichen Wundinfektionen. Je mehr man über seinen Körper und innere Organe erkennt, desto größer wird er in der Lage sein, eine dringende Hilfe sich selbst und anderen zu erweisen. Alle diesen Maßnahmen muss man allmählich Schritt für Schritt in allen armen Staaten durchführen. Jede Bürgerin und jeder Bürger sollen davon Nutzen ziehen. Jene Besserung der Infrastruktur leistet einen wesentlichen Beitrag zum Erfolg des ganzen Programms. Die Sache hat aber einen Haken, weil es neben der Abwesenheit der modernen medizinischen Einrichtungen, die für eine erfolgreiche Behandlung der häufigen traumatischen Verletzungen eine entscheidende Rolle spielen sollte, zeigt sich weiter die unverschämte Korruption der Geldgierigen Machthaber in meisten Entwicklungsländer wie eine unbesiegbare Geißel des Fortschrittes. Im Prinzip geht der Löwenanteil der Staatshilfe aus den großen internationalen Fonds an die Korruption verloren. Und nicht nur das, auch die Führer mehreren autoritären Staaten, die ein solides Kapital durch den Verkauf der ölhaltigen Energieträger verdient haben, sind bereit, jene Menge Kapital in die Wirtschaft und das Gesundheitssystem der „dritten Welt" anzulegen, indem sie mit dem hiesigen Staatsoberhaupt ein heimliches Abkommen treffen, bei dem Gewinn zu beteiligen. Mit anderen Worten war es notwendig, die Macht der diktatorischen Herrscher möglichst bald einzuschränken. Praktisch sah es eher unrealistisch aus, denn die Letzten pflegten heuchlerisch den Begriff der Einmischung in die inneren Angelegenheiten des souveränen Landes aus zu nutzen. Solche listige Beschuldigung hielt üblicherweise die äußeren Kritiker des Regimes inne, während man gegen die eigenen Widerstandsindividuen die zahlrechen Gewaltkräfte gegenüberstellen ließ.

Ungeachtet dessen, dass alle diesen Sachen allgemein menschlich sein sollten, wurde seine Aufmerksamkeit allmählich zu seinen persönlichen Fragen übergebracht worden, denn ihm stand eine wichtige Berichterstattung sowohl der örtlichen Filiale UNESCO als auch dem eigenen Vorstand bevor. So ertappte sich Karsten beim Gedanken, dass er nun solche obligatorischen Maßnahmen mit der Umsicht auf seine künftige Arbeit im Ausland schaffen sollte. Einigermaßen bedeutete es, dass die Betonung in seinem Bericht auf eine besondere Rolle der Bioreservaten in mehreren tropischen Regenwaldgebieten gesetzt werden musste. Genau darin konnte Dr. Wittke seinen aktuellen Schwung vorstellen. In dieser Art und Weise vertiefte er sich in die Grübelei über die Zeitspanne vor der nächsten Periode seines Lebens. Dabei kam ihm wieder die große Verantwortung, die er die ganze Familie tragen sollte. Vor allem konnten Max und Klaus wegen seinem falschen Handeln ihnen gegenüber leiden. Gleichzeitig wäre es weit nicht einfach im Voraus vorzustellen, was ihnen künftig gefallen könnte. es bezog sowohl auf ihren beruflichen Werdegang als auch klimatische und andere Bedingungen, die ihr Leben begleiten konnten. Was wurde dem Familienvater übriggelassen? Neben seiner herzlichen Liebe und Vorsorge gab es überhaupt keine Möglichkeit, auf deren Zukunft Einfluss zu nehmen. Allerdings war er momentan nicht in der Lage, sich von diesem Gedankenschwall zu befreien. Der Letzte schien, ihn gewaltig in dessen Macht zu erobern. Die Aussichten auf die folgende Etappe des Schicksals Betti waren nicht weniger neblig wie der Jugendlichen. Doch seine Frau war eine erwachsene Person, die die Verantwortung für sich selbst mindestens teilweise übernehmen konnte. Schließlich kapierte Karsten, dass alle Erörterungen sinnlos werden sollten, weil unsere ferne Zukunft uns nicht gehörte. Außerdem zeigte seine Vergangenheit, dass es etwas Himmlisches gab, was ohne unsere Willen das ganze Geschick bestimmen konnte. Diese Denkweise zeugte nicht nur von unserer Schwäche, sondern auch von unserer Freiheit, nichts Überirdisches auf unsere Schulter zu übernehmen. Vielleicht war sie auch eine lebensbejahende Idee.

Wieder an seinem Arbeitsplatz

Selbstverständlich konnte Dr. Wittke aufs Vergnügen verzichten, nach der erschütternden Reise ins Südamerikanische Paradies seine Familie zu besuchen. Er genoss wieder ein unvergleichbares Gefühl der Verbindung zu Lieblingslebewesen, die ihm alle diese Zeitspanne fehlten. Beim gemeinsamen Essen am Tisch erzählte er zu deren Freude über die farbenreiche Welt der wunderlichen Tieren und Pflanzen, die ihm gelang, während des Aufenthalts dort zu sehen. Wenn Betti vorzog, sich etwas zurückhaltend zu benehmen, wurden die Söhne sofort davon in Begeisterung gebracht. Vielleicht schauten sie gedanklich die bildhaften Gestalten, die auch ihnen in der nahen Zukunft zu erleben gelingt. Im Unterschied zu seiner Frau stellten sie eine Menge Fragen, die beweisen sollten, wie genau und konkret sie alle Ausführlichkeit wissen wollten. Karsten selbst empfand sich so glücklich, wie er schon längst nicht gewesen wurde. Dann war er selbst in der Lage, über alle Bagatellen der Familie Bescheid zu wissen. Ihm war dabei besonders angenehm gewesen, über die Schulerfolge Max und Klaus zu erkennen, die darüber erzählten als würden sie sich noch besser darstellen müssen, wie sie in der Tat waren. Daraus konnte der Familienvater den Schluss fassen, dass die nahstehende Übersiedlung in die Übersee ein Vorherrschendes Merkmal in deren Gedanken sein sollte.
„Wahrscheinlich ist es auch gut", überlegt sich Karsten, „dass die Jungen so resolut gestimmt waren. Ihre Zukunft musste sowieso alles an die richtigen Plätze stellen. Früher oder später sollten sie Freude und Enttäuschungen erleben".

Da seine Rückkehr mit dem Wochenende zusammenfiel, war Dr. Wittke schon am Montag früh an seiner Arbeitsstelle gewesen. Nach der allerseits freundlichen Begrüßung des Vorstands und Kollegen begann er gründlich und konzentriert an den Reisebericht zu arbeiten. Wie er zuvor im Flugzeug kapierte, versuchte er die Ergebnisse, die er in Brasilien gesammelt habe, mit seiner bevorstehenden Tätigkeit im Rahmen des UNESCO-Programm zu verbinden. Sein heutiges Ziel bestand darin, der Leitung des Bioreservats klarmachen, wie aktuell und wichtig das genannte Programm für die tropischen Regionen des Regenwaldes sowie für das Klima und die Ökologie der ganzen Erde sein sollte. Als ein Beweis seiner Erörterung probierte er, die jüngsten Forschungsuntersuchungen der US-amerikanischen

Geophysiker und Ozeanographen heranziehen, die vor kurzem einige Aufsehenerregende Artikeln veröffentlich haben, die eindeutig zu zeichen vermochten, dass die Entstehung des Weltozeans vollkommen infolge der Existenz der Regenwälder ereignen sollte. In einem gewissen Sinne wurden diese riesigen dichten Gestrüppe für die globalen Übertragung deren feuchten Luft und deren folgende Kondensation verantwortlich, was ursprünglich zur obengenannten Entstehung des Ozeans führte. Aufgrund dieser Erforschung wurde es möglich, alle anderen Hypothesen der Ozeangeschichte endgültig auszuschließen. Mit anderen Worden tauschten sich die Rolle der Beiden zusammen aus.

Für die Umwelt- und Klimaschützer bedeuteten die Ergebnisse dieser hervorragenden Untersuchung des US-amerikanischen Teams vor allem die unstreitige Notwendigkeit, den Regenwald dringlich zu retten. Man musste sofort mit allen Arten der gefährlichen Ausbeutung dieses Waldes Schluss machen.

Dr. Wittke war so fortgerissen mit seiner Arbeit, dass er übers Mittagsessen nur dank Marc Behrens erkannte, der ihn nach der Kantine einladen wollte. Sie saßen wieder an einem Tisch neben dem Fenster und waren fröhlich, die Neuigkeiten voneinander an zu hören. Marc erzählte, dass er sich letzte Zeit mit dem Holzkäfer beschäftigte, den er zufällig an einer jungen Eiche entdeckte. Er war der Auffassung, keine chemischen Insektiziden gegen ihm auszunutzen, sondern ein biologisches Mittel herauszusuchen, das keine große Bedrohung den anderen Waldeinwohner mitbringen konnte.

Er recherchierte schon in verschiedenen wissenschaftlichen Quellen und war findig, indem man in verschiedenen Regionen der Erde die ähnlichen Problemen haben konnte. Ihn störte aber die Tatsache, die mit der folgenden Entwicklung dieser feindlichen Organismen verbunden worden war. Genauer ausgedrückt fürchtete er, dass die letzten später ihre eigenen schlimmen Seiten zu zeigen fähig wäre. „Verstehst du, Karsten", setzte er seine Erklärung fort, „ich bin ein folgerichtiger Anhänger der vorsichtigen Betreibung der riesigen Biozönosen, weil jene scharfe Maßnahme zu unerwarteten Ergebnissen in ganzem System führen könnten. Deswegen sehe ich gute Aussichten für die enge Kooperation mit der KI, weil sie verspricht uns eine ständige Kontrolle aller Abweichungen in vielfältigen Einordnungen der Tiere, Pflanzen und Mikroorganismen. Ohne diese Zusammenarbeit wären wir komplett hilflos gewesen".

Marc selbst schien so begeistert von seiner Rede zu sein, dass er völlig sein Mittagessen vergaß. Nun wendete er sich wieder daran, obwohl sein Fleischstück schon kalt werden sollte.

Sie besaßen noch eine Viertelstunde, damit Wittke mit kargen Worten dessen allgemeinen Eindruck über seiner transatlantischen Reise schinden konnte. Behrens kapierte wohl, dass es gar nicht ausreichen wurde und schlug gerne vor, heute Abend im Restaurant zu verbringen, wo sein Freund alles ausführlich erzählen konnte. Nach der Mittagspause versank Karsten erneut in seine Berichterstattung und entdeckte, dass er mehrere Aspekte dieser Geschäftsreise versäumte. Nun musste er dringend diese Lücken erfüllen.
Die vorherigen Gedanken über seiner aktuellen Leistung fand Dr. Wittke jetzt leichtsinnig, denn er war nicht imstande, alle sachlichen und konjunkturellen Gelegenheiten im Voraus in Betracht zu ziehen. Eine Verwirklichung dieser Aufgabe sollte viel komplizierter aussehen als er vorstellen konnte. Vor allen, weil er sein Material, als cb von außen anschauen musste. Zugleich schien ihm nun seine frühere Absicht, einen Bericht sowohl für seine Vorstand als auch für die nationale Filiale der UNESCO zu schaffen, völlig unakzeptabel zu sein. Im Gegenteil mussten die beiden absolut unterschiedliche Ziele verfolgen, was ihm an seinem Arbeitsplatz wie eine zu schwere Bürde entstand. Allerdings habe er keine andere Wahl und diese Pflicht machte ihn gramvoll. In der Tat stellte es sich heraus, dass die Arbeit, der er nur wenige Tage zu widmen versuchte, in die zweiwöchigen Länge gezogen worden war. Im Laufe des Schreibens wurde auch diese Frist kaum realistisch, so dass er auch die Feierabende dafür ausnutzen musste.

Schließlich war er in der Lage, die beiden Berichte mit der dreitägigen Verspätung zu Ende zu bringen. Er wartete auf diesen Moment so ungeduldig, dass er ungeachtet des baldigen Endes der Arbeitszeit sofort die Rufnummer Nadine Mast auswählte und sie nach einem dringenden Termin beim Chef erkundigte. Deren Antwort klang aber nicht vielversprechend an, denn Herr Paschke nicht nur heute, sondern auch Morgen wegen einer wichtigen Besprechung nicht erreichbar sein konnte. Nadine versprach ihm aber, dass sie am kommenden Montag alles Mögliches unternimmt, um das Treffen zu fördern. So ereignete sich nach seiner angestrengten Leistung eine unerwünschte Pause, die er fürs Nachdenken über seinen künftigen

Dienst benutzen konnte. Und so machte er auch. Der einzige Gedanken, der ihn freuen konnte, bestand darin, dass das Resultat seiner über zwei Wochen dauernde Arbeit, zwei Berichterstattungen, ihm selbst gutgefallen. Im Prinzip gelang es, alle notwendigen Aspekten des Schreibens richtig darzustellen.

Wieder etwas Unerwartetes

Auch am kommenden Wochenende fühlte sich Dr. Wittke verpflichtet, fleißig zu sein. Denn das Gespräch mit Martin Paschke viel zu viel für ihn bedeutete. Außerdem hing seine folgende Karriere im Ausland nicht zuletzt vom Chef selbst ab, weil der Letzte ihn ein wohlwollendes Zeugnis dafür erteilen könnte. Für einen Neuling, der Karsten für die UNESCO in Paris tatsächlich war, wäre solche freundliche Unterstützung wünschenswert gewesen. Diese auserlesene Begleiterscheinung spielte jetzt für Wittke weit nicht die kleine Rolle. Umgekehrt verband er damit eine große Hoffnung. Und auch die enorme Verantwortung für Familie, die Karsten auf sich übernehmen wollte, war einigermaßen mit dem genannten Zeugnis verbunden.

Nadine seigte sich fürs nächste Mal sehr gefällig und pünktlich, indem sie ihn schon um fünf nach acht anrief und Bescheid darüber sagte, dass der Chef gerade am Platz war und anscheinend gutgelaunt. Diese Botschaft beschleunigte das Benehmen Karsten Bewegung in Richtung des Verwaltungsgebäudes so, dass er in sechs Minuten im Vorzimmer Paschke gewesen war. Frau Mast teilte sofort dem Chef mit, dass Dr. Wittke auf ihn wartete und der Boss reagierte ohne Zögerung, als würde es auch für diesen Besuch interessiert. Nach einem kurzen Fragen- und Antworten Wechsel zeigte sich Martin bereit, die Berichtserstattung Wittke aufmerksam zuzuhören. So begann der Gast, etwas heiter-zuversichtlich zu reden. Er sparte dabei keine Adjektive, um seinen Reisebericht möglichst bildhaft zu machen. Im gewissen Sinne konnte Karsten aus dem Gesichtsausdruck Paschke vermuten, dass der Chef wohlgeneigt seine Erzählung aufnahm. Dieser Umstand gab Karsten den zusätzlichen Antrieb, damit er den nächsten Abschnitt weiter verbessern konnte. Der Redner nutzte nun die bezeichnenden Beispiele aus, die eindeutig beweisen sollten, wie großartig und aktuell die enge internationale Zusammenarbeit in Regenwaldgebieten zu sein versprach und auch wie nutzbringend diese Leistung für die ganze Weltbevölkerung in der nahen Zukunft sein sollte.

Was der Gast zwischendurch bemerken konnte, bezog auf unauffällige Blicke, die der Boss ab und zu auf seine Armbanduhr warf. Diese Begleiterscheinung war Wittke ausreichend, um die Situation angemessen zu verstehen: Innerlich war der Zimmerbesitzer damit unzufrieden, dass das Berichtzuhören von ihm viel Zeit in Anspruch zu nehmen suchte. Mit diesem Gedanken gab Karsten bekannt, dass er gleich zum Ende geht.

Die folgende Verhaltensweise des Chefs zeugte davon, dass die plötzliche Entscheidung des Besuchers rechtzeitig getroffen wurde. Jetzt begriff Martin das Wort:
„Lieber Dr. Wittke, es war mir ein Vergnügen, Ihre hervorragende Erzählung übers Gebiet anzuhören, das zweifellos die internationale Aufmerksamkeit zu erregen verdient habe. Ich bin davon überzeugt, dass Ihre künftige Leistung in dieser Region von Erfolg und allgemeine Anerkennung gekrönt werden sollte. Ich schätze Sie enorm als eine hoch begabte Persönlichkeit und einen schöpferischen Wissenschaftler und hoffe, dass Sie imstande sind, Ihre alle Ziele zu erreichen".
Nach diesen offenen Lobliedern des Bosses empfand der Gast ein Gefühl, wie liebenswürdig Paschke tatsächlich zu ihm stand. Es kam aber über Karsten Kräfte vorzustellen, welche Wende dieses Wohlwollen in wenigen Minuten erwerben sollte. Trotzdem war es gerade der Fall. Der nächste Teil Martins Rede hörte in Ohren Karsten wie eine Enttäuschung an. So setzte der Chef seine Rede mit folgenden Sätzen fort:
„Nun wollte ich Ihnen, Dr. Wittke, über den aktuellen Sachverhalt in unserem Unternehmen erzählen. Ich bin der Auffassung, dass meine Mitteilung bei Ihnen einen neuen Schwung erwecken könnte, mit dem Sie bei der bevorstehenden Arbeit wohlgeneigt und ersprießlich teilzunehmen wünschen könnten.
Nun wollte ich gerne, Sie ins Wesen des Vorhabens einführen. Also es geht um Folgendes. Vor kurzem habe ich einen anlockenden Förderungsvorschlag von einem Fonds bekommen, der sich um die großen Bioreservaten kümmert. Die Geldmenge, die uns zur Verfügung gebracht wird, werden nach meinen Berechnungen ausreichend, damit wir eine prinzipiell neue Art des Reservatbetreibens entwickeln könnten. Ich meine eine völlig von der KI gesteuerte Form der

Behandlung, die Sie, Dr. Wittke in Ihrem letzten Projekt vorher zu sagen versuchten. KI des aktuellen Niveaus wird in der Tat in der Lage, nicht allein eine Vielfalt der Parameter ständig zu kontrollieren, sondern eine ununterbrochene Modernisierung zu verwirklichen. Einigermassen erinnert das System an gekünstelte Algorithmen wie Big Data, die uns pausenlos beobachten, um unsere Neigungen und Gemütsverfassung zu spionieren.

Unser Unternehmen ist vielleicht ein von wenigen weltweit, dem diese Leistung den Fähigkeiten angemessen sein sollte. Wir dürfen unbedingt nicht, auf die Möglichkeit zu verzichten, global die erste zu sein. Und ich zweifle nicht daran, dass diese bahnbrechende Arbeit Ihnen, Dr, Wittke gutgefallen sollte".

Mit diesen Worten beendete Martin seine Mitteilung. Augenblicklich empfand sich Karsten verpflichtet, sofort dessen Verhältnis dazu zu äußern. So sagte er nach einem kurzen Schweigen das Folgende: „Verstehen Sie mich, Herr Paschke, doch richtig. Ich habe mich die jüngste Zeitspanne stark für den Dienst im Regenwald gestimmt. Es war wie eine Zwangsvorstellung gewesen. Außerdem muss ich auch eingestehen, dass meinen Absichten zufolge horchte ich schon bei der UNESCO aus, wie hoch meine Chance für diese Position sein sollten. Es stellte sich heraus, dass sie tatsächlich realistisch aussah. Ihre Botschaft, Herr Paschke, brachte mich jetzt aus dem seelischen Gleichgewicht. Natürlich klingt sie sehr verlockend, ans Projekt teilzuhaben. Besonders deswegen, weil man es wie eine sinnvolle Fortsetzung unseres früheren Vorhabens begreifen konnte. Bestimmt wäre auch dieser Aspekt für mich sehr wichtig gewesen. Auf diesen Grund bin ich bereit, Ihre Vorstellung aufzunehmen".
Der Chef reagierte darauf gefühlsmäßig:
„Ich freue mich riesig darüber, es war großartig von Ihnen, unsere gemeinsame Leistung weiter zu treiben".
So drückten sie die Hand.

Wittke verließ das Arbeitszimmer des Bosses mit einem zwiespältigen Gefühl: Einerseits war es ein Opfer zugunsten des Unternehmens und Paschke persönlich, andererseits musste Karsten auf seine neue Stelle verzichten. Obwohl er es ihm unbekannt wurde, wie lange das Projekt dauern sollte, war es eher neblig, ob diese UNESCO-Leute ihn auch künftig zu unterstützen vermochten. Und noch eine Seite der Sachlage störte ihn momentan. Mit diesem übereilten Schritt verriet er grob die Absichten der Familie. Also passierte es vor wenigen Minuten etwas Ähnliches, was er schon mehrmals in seinem Leben erfahren konnte. mit anderen Worten war er gezwungen, zwischen zwei nicht einfachen Entscheidungen auszuwählen, deren Folgen ihm unbegreiflich schienen. Doch spielte nicht zuletzt die sittliche Seite eine Rolle, indem er die Verhältnisse entweder mit dem Chef oder mit der Familie verderben sollte. Im Grunde war er dem Ersten für dessen lange Unterstützung und Hilfe zu Dank verpflichtet. Deswegen durfte er sich Paschke gegenüber auf keinen Fall die Gemeinheit leisten. Zugleich wäre es ihm peinlich gewesen, das Vorgehen auf Kosten der Familie zu machen. Nun stand ihm ein ernstes Gespräch mit Betti und Söhne bevor, das er im Voraus gut überlegen sollte. Sicher hoffte er innerlich, dass seine Familie mit Verständnis die aktuelle Sachlage in seinem Unternehmen abzuschätzen und ihn zu verzeihen vermochte.

Am Wochenende fuhr er nach Hause. Üblicherweise benutze er diese Zeit unterwegs, um mit selbst alle mögliche Dinge zu erörtern. Heute war die kommende Unterhaltung mit der häuslichen an der Reihe. Was sollte er ihnen als Hauptargument seiner Entscheidung darbieten: Das er eine bessere Fortsetzung seiner Karriere gefunden habe, dass die Lage der Familie ihm anscheinend weniger bedeutungsvoll scheint? Er klang lächerlich an. Umgekehrt war ihm das Wohl der Nächsten auf der ersten Stelle. Was denn? Der Fahrer ertappte sich dabei, dass er gedanklich nach eine Selbstrechtfertigung sucht. Er verwarf sofort diese Idee.
„Nein so schlimm bin ich bestimmt nicht", dachte er sich, „eigentlich kümmerte ich mich ständig ums Wollbefinden und Vermögen der Familie. Auch das neue Projekt, das ihm der Chef gerade bekannt machte, war maßgeblich mit dem guten Gehalt verbunden, dessen Löwenanteil seiner Frau und den Kindern gehören sollte. Also entspricht meine Entscheidung vollkommen den Interessen der Familie. Andererseits ist es auch nicht ausgeschlossen, dass das bevorstehende Vorhaben nicht lange dauern könnte, damit Karsten die engen Verhältnisse mit der UNESCO aufrechtzuerhalten probierte. Mit Dr. Krieger wäre es am liebsten, diese Zeit in Verbindung zu bleiben. Gewiss war Markus nicht mehr so jung, um auf ihm eine große Hoffnung zu setzen. Denn unser Geschick war und blieb weiter absolut unvorhersagbar gewesen. Allerdings konnte auch das Zusammen-

treffen der Umstände zu uns sehr gewogen werden. Auch Karsten selbst konnte von diesem Umstand manchmal profitieren".

In solcher verhaltungsvollen Stimmung konnte Wittke nicht bemerken, dass er sich schon in der Nähe des Zuhauses befand. Es bedeutete, dass er seine Gedanken unterwegs den Mitgliedern seiner Familie erklären sollte. In einer Viertelstunde war es in der Tat der Fall. Obwohl die Hausangehörigen sich seelisch von seiner Botschaft enttäuscht sein sollten, äußerten sie kein Zeichen davon. Der Familienvater war aufrichtig erstaunt darüber, wie Seine im Laufe von vorigen Jahren veränderten, wie hochherzig sie nun werden konnten. Er war ihnen dafür unendlich dankbar geworden. Wörtlich sagte Klaus die gemeinsame Auffassung der Familie aus:
„Du Vati sollst darüber keinen Verdruss empfinden. Ich und Max sind schon erwachsene Leute, die für sich selbst verantworten sein müssen. Wenn uns künftig etwas nicht richtig läuft, werden wir imstande sein, die Lage in eine günstige Richtung zu lassen".
Auch Betti versuchte, Karsten zu beruhigen:
„Du, Liebling, sollst immer auf uns verlassen. Die Vergangenheit lernte uns ausreichen, dass die Umstände sich leicht ändern können. Deswegen darfst du auf keinen Fall, deinem Herz eine unnötige Last erteilen. Gott sei Dank, lebten wir bis jetzt ohne Bedarf, und die Zukunft verspricht uns hoffentlich nichts Böses".
Da diese Worte mit den köstlichen Speisen begleiten konnten, gab es tatsächlich keinen Sinn, die Situation zu verschärfen.

Das Wochenende ging dann in bester Gemütsverfassung vorüber, so dass Dr. Wittke am Montag seine geschäftlichen Verpflichtungen dem neuen Projekt gegenüber zufrieden übernehmen konnte.
Auch die kleine Kränkung, die er zuerst seitens Paschke empfand, konnte er günstig verarbeiten. Nun war kein Gefühl der Misslichkeit in deren Beziehungen mehr vorhanden. Umgekehrt besuchte er Morgen früh nach dem kurzen Telefonat mit Frau Mast den Boss selbst, indem die beiden gemeinsam einige Bagatellen des Projekts genauer zu formulieren versuchten. Darauf schlug der Boss vor, eine kurze Besprechung mit anderen Teilnehmern zu veranstalten, wobei auch die Mitgliedsfunktionen verteilen werden sollten. Mit diesem guten Verlangen Paschke kam die Unterhaltung zum Ende.

Nachdem alle organisatorischen Angelegenheiten gelöst worden waren, versank Dr. Wittke erneut in die Tätigkeit, die ihm hauptsächlich Spaß machen konnte. Ein enger Umgang mit der KI zwang ihn, jeden Augenblick auf der Hut zu sein. Denn die sich selbst stets verbesserte Software ließ ihre zweibeinigen Kollegen kaum, die mentale Ruhe genießen. Eher war es völlig ausgeschlossen, in der Anwesenheit der Künstlichen die Menschen eigenartigen Fehler zu gestatten. Die zahlreichen Roboter und Kontrollsysteme verarbeiteten eine gigantische Vielfalt der Daten, mit ähnlicher Geschwindigkeit zogen sie die benötigten Schlussfolgerungen und änderten die existierenden Lebensbedingungen der Tiere und Pflanzen. Schon die Beobachten der ersten Monaten zeigten dem Vorstand und Projektleiter, dass sogar die einfachste Verhältnisse mit der KI neuer Generation die Teilnahme einer speziellen Abteilung der Sachkundigen aus dem Bereich von Informationstechnologen verlangt, die am liebsten festgestellt werden sollten. Noch in einem war diese Gruppe aus sieben Leute vollbesetzt, was den Umgang mit der KI aufs neue Niveau erheben sollte. Karsten arbeitete diese Zeit zusammen mit Biologen, die in der Gruppe Behrens beschäftigt waren. gemeinsam gelang es ihnen, einige unbekannten Gesetzmäßigkeiten der gegenseitigen Beeinflussung von pilzartigen und pflanzlichen Organismen, die auch für die großen Bäumen von Bedeutung werden sollten. Künftig wäre es sinnvoll, ihre Erfahrung auch an die anderen Bioreservaten zu verbreiten. Es gab mehrere sonstigen Funde, die im Laufe dieses Vorhabens geschafft worden waren.

Die endgültige Beendungsfrist des Projekts wurde vom Vorstand des Fonds im Abstand von zwei Jahren bestätigt. Je nähe dieser Zeitpunkt heranrückte, desto erregender sich Dr. Wittke fühlte. Mit einem ahnenden Erfassen konnte er verspüren, dass etwas völlig Ungewöhnliches passieren sollte, was ihm neue Hoffnungen mitbringen konnte. Deswegen war er geistig zu einem plötzlichen Anruf von Dr. Krieger bereit, der sich kurz vom Wochenende ereignen ließ. Nach einigen Sätzen, die allgemeine Sachen betrafen, fragte Markus, ob Wittke sich weiter für die Beschäftigung im südamerikanischen Regenwald interessierte.

„Wissen Sie, Dr. Wittke", sagte er etwas rätselhaft. „ich habe gerade einen Brief aus der brasilianischen Filiale UNESCO bekommen, wo der Verfasser Ihren Namen im Bezug auf die neue Leitung des örtlichen Bioreservats nennt. Mehr davon schreibt er, dass Ihre Person für die genannte Stelle wünschenswert wäre. Könnten Sie mir verraten, wie Sie auf diese Mitteilung reagieren könnten sowie, was ich dieser Filiale antworten sollte".

Sowohl der Anruf selbst als auch die Botschaft passierten so unerwartet, dass Karsten kaum wusste, was er momentan aussprechen durfte. So quetschte er zwingend aus sich das folgende aus:

„Lieber Dr. Krieger, erst danke ich Ihnen herzlich für Ihre Nachricht und Ihre Sorge für mich. Ich konnte nicht vorstellen, dass Sie die über zwei Jahre dauernden Zeitabschnitt an meine Angelegenheiten zu erinnern vermochten. Da ich augenblicklich nach Ihrer Mitteilung in einen schwankenden Zustand gebracht worden war, bitte ich Sie darum, mir einige Tage zu erteilen, damit ich meine sachlichen und privaten Dinge klarmachen könnte".

Markus war diesmal so großmütig zu ihm wie zuvor:

„Ich bin der Meinung, dass wir mit der Antwort einige Tagen verzögern dürften. Also machen Sie ruhig alle Ihre Erläuterungen fertig".

Mit diesen Worten Krieger kam das Telefonat zu Ende. Nun stand dem Projektleiter ein zweitägiges Nachdenken allein sowie mit der Familie bevor.

Eigentlich wurde er in einen Ausnahmefall gezwungen. Einerseits war das Vorhaben noch nicht beendet und man verlangt von ihm vor dem Abschluss eine komplizierte Berichterstattung, die vielleicht Wochen der harten Arbeit kosten sollte. Andererseits konnte er keineswegs sicher sein, dass der Boss ihn später einwandfrei entlassen lässt. Nicht besser sah auch die Situation mit der Familie aus. Die beiden Söhne studierten jetzt in einer bekannten Uni in Heidelberg und er war nicht imstande zu vermuten, ob sie die Überseereise zu unternehmen bereit wären. Kurz gesagt, gab es viele Fragen und wenige Antworten darauf.

Ehrlich einzugestehen gab ihm auch der nächste Zuhause Besuch nichts Bestimmtes. Die einzelne Bestätigung der Bereitschaft, ihn zu begleiten, konnte er nur von Betti bekommen, was bei ihm sowieso keinen Zweifel erregen sollte.

Der wichtige Schritt, ohne den er keinen Anruf Dr. Krieger machen konnte, wurde am Montagmorgen geschafft. Er bestand darin, dass Karsten den Chef besuchte, nachdem er beschloss, dessen Auffassung seiner künftigen Entlassung zu erfragen. Zu seinem Erstaunen sagte Paschke, dass er nun keine Einwände dagegen haben konnte.

Diese gutangehörte Aussage des Chefs brachte Wittke in der Tat kaum etwas Günstiges hervor.

Ungeachtet dessen, dass Karsten schon ab diesen Tag an alle geistigen Kräfte auf dem Abschlussbericht konzentrierte, gab es eine Vielfalt der Bagatellen, die er im Laufe des Schreibens und Redigierens der Arbeit überprüfen und wiederholen sollte. Die sorgsam-bedächtige Leistung forderte eine Menge Mühe und Zeit und war im Gegenzug in der Lage, nur den Zweifel auszulösen.

Das nicht einfache Stück Arbeit kam langsam zu Ende, als der „nörglerische" Investmentfonds eine nach dem anderen zusätzlichen Bitten ausführen lassen wollte. Prinzipiell waren alle erwünschte Sachen realisierbar, nahm aber wieder Zeit und Mühe in Anspruch. Der Grund dafür war die Tatsache, dass Dr. Wittke sich nun an Mitarbeiter wenden sollte, die mit anderer Arbeit beschäftigt waren und konnten ihm deswegen nur privat helfen. Solche unangenehmen Bedingungen verzögerten doch enorm die Beendigung der Berichtserstattung. Im Großen und Ganzen betrug das Zeitverausgaben nicht weniger als vier Monaten.

„Das solch ungünstige Zusammentreffen der Umstände", dachte sich Wittke nach dem nächsten Besuch der Familie, „konnte nicht ohne schlechtes Folgen übriggeblieben werden. Ich habe sowieso schon längst ein böses Vorgefühl gehabt".

Leider gingen letzte Jahre alle seine Ahnungen solcher Art in Erfüllung. Diesmal war es aber das Ereignis, das gar nicht ihn allein in Verlegung bringen sollte, auch nicht seine Nächsten. Die Rede war von einer Begebenheit, die fast alle Länder der Welt enorm erschüttert musste. Sie war mit der riesigen Coronavirus-Pandemie verbunden und kam eher wie ein Blitz aus heiterem Himmel. Sie war wahrscheinlich für den ganzen Planeten so unerwartet und unvermeidlich geworden, dass alle persönlichen und privaten Angelegenheiten in den Hintergrund drängen sollte. Selbstverständlich waren auch alle Pläne Karsten bezüglich seiner neuen Tätigkeit im südamerikanischen Regenwald in Dunkel gehüllt.

Der aktuelle geistige Verfassungszustand Wittkes konnte man eher mit dem stürmischen Meer vergleichen.

Kategorischer Imperativ während Coronavirus

Der philosophische Begriff „Kategorischer Imperativ" wurde erst von Immanuel Kant eingeführt, damit die menschliche Verhaltensweise über einen sittlichen Prüfstein immer zu Verfügung stehen konnte. Nach dessen Auffassung konnte sich die Menschheit moralisch dadurch vervollkommnen, dass alle betroffenen jederzeit und ohne Ausnahme nach dem Pflichtgebot zu leben vermochten: „Handle nur nach derjenigen Maxime, durch die du zugleich wollen kannst, dass sie ein allgemeines Gesetz werde."
Mit anderen Worten sollte man sich auf andere Menschen so beziehen wie er deren Beziehung auf sich zu verlangen wusste. Im Grunde gab es in dieser Anweisung etwas Kirchliches, was aus den Heiligen Schriften ausgehen sollte. Die allgemeine menschliche Geschichte mit deren Überfluss an Gewalt und Kriege zeigte, dass sowohl die guten Vorsätze der Kirchenväter als auch menschlichen gute Willen irgendwie die verdorbene menschliche Natur zu verbessern vermochten. Dieser Sachverhalt sollte heute zu einer abscheulichen Vergangenheit gehören, wenn sie nicht solche riesigen Wurzeln in die Gegenwart zu hinterlassen pflegte. Mit den edelmutigen und klugen Philosophen habe sie sicher nichts zu tun, die ihrem schöpferischen Schwung weiter auszubreiten suchten. Wichtiger nach unserer Ansicht wäre, eine andere Angelegenheit aufzuklären, und zwar, ob es tatsächlich eine überirdische Macht gab, die auf unserem schönen Planeten um die heimliche Sittlichkeit kümmern sollte. Anders ausgedrückt wollte der Verfasser kapieren, wieweit (falls es überhaupt begrenzt wurde) die verbrecherische Energie einigen Vertreter der Sippe homo sapiens ausgehen konnte, damit die genannte Macht den Entschluss fasst, sich einzumischen. Bei den Geistigen ist es schon längst verständig gemacht wurde in den Sinn, dass Herrgott selbst jede menschliche Handlung aufmerksam verfolgt, das Übel sieht und Täter bestraft. Die mehrtausendjährige Erfahrung der Menschheit lässt diese kirchliche Behauptung schwerlich bestätigen. Wenigstens während seines Werdeganges. Sollten die Gerechtigkeit Kämpfer weltweit zufrieden sein, dass die meist hervorragenden Kriminellen nach dem Ableben in dem ewigen Hölle Feuer verbrannt werden sollten? Schön wäre es! Doch kaum glaubwürdig. Umgekehrt ist es nicht ausgeschlossen, dass sie auch in diesem Inferno (wenn es überhaupt gibt) eine würdige Stelle zu erwerben

verdienten, z.B., weil ihre alten Kollegen ihre Schuld schon gebüßt hatten.

Nein. wir dürfen nicht davon ausgehen, dass solche unterirdische Welt und alle mit ihr verbundene Bestrafungsformen existieren. Dann bleibt uns nur zu hoffen übrig, dass etwas Gleiches in unserer Nähe vorhanden sein könnte. Uns Menschen ist es gewöhnt, eine göttliche Vergeltung wie eine Krankheit zu vermuten. Wenn solche Ansicht tatsächlich irgendwelchen Grund haben konnte, wäre es sinnvoll zwischen schweren persönlichen wie etwa Herzinfarkt oder Krebs und massenhaften Epidemien wie Malaria oder Ebolafieber zu unterscheiden. Solche Erörterung gibt uns den Anlass zu mutmaßen, ob eine Person oder eine große Vielheit die Vergeltung verdient haben. Jüngste Zeit, wenn dieser Gedanke neue Kraft sammelte, war mit der Coronavirus Pandemie verbunden, die praktisch alle Länder der Welt umfasste. Von Anfang an war es nicht schwer darzustellen, dass die Heimsuchung kaum zufällig auf den Planeten fiel. Wahrscheinlich häufte sich die Schuld der Menschheit bis zum kritischen Maß, so dass die Bestraffung unvermeidlich sein sollte. Gleichzeitig war diese Infektion imstande aufzuklären, in welchen Staaten das Gesundheitswesen vollkommen bereit war, das Elend zu bekämpfen, und in welchen es zum Schein vorhanden sein sollte. Die Unterscheidung wurde so bezeichnend gewesen, dass im ersten Fall die Behandlung zur Fortsetzung der tagtäglichen Arbeit der Ärzte und des Rettungsdiensten geworden war, während es in zweiten Fall den opferbereiten Heldentum der Mediziner und Rettungskräfte forderte. Eine katastrophale Abwesenheit der Schutzmaterialien und Desinfektionsmitteln führte in diesen Staaten zu Massen Ansteckung sogar bei den Ärzten, Krankenschwester und -pfleger, viele von denen gestorben waren. Welche hohe geistige Substanz brauchte solche schauderhafte Überprüfung, die alle menschliche Wille und Stärke verlangte, um zu überleben und anderen am Leben bleiben zu lassen? Gewaltig bedroht war aber nicht allein die künftige Existenz Millionen Bewohner, sondern mehrere andere Seiten des Seins. Kein Sterbliche konnte darüber nachdenken, dass die Pandemie eine Weltwirtschaftskrise auszulösen meinte. Doch es war gerade der Fall. Außerdem fühlte sich die Menschheit gewarnt, eine nächste Welle der Infektion zu erwarten. Es bedeutete, dass die Forschung und Heilkunde möglichst bald um die Entwicklung eines sicheren Vakzins gegen Coronaviren kümmern sollten.

Vakzine zur Bekämpfung Coronaviren

Die ersten Berechnungen ließen begreifen, dass das Schaffen des Impfstoffes Zig Milliarden Euro kosten sollte. Der Preis konnte bestimmt nicht für die absolute Effizienz der künftigen Arznei bürgen. Denn jenes solche Verfahren wird eigenartig durchgeführt werden mit dem ständigen Vergleich aller dafür und dagegen. Außerdem wird es mit einem gewissen Risiko auf jener Stufe der Arbeit verbunden. Die Forderung der Schnelligkeit vergrößert das Wagnis drastisch. Doch die Abschätzung zeigte eindeutig, dass die „normale" Dauer des Prozesses ein-zwei Jahre für die Bevölkerung des Planeten unannehmbar sein sollte. Das heißt, die Beteiligten mussten sich beeilen, denn die Gefahr der nächsten Welle war zu groß. Zur heimtückischen Beschaffenheit der Coronaviren gehörte unter anderen ihr hoher Mutationsgrad, das heißt, man muss jedes Jahr oder noch öfter eine neue Vakzinen Art schaffen.

In letzten Jahren verwandelte sich diese Biotechnologiebranche in eine echte Kunstsache. Das Erzeugnis dieser Mühe sollte mehreren Forderungen entsprechen, z.B. leichterträglich, ohne gefährlichen Nebenwirkungen und mit anderen Arzneien gut vereinbar zu werden. Bis heute wendete man entweder in lebender Form an, wenn die abgeschwächten Viren als Träger in Einsatz kamen, um die Krankheit vorzutäuschen, oder die toten Viren, die ihre äußere Oberfläche bewahren, als die Erreger des Immunsystems wirken sollten. Im letzten Fall erkennen die verantwortlichen Teilchen des Immunsystems die Proteine der Viren und zeigen den aktiven Schutzkräften des Körpers an, welche Antikörper sie hervorbringen sollten.

Seit Jahren gab es einen scharfen Wettbewerb zwischen Biotechunternehmen, die weltweit ihre Vakzine zu verkaufen planten. Eine der größten dabei war der Impfstoffhersteller „Serum Institut of India Ltd." Indische Fachleute nahmen diese Funktion von der holländischen Tochtergesellschaft Serum International über. Auch deutsches Paul-Ehrlich-Institut beteiligte sich intensiv an die Produktion der neuen Impfstoffe und entwickelt außerdem moderne gentechnologischen Methoden, die das Verfahren zu beschleunigen und zu verbessern vermöge. Im Grunde träumen die Forscher, eine umfassende, gegen allen SARS Coronaviren gerichtete Typen zu erfinden. Diese Leistung forderte aber noch eine lange Zeitspanne bis sie die klinischen Studien zu ermöglichen vermochte.

Es gab auch etwas Sonstiges

Obwohl die genannten wissenschaftlichen Untersuchungen in der absehbaren Zukunft einen hohen Schutzgrad gegen Coronaviren versprachen, wurden die Mediziner während der letzten Pandemie gezwungen, die dringenden Verfahren und Ausrüstung zu probieren, um die schweren Formen des Verlaufs zu behandeln. Die verbreitete Anwendung des Apparates künstlichen Lungenbelüftung war eine der besten Möglichkeiten, die Intensivstationspatienten zu retten. Doch auch dieses Verfahren ließ weit nicht immer das Ziel erreichen. Inzwischen wurde es herausgestellt, dass der Sauerstoff, der dabei eingesetzt worden war, die tödlichen Thrombosen und Lungenembolien verursachen konnte, besonders bei alten Patienten. Außerdem war Sauerstoff selbst giftig, wenn er unter hohem Druck oder vergrößerter Konzentrationen in die Lungen geraten wurde. Solcher Umstand konnte bei mehreren schwachen Patienten zu toxischem Lungenödem führen. Auf diesen Grund sollte die künstliche Beatmung für solche Kranken verbietet werden. Im Großen und Ganzen forderte die letzte Spezies des Coronavirus eine enorme Erfindungskraft von Ärzten heraus. Denn mehrere seine verborgenen Fähigkeiten waren zuvor völlig unbekannt gewesen.

So fand ein von ihnen (der seinen Namen nicht aufzudecken vorzog) heraus, dass die Erkrankung mit ziemlich lang andauernden Stadien heranbrachte. Darüber hinaus lässt sie sich auf den ersten Stadien viel einfacher auskurieren als auf den Späteren. Die Symptome der früheren Stufen wurden gutbekannt: scharfe Schmerzen im Halsbereich, Schnupfen und Husten wie bei einer einfachen Erkältung. Die Erwägungen des Inkognitos schienen logisch zu sein. Da das Virusteilchen nichts Gemeinsames mit dem Heiligen Geist haben sollte, erwiesen sie im Gegenteil die bekannten Nanopartikeln, die sensibel auf den pH-Wert (d.h. Wasserstoffionenkonzentration) reagieren sollten. Mit anderen Worten konnte es bei den starken Änderungen des pH-Wertes getötet werden. Die einfachste (nach der Ansicht des Arztes) wäre, deren „Angst" vor den sauren Säften zu probieren. Der Zitronensaft war dafür gut geeignet.

Gerade zu diesem Zeitpunkt empfand der Arzt alle ersten Symptome der Krankheit bei sich selbst. So war es die höchste Zeit, sich als Versuchskaninchen vorzustellen. Mit diesem Gedanken begann er regelmäßig, den Zitronensaft langsam zu trinken, damit das Virus imstande wäre, „den Geschmack des Saftes vollkommen mit zu genießen". Der Forscher brauchte nicht mehr als fünf Stunden, um sich von allen Symptomen der Krankheit zu befreien. Daraufhin behandelte der Mediziner alle seinen Coronaviren Patienten mit diesem Mittel mit dem gleichen Ergebnis. Die Sache hatte aber einen Haken: Wenn die Viren zu tief in die Lungen gerieten, erwarben sie durch ihren verderblichen Stoffwechsel mit dem Wirt solche tödliche Kraft, dass das Auskurieren sehr problematisch auszusehen schien. Es war seine erste Schlussfolgerung über das Coronavirus. Die wurde auf der folgenden Beweisführung gegründet.

Die Größe des Virusteilchen betrug ca. 150 nm., während der mittlere Porendurchmesser einer Baumwolle Maske 1000 bis 20000 nm. betrug. Der einfache Vergleich dieser Größen zeigt, dass die verbreiteten für den Schutz der Bevölkerung Masken keine Chance haben könnten, die Viruspartikeln festzuhalten.

Die moderne Technologie habe schon die Filtermaterialien aus speziellen dünnen synthetischen Fasern gemacht, die in der Lage waren, solche Nanoteilchen wie Coronaviren Partikeln fest zu nehmen. Die außergewöhnliche Kleinigkeit der Poren in diesen Filtern machte aber den Atem so belastend, dass man ihn nicht mehr als zehn-fünfzehn Minuten ertragen könnte. Trotzdem ist es die einzelne Chance, sich von der Infektion sicher zu schützen.

Der andere Arzt, der viel jünger als der Erste war, versuchte ein wirksames Mittel gegen Coronavirus aus der Kenntnis herausfinden, dass die tödliche Infektion nicht lange im alkoholischen Milieu zu überleben vermag. Der junge Fachmann fand diese Zeit alle Merkmale der Infektion bei sich hinaus. Da das Virus ausschließlich in Lungen und Atemsystem aggressiv zu fungieren schien, probierte der Forscher, seine Lungen mit dem alkoholischen Verdunsten an zu füllen. So atmete er mehrfach im Laufe des Tages durch das Taschentuch, das reichlich mit Wodka durchtränkt worden war. Das Experiment lief so erfolgreich, dass der Arzt in acht Stunden keine Spur der Krankheit mehr wiederzufinden wusste. Dann bot er diese Methode seinen zahlreichen Patienten an, was von der Mehrheit angenommen worden war. Das Resultat war auch vielversprechend, indem sich einige von denen in ein-zwei Tagen viel besser fühlen konnten. Allerdings durfte der Arzt seinen wagemutigen Versuch nicht weiterverbreiten lassen, weil die Methode von der Behörde noch nicht genehmigt werden konnte. Als alle andere sollte das Verfahren zuerst alle Stufen von Tierversuchen bis zu klinischen Studien durchgehen bevor es wie etabliert anerkennen könnte.

Die Heimsuchung der Pandemie sollte aber alle Menschheitsschichte viel tiefer verletzen, als es vorstellbar wurde.
Die Grundlagenforschung, die zuvor eine Aufklärungsrolle spielen konnte, verwandelte sich zuerst in Ratgeber, dann in Vorhersager, was nicht mehr gefahrlos werden sollte. Denn die angeregte Bevölkerung zeigte sich anspruchsvoll bis aggressiv und war bereit, für falsche Äußerungen hart bestrafen zu werden. Keine von berühmten Professoren konnte damit rechnen, dass sie statt Dankbarkeit die Morddrohungen zu bekommen fähig würden. Mit anderen Worten konnte man nun die Fachgebiete Virologie oder Epidemiologie mit der Pionierleistung vergleichen. Die enttäuschten Randalierer war es ein guter Anlass dafür, die Hetzerei zu verüben. Das städtische Zusammenprallen des Pöbels mit der Polizei sollten weltweit die Folge des Aufruhrs ausbrechen. Es stellte sich heraus, dass die Pandemie zu einem allumfassenden Faktor des globalen Lebens zu werden vermochte, der nur mit der Bemühung aller aktiven Kräften des Planeten beseitigt zu lassen versprach. Unter solchen kritischen Umständen rief der gesunde Menschenverstand hervor, alle lokalen Kriege und Gewalt sofort zu beenden, damit der gemeinsame Feind der Menschheit besiegt werden konnte.

In der Tat passierte aber etwas Gegenständiges: Die kämpfenden Seiten trafen angeblich die Abmachung, die militärischen Handlungen noch zu verschärfen. Solche Denkweise, ad absurdum zu führen, schien ihnen in höchst dramatischen Zeiten besonders attraktiv zu sein. Vielleicht war es für die verbrecherischen und korrumpierten Machthaber auch der Fall. Und die tausenden herangezogenen Soldaten mussten dabei, wie Kanonenfutter dienen.

Es versteckte sich im Covid-19 etwas Positives

Ein Paradigmenwechsel wurde auch unter den Bedingungen des tiefen Krieses vorstellbar. Nicht zuletzt spielten die unbegrenzten Möglichkeiten der Zusammenarbeit mit der KI eine entscheidende Rolle. So gelang es den fähigsten Forschern und Techniker, unterschiedliche Blickrichtungen der entsetzlichen Covid-19-Pandemie der KI geschickt anzuvertrauen. Seltsamerweise betrafen alle diesen Richtungen etwas Ungewöhnliches, was man sich ohne KI zweifellos nicht leisten konnte. Beginnend mit der Fragen der Vorsorge und Logistik der notwendigen Lebensmittel, die unter Quarantäne stark beschränkt worden waren, durch die zahlreichen digitalen Innovationen, bis zu Entwicklung der rettenden Vakzinen gegen den tödlichen Feind. Außerdem stellte es sich heraus, dass man seine „traditionelle" Denkeffizienz so umgestalten konnte, dass die Krise selbst die zerreißenden Kräfte der Lage zu vernichten anfing. Die geschmeidige Politik, die mittels KI eingesetzt worden war, machte viele Unternehmen und Institutionen in schweren Zeiten noch anpassungsfähiger wie zuvor und ließ sie buchstäblich überleben. Man konnte konkret vorstellen, wie es realisierbar wäre, nicht allein dieser Pandemie, sondern auch jener anderen Weltbedrohung widerzustehen. Es war etwas Neuartiges, was man jetzt zur Verfügung habe. Und dieses Ding gehört nun der ganzen Menschheit.

Wie ging es nun dem „armen" Wittke

Dr. Wittke ertappte sich dabei, dass seine in Verallgemeinerungen dargestellten Überlegungen nichts mit seinem eigenen Geschick zu tun haben sollte. Denn die genannte Weltkatastrophe erschütterte neben allen globalen Grundlagen auch die Dinge, die mit ihm und seiner Familie verknüpft worden waren. Die harten Vorkehrungen der Regierung, damit der enorm ansteckenden Krankheit den Garaus gemacht werden konnte, waren rechtzeitig und stichhaltig unternommen. Doch die Lage des Bioreservats war allerseits ungünstig geworden: Erst wurden alle Mitarbeiter ins Regime der Zeitarbeit versetzt. Diese Begebenheit, die mit der Entfernung der Betätigten begleitet worden war, konnte nur schauerlich aufgenommen werden. Typische Schilder dieser Periode „Abstand halten" erschienen sofort überall. Die wohl verstandene Niedergeschlagenheit Karsten konnte auch von dessen persönlichen Umständen herkommen. Denn wenigen Monaten vor dem Ausbruch der Infektion bekam er einen Telefonanruf von Dr. Markus Krieger aus Bonn. Der Vorstand der Deutschen Filiale der UNESCO sprach, als würde er diesen Tag besonders gutgelaunt. Dessen kurze Einleitung konnte deutlich verraten, dass er über die erfolgreiche Arbeit Wittke beim Bioreservat Bescheid wusste. Darüber hinaus machte die Redeweise Markus den Eindruck, dass er etwas Wesentliches über die künftigen Aussichten seines aktuellen Gesprächspartners zu verspüren suchte. Gewiss konnte Wittke nicht behaupten, dass es in der Tat der Fall war, aber die nächste Redewendung Krieger sollte darauf anspielen, dass sein Telefonat nicht belanglos werden konnte. Auch die Fragen übers Wohlbefinden Karsten konnte der letzte als Bestätigung seiner Vermutung wahrnehmen. Wenige Minuten darauf wurde es ihm klargeworden, dass der Kerl aus Bonn ihm etwas Lebenswichtiges anzubieten wusste. Eigentlich druckte Dr. Krieger alles äußerst deutlich aus. Es handelte sich darum, dass er einen Brief aus der Organisationszentrale in Paris erhielt, in dem man über die freie Stelle des Bioreservatvorsitzenden in Brasilien mitteilte. Obwohl es kein Gegenstand des Ferngespräches sein sollte, wurde es Dr. Wittke verständlich geworden, dass die Anregung zu diesem Vorgehen unmittelbar aus dem südamerikanischen Land stammen sollte. Im Grunde wollte Markus nur die prinzipielle Möglichkeit begreifen, ob das Stellenangebot für Wittke annehmbar werden konnte. In diesem Augenblick arbeitete Karsten Gehirn mit höchster Ergiebigkeit. So konnte es sekundenschnell begreifen, dass das Wort „prinzipiell" ziemlich vage klingen konnte, damit er zu befürchten möchte, irgendwas Unkonkretes auszusagen.

Deswegen erwiderte er kurz, dass er bereit war, den Vorschlag in Anspruch zu nehmen. Es war eine klugberechnende Reaktion, die auch Krieger gefiel. So wurde es verabredet, dass er in zwei Tagen nach Bonn fliegt, um alle Kleinigkeiten zu erörtern. Die genannten zwei Tage wäre ihm ausreichend, damit er viele Sache mit Betti aufklären könnte. Praktisch gesehen musste er zuerst nach Hause fahren und das Tüpfelchen aufs i setzen. Darauf sollte sein Gespräch in Bonn sachkundig geführt werden.

Die ganze Fahrt zum Daheim wurde sein Verstand mit der ganzen Palette der Aufgaben beschäftigt, die im Falle der Übernahme der verantwortungsvollen Funktion entstehen sollten. Auch übers nahe Schicksal seiner Söhne musste er beharrlich nachdenken, denn die beide waren schon Erwachsene und völlig berechtigt, selbstständige

Entscheidung zu treffen. Unter solchen Umständen erwies sich die Elternrolle eher heikel, denn die Kinder brauchten nicht mehr die vorige Fürsorge. Darüber hinaus waren sie der Überzeugung, dass sie schon einsichtiger als die Alten waren, um deren Empfehlungen Gehör zu schenken. In diesem Sinne sollten die Eltern ihnen gegenüber sehr vorsichtig werden. Wäre es nun sinnvoll, den Jungen Carte blanche zu überlassen?

Karsten bevorzugte, die gute Beziehungen mit ihnen aufrecht zu erhalten. Denn es gab sonst eine realistische Möglichkeit, diese nächsten Verwandten zu verlieren. Deswegen stand ihm im kurzen eine komplizierte Unterhaltung bevor, die alle Seiten der nicht wolkenlosen Familienzukunft umfassen sollte. Die letzten Jahre gewöhnte sich Karsten erheblich von solchen Sachen ab, indem er sich im Berchtesgadener Land frei und unverbunden empfinden konnte. Die neue Stellenchance änderte seine Lage drastisch dadurch, dass er die Probleme der Familie für das Wichtigste halten musste. Tatsächlich war die Verantwortung für anderen unvergleichbar wägbarer als für sich selbst. Der Grund dafür war die Tatsache, dass ein Individuum jederzeit das Recht aufs Risiko besaß, wäre für einen Familienvater unvorstellbar gewesen. Mit diesen düsteren Gedanken konnte Dr. Wittke kaum bemerken, dass er sich schon nah vom Zuhause befand. Wie immer war seine Rückkehr freudig gefeiert.

Darauf sollte das Hauptthema erörtert werden, was jetzt eine Besonderheit erwerben konnte. So stellte es sich heraus, dass seine „Kleinen" inzwischen einen unglaublichen Schritt zu leisten vermochten, der sie wie nach dem Wink einer „Zauberflöte" fast „augenblicklich" in hochintelligenten Menschen umwandelte. Ihre Erwägungen waren scharfsinnig und konsequent geworden, und ihre Beschlagenheit war beneidenswert gewesen. Im Unterschied zu mehreren ihren Altersgenossen zeigten sie sich keineswegs verletzend-spöttisch. Nein, diese garstige Beschaffenheit, die ihren Vati so stark erzürnte, fehlte den beiden überall. Sie unterhielten sich schon einige Stunden durch und deren gedankenvolle Einstellung ganz unterschiedlichen Sachen gegenüber gefiel Dr. Wittke immer besser. „Es wäre gar nicht vergeblich", dachte sich Karsten, „solche vernünftigen Mitarbeiter in meinem künftigen Team von Anfang an zur Verfügung zu stellen. Denn ihre Denkweise scheint unabhängig und eigenartig zu sein. Gleichzeitig bin ich nicht berechtigt, ihre Zukunft absichtlich zu beeinflussen versuchen. Es wäre ein unverzeihlicher

Fehlschlag meinerseits gewesen, der zu verheerenden Folgen führen könnte. Ihre endgültige Auswahl musste absolut freiwillig und unabhängig werden".

Es war das Beste, was der Familienvater für dessen Nachkommen machen konnte. Alles Sonstiges gehörte den „Kleinen". Und diese nicht einfache Schlussfolgerung gab sich Karsten völlig zufrieden.

Danach waren seine Handlungen klar geregelt, indem er die Flugkarte nach Bonn bestellte und sich geistig zum Gespräch mit Dr. Krieger vorbereiten konnte. Am geplanten Tag erschien er in der lokalen Filiale der UNESCO.

Bei der Begegnung unter vier Augen gab es keine Hindernisse, um die kleinste Undeutlichkeit aufzuklären. So gelang es ihm zu erkennen, wieso ein ausländischer Fachmann dem brasilianischen Bioreservat erforderlich sein sollte. Markus zufolge gab es dort eine Reihe der Korruptionsfälle, die vor kurzem aufgedeckt worden war, was den Anlass dazu geben sollte, etwas dagegen zu unterfangen. Ob der Anstoß von örtlicher Obrigkeit oder von Paris Zentrale ausging, wusste Dr. Krieger nicht, doch diese Begleiterscheinung war Wittke nicht mehr so wichtig. Auf jeden Fall war er deutlich der Auffassung, alles vom Anfang an umzugestalten. Es sollte vielleicht alle Seiten der Verwaltung betreffen, die unter seiner Führung stehen sollten. Obwohl die konkreten Umstände ihm unbewusst blieben, zweifelte er nicht, dass er fähig war, mehrere Sachen darin zu verbessern.

Der genannte Sachverhalt wurde aber vor einem Halbjahr durch die Verschleppung mit der Berichterstattung und deren Genehmigung beim Fonds monatelang in die Länge gezogen. Die Situation zwang Dr. Wittke, sich an Markus Krieger eher nach vier Monaten zu wenden.

Alles wiederholte sich mit dem Unterschied, dass der Termin ihres nächsten Treffens zeitlich mit dem Beginn der Covid-19 zusammenfiel. Nun bedeutete diese Begebenheit ein unbefristetes Aufschieben des Vorhabens im brasilianischen Regenwald. Ob es nun prinzipiell wahrscheinlich wäre, war dann in Dunkel gehüllt.

Der Epilog

Wenn Karsten Wittke über alles, was mit ihm den letzten Jahren passieren sollte, konnte er kaum glauben, dass es wirklich sein eigenes Schicksal sein sollte. Er begann eine erfolgreiche Werdegang als Geschäftsmann und sah darin seine echte Berufung. „Die hohe Macht im Himmel" ordnete es eigenartig an, indem sein folgender Weg durch den schweren Herzinfarkt bestimmt werden sollte. In diesem Zeitabschnitt hatte er ziemlich angestrengte Verhältnisse mit seiner Frau Betti bekommen, was nicht zuletzt ihn ermöglichte, die Erkrankung zu erfahren. Nicht weniger Kummer bereitete ihm die Verhaltensweise seiner beiden Söhne, die mit ihm kaum anständig umzugehen vermochten.

Allerdings brauchte er eine ruhige Pause, die er wegen des nervösen Charakters der Tätigkeit nicht genießen konnte. Komischerweise war es nur die Kardiologie-Klinik, die für solche Unterbrechung sorgen konnte. Dieser notwendige Umstand ließ ihm, vollständig sein Leben anders vorzustellen. Diese Begebenheit kam ihm vielleicht auch aus „heiligem Himmel". Und der Sachverhalt seiner Existenz samt seinen Beziehungen mit Betti und Kinder verbesserte sich von selbst. Darüber hinaus habe er eine hinreißende Beschäftigung gekriegt, die ihm eine unbekannte Welt der wilden Natur eröffnete. Er wurde imstande, wie es sich gehörte, glücklich zu fühlen. Er erkannte das Universum der Tieren und Pflanzen, das man mit keinem anderen vergleichen konnte. Es war nun nicht ausgeschlossen, dass auch sein unwillkürlicher Einfluss auf seinen Kindern darum kümmern konnte, dass die beiden Söhne als vernünftige und anständige Erwachsene in ihre Zukunft gehen sollte.

So beendete sich endgültig die seltsame Geschichte Dr. Wittke, seiner Familie, Freunden und Widersacher.